ンブフルの丘

澤田展人

北海道新聞社

ンブフルの丘

装画・装幀　前田健浩

ンブフルは、一名牛岡《うしむる》ともいわれています。昔、仲筋村の住民の飼っていた牛が夜中に飛びだし、角で土や石を突き上げて一夜のうちに高い丘をつくり、その上でンブフル、ンブフルと鳴いていました。当時の酋長はこれを見て大いに喜び、この丘を土台にして堅固な見張台を築き上げ、その名を牛の鳴き声にちなんでンブフルとしたと伝えられています。

（竹富島ンブフルの丘観光案内板より）

1

二〇〇三年一一月一九日　小樽

小樽の街を離れるころから、ウィンドウに吹き付ける雨がみぞれに変わってきた。窓に打ち当たると、べしゃっという音を立てて八方に広がる。前を走る車のテールランプが赤く滲み、おぼろげになる。

「ねえ、ワイパーしないの」

優美が亮次の腕にそっとふれ、横顔を覗き込む。亮次には、前方の視界がおぼつかなくなるまでワイパーをかけない癖があった。ウィンドウが濡れるだけ濡れてから、一瞬にしてワイパーが水を拭きとるときの気分がいいのだと以前から言っていた。

「ああ、わかった」

亮次は、ワイパーを作動させた。

「亮次って、ギリギリまで待つ性格よね」

「嫌な性格？」

「そうじゃないけど。なんかこわくなる」

亮次は優美のことばを耳にしてしばらくの間、無言で車を走らせた。優美が助手席の窓の向こうに目をやろうとしたとき亮次が口を開いた。

「なにがこわい」

「うーん。亮次が黙ってぐしゃぐしゃの窓にらんでるのがこわい。なんか危ないことが起こるのを待ってるみたい」

　亮次は左手をハンドルから離し、優美の顎にふれた。優美の顔を自分に向けさせると、視線を合わせた。

「俺って、おかしい？」

「ほら、やめて。ちゃんと前見て運転して。そういうとこがこわいの」

「なに言ってるのか、よくわからない」

　優美の顔を元の向きに直すと、亮次は前方はるか先をとらえる目つきになった。

「亮次」

「なに」

「亮次、あなたは私が出会った男の中でいちばんクール。みんながわーわー言ってるときに、いつも一人だけ涼しい顔をしてる」

「それって、俺に対する文句か」

「いいや、私はあなたのクールなとこが好きなの。他人の話をぱっと理解して、必要なことだけすぐやってくれる」


　優美がチームリーダーをしている塾に亮次は講師として半年前に入ってきた。高校受験を控えた中学生を指導するのが主目的の塾で、亮次は優美の指示をすぐ理解して、いつも的確な授業をしている。個性を出そうとか、生徒の受けをねらおうとする講師が多いのに対して、亮次は塾のマニュアルを正確に理解し、いつも無駄のない指導をしていた。受験に必要なことを網羅したカリキュラムをパターン通りにやっていけば、生徒は必ず力をつけるはずなのだ。ところが、生徒の一部がちょっとでもわからないと言いだすと、うろたえた講師が予定を変更して寄り道の授業をしたりしてカリキュラムをはずれていく。優美は、学生から中途退職者まで雑多な講師からなる塾をまとめるのに、苦労が絶えなかった。

彼らに比べ、亮次は頭の回転が速く、細かな説明抜きで優美の意図をすぐ理解した。亮次が手本となるような授業を展開してくれるので、優美は他の講師にマニュアルに従った仕事を強気で求められるようになった。亮次のおかげで、仕事全体がうまくいくようになったと感じたとき、優美は自分の中に亮次を思う気持が生まれているのに気づいた。亮次は目もとの涼しい男で、黙っているときはいつも遠くを見ているか、本を読んでいた。

亮次に国家公務員を中途退職した前歴があるのを知って、優美は思わず「もったいない」と口を滑らせたことがあった。

「中級の事務職員だよ。出先機関の職員やってたけど、あんなもん、クソさ。書類の書き方を覚えるのと、上司に媚を売ることばっかり。言われた通りに書類を書かないと、ぜったい認められない。前置きのあいさつだとか、線一本の引き方でもだよ。毎日、こんなことに意味あるのか、ってぼやいてた。なんか、おんなじとこをいつまでも、ただぐるぐる回ってる感じがして、疲れた」

「公務員になりたくて、何十回って受けてる人がいるのに。あなた、何回受けたの」

「俺？　大学出る年に適当に受けたら受かった。それだけ」

「羨ましいわ。私もたくさん公務員試験受けたのよ」

「それで」

「受からなかったから、こうして塾講師をしてるんじゃない。でも、あなたと出会えたんだから、禍福は糾《あざな》える縄の如しよね」

「やめなよ。故事成語をすぐもち出すのは塾講師の悪い癖さ」

お互いに軽口を叩きあうようになると、亮次と優美は男女の間柄になった。この夜も仕事を終えた後、車を走らせ二人で遅い夕食をとり、ホテルに向かった。二歳年上の優美は、本音をなかなか明かさない亮次に会っているといつも不安に襲われた。自分とずっと真剣につきあっていく気があるのか問いただしたいのだが、亮次の内面に一歩踏み込むのがおそろしかった。亮次が本気なら、一緒になりたい気持を思い切って伝えたかった。しかし、なにがあっても醒めた表情を変えない亮次を見ているると、この男の中には凍てついた荒地しかないような気がしてくる。あえて本音を問いただそうとしたら、優美を冷たくはねつけてしまうのではないか、そう思うと優美は結婚を前提につきあっていきたいと口にできないのだった。


「ねえ、亮次は今の仕事どうするの」

「どうするとは」

「うーん、ずっと続けるのかってこと」

亮次は話しかける優美の方を向かず、緩やかに谷に下っていく国道の先を見つめていた。

「ねえ、亮次、聞いてた」

「聞いてたさ。え、上司のあんたが俺に転職を勧めるのか、って思った」

「今、すぐってことじゃなくて。将来のことを考えたら、亮次がずっとやってく仕事じゃない気がするの。私くらいまで勤めても大した給料もらってないし、うちの塾が生き残れる保証もないのよ」

「あんたが、どうして俺の将来のことを心配するんだ」

亮次の返事は優美の胸の中に重苦しいおもりを投げ込んだ。亮次の将来ではなく、二人の将来を考えていることがわからないのか、あるいはわざとわからないふりをしているのか。

「あ、ごめんね。でも、亮次は適当にやってても公務員試験受かるくらい頭いいんでしょ。今より安定した給料のいい仕事につけるはずって思ったの。お節介だったら聞き流して」

「お節介だな」

亮次は不愛想に呟くと、アクセルを踏み込み車を加速させた。シャーベット状に路面を覆う湿雪をタイヤが踏み、車輪が空転する音が伝わった。水になりかけの泥雪を蹴散らして車はスピードを上げた。

「ねえ、亮次。夏タイヤでしょ。危ないよ」

「どこが。凍ってないから、夏タイヤでも平気だ」


亮次は、優美の心配をわざと無視し、優美を怯えさせることに小気味よさを感じていた。優美が自分の将来を気遣うこと自体が、不愉快であった。回りくどい言い方をしながらも、優美が望むとおりの生き方に亮次を変えさせようとしているのだと感じた。それが気に障って苛々した。

優美のことばが亮次の気分にからみついてきて、かつての鬱屈を思い出させた。公務員時代の自問自答が蘇ってくる。

将来の安定した穏やかな生活を手に入れるために、俺たちは今生きているのだろうか。そのために、クソ面白くもない仕事を毎日続けなければならないのか。職場の上司を見ろ。前例を見倣い、責任を問われないことが唯一のポリシーではないか、他に何がある。俺が、施設点検の手順を見直し、無駄を省いたら半分の時間で済むのではないかと提案したら、血相を変えて怒ってきた。若造は余計なことをするな、先輩のやったことを曲げるなと、くどくど説教をされた。

職場のやつらが、みんな、浜辺の竿にぶら下げられた魚の干物に見えてきた。干からびてただ風に揺れてる。決まりきった書類つくっては上司に判子をもらう、その繰り返しだ。そんなことを三十年も四十年もやるのだ。我慢していれば給料が上がり、家族をもち、世間体がよくなり、いい暮らしができる、ってか。そのどれもがくだらない。くだらないと思っているものを手に入れることに何の意味がある、と思ったらすぐ仕事を辞めたくなった。

結局、亮次は干からびた魚の仲間になるのが嫌で国家公務員を辞めた。高い人生のビジョンとか冒険心があったわけではない。それなのに、優美は、亮次の中に向上心が眠っていて、再チャレンジによってのし上がっていく姿を期待しているらしい。だが、亮次は野心のかけらももっていなかった。


亮次は前の車に追いつくたびに車線を変更して追い抜いていった。

「ねえ、ちょっとこわい。スピード落として」

優美が亮次の手首を握り、恐怖心を漏らした。

「だから、言ったろ。地面は凍ってないんだって。他の車が遅すぎるんだ」

亮次は優美の哀願にもかかわらず、速度を緩めなかった。優美は、車が早く札幌の市街地に入ることを願った。そうすれば、亮次が無茶な追い越しを続けることもできなくなるだろう。それまで、亮次に話しかけるのもやめた。機嫌が悪くなるような話はまた今度と決め、黙って車に揺られていることにした。

国道が右に大きく屈曲している区間にさしかかった。亮次はライトを上向きにしてコーナーの先を見ようとした。ガードレールとその上に取りつけられたオレンジ色の反射板が正面に立ちはだかるように連なっているのを見て、道がそこで終わっているような錯覚にとらえられた。なに心配することはない、近くまで行けば右に曲がる路面が見えてくるはずだ、亮次は自分に言い聞かせ、アクセルから足を離すことなく車を走らせた。コーナーの奥まで進んだとき、右方向の路面が亮次の視界に現れたが、予想以上に大きな曲がりだった。亮次はブレーキを軽く踏んで、速度を少し落として右カーブに入ろうとした。

ブレーキが効いていない。ずるっとタイヤが浮き上がる感触が足先に伝わってきた。前方のガードレールと反射板が目前に迫ってくるのに、車の勢いが止まらない。亮次は思い切りブレーキを踏みこんだ。

「えっ」

車が地面との接触を失いコーナーの外側に押し出されていく。ハンドルを右に切り、必死にブレーキを踏み続けたが、滑りだしたタイヤをコントロールすることはできなかった。速度が落ちないまま、見る間にガードレールの白が視界に広がった。なんとしても止めなくてはと、シフトをローに落とし、なおもブレーキを踏んだ。しかし車は跳ね飛ぶように縁石を乗り越え、左前部からガードレールに接触した。金属が激しく軋りあう音が聞こえた後も、車は歩道上を滑り続けた。亮次はハンドルに顔を伏せ、なおもブレーキを踏んだ。

全身が左前方に激しく押し出される。ばりばりと車体を砕く音が耳をつんざいたかと思う間もなく、激しい爆発音がして、今度は上体をシートの背もたれに押しつけられた。巨大な力が亮次と優美のいる空間を瞬時に満たした。亮次は胸を押しつぶす力から逃れようと、手足をもがいて動く余地のある場所を求めた。飛び出してきたエアバッグが縮んでいき、亮次はようやく助手席側に顔を向けることができた。

目にした現実に全身がわななき、背筋が凍りついた。街路灯の支柱が車をへし折り、断裂したドアの金属が折れ曲がって助手席に突き入っていた。金属の先が、優美の左腹部から胸にかけてを抉っていた。

優美の体はシートに押しつけられぐったりしていた。

「優美」

亮次が呼びかける声に優美は全く反応しなかった。亮次はシートベルトをはずして助手席に向けて腰を浮かせた。

「優美、大丈夫か」

両肩をつかんで揺さぶると、シートの背もたれに支えられていた優美の頭ががっくりと前に垂れた。顔面は血の気が引き蒼白だった。

「優美」

亮次がいくら叫んでも優美に反応は現れなかった。亮次は、優美の胴体から血が流れ出し、シートを染め、床に滴っているのに気づいた。街路灯の光のもとで、優美の血は刻々と車内に赤黒い模様を広げていた。優美の体に突き入った金属に手を添わせ、優美の脇腹までたどっていくと、温かい血が掌に広がった。亮次は呻き声を漏らし、手をジャケットの裾で拭った。運転席に腰を戻した亮次は、あらためて左側を大破した車の惨状を見た。なんの予感もなしに直面した破局に、亮次は考える能力を失っていた。両手に拳をつくり、ハンドルをたたいた。三度四度と叩いて、痛みが襲ってくるのをやっと感じた。

「なんだ、くそ」

亮次は太ももを激しく拳で打ち、頭を左右に振った。体に痛みを与えるたびに、自らがひき起こした惨劇が、逃れようのない現実であることがありありと迫ってきた。

亮次はジャケットのポケットから携帯電話を探り出し、一一九番を呼び出した。

「すみません。交通事故を起こしました。同乗者の命が危ないです。すぐ来てください」

現場に到着した救急車で川上優美は病院に搬送されたが、五時間後、出血性ショックで死亡していることが確認された。山倉亮次は業務上過失致死傷罪の容疑で逮捕されたが、捜査に素直に協力し反省も著しかった。山倉亮次は実刑判決を受けることなく、社会生活に復帰した。

2

二〇〇四年一〇月二五日　　札幌

すすきの駅からほど近い雑居ビルの三階、亮次は森下から伝えられた名前の居酒屋を探し当てた。靴を脱いで中に上がり、小部屋の入り口が並ぶ通路を奥まで行く。従業員に指示された部屋の襖を開き、亮次が顔を覗かせると、すでに始まっていた宴会の賑わいが急に静まり返った。すわっていた者の視線が亮次に集まった。亮次は硬い表情のままその場に立ち尽くした。

「ああ、亮次、よく来たな」

森下が、さっと立ち上がり亮次のところに寄ってきた。亮次は宴席に参加している者たちを無言で見回しながら、森下が来るのを待った。みな高校の同期でバスケット部のメンバーだった。

「昔の部活のメンバーでたまに飲まないか」

同期会や同窓会を遠ざけていた亮次だが、森下が誘ってくれる会なら顔を出す気になり、久しぶりに繁華街に出てきた。交通事故の後、亮次は塾をやめ、最小限の身の回り品をだけをもち、ウィークリー・マンションを転々としていた。連絡を取るのは森下などごく親しい者だけに限っていた。森下に言わせれば、亮次は「森の隠者」ならぬ「都会の隠者」だった。

「亮次、俺の隣りにしろよ」

森下に言われて、掘り炉燵《ごたつ》の中ほどに空いていた場所に腰を下ろした。

「やあ、久しぶり」

と言って、向かい合わせにすわっている坂口が亮次のコップにビールを注いだ。

「ほんとに、久しぶりだな。腹こわしの坂口は今何やってるんだ」

一八〇台後半の身長がある坂口はチームの要になる選手として期待されていたが、大会当日になると決まって腹をこわし、レギュラーの座を下級生に奪われてしまった男だった。亮次は、高校時代、いつも坂口を「腹こわし」と呼んでからかっていた。

坂口はスーツの胸ポケットから名刺入れを取り出すと改まった表情になり、

「亮次に渡しとく」

と名刺を亮次に差し出した。

「なんだお前、検事なんだ。裁判で腹こわすことないのか」

坂口が渡した名刺を、亮次は無造作にテーブルに置いた。

「はは。バカにすんなって。この仕事でもう十年だぜ。裁判にビビるわけないだろ」

「そっか、もう十年検事やってんだ」

「そうさ。この仕事は転勤があるから大変でな。三回目の転勤で、去年札幌に来たんだ」

亮次はビールを飲みながら、ダークスーツにグレーのネクタイをきっちり締めた坂口の振る舞いをじっと見た。周囲の誰に対しても、明朗な声で応答している。いつもおどおどと人をうかがう目つきをしていた高校時代の坂口からは考えられないことだった。亮次は、からかい相手だった気弱な同輩が、検事という職業を背負って妙に堂々としているのが不愉快だった。

「亮次、坂口は、大学でわき目もふらず勉強したんだ。俺はテキトーに遊んでたから、卒業しても行くとこなくてよ」

坂口の隣りにすわっている中西が亮次に話しかけてきた。中西は、バスケ部に所属しながら生徒会長も務めた男で、いつも慌ただしく校内を駆けずり回っていた。なんでも気軽に引き受けては最後には収拾がつかなくなる事態をひき起こす男で、亮次にとっては「部活か生徒会のどっちかに決めろ。

中途半端はやめてくれ」と文句を言う相手だった。

「そんで、どうしたんだっけ」

森下が中西に聞いた。

「大阪に行ってたんだけどよ、学士入学で二年、大学院で三年、フリーターで二年、合計七年勉強したさ。やっと試験受かって、なんとか弁護士やってんだ」

「そうか、中西がフリーターやってるって噂聞いてたけど、ほんとだったんだな」

森下が言うと、中西は小さくうなずき、亮次の顔をちらちらと見た。

「坂口にはすっかり遅れたけどな、俺も法曹の端くれよ」

「坂口が検事で、中西が弁護士か。日本の法曹界も終わりだな」

亮次が高校生のときと同じ調子でまぜかえすと、他の五人が声をあげて笑った。

「そうなんだよな。俺みたいなのが弁護士でいいのか、ってときどき思うさ。でもな、玉ちゃんが医者やってるのより、まだいいんじゃないの」

中西は、炉燵の端にすわっている玉川を顎で示した。

「え、俺か。玉川敏行たしかに医者ですよ。ニセじゃないからね。こう見えても、大腸がん見つけるプロだから」

玉川は軽く腰を浮かせ亮次に微笑みかけた。亮次は、玉川にも卒業以来ほとんど会っていなかった。地元の医学部に進学したと聞いていたが、亮次が東京の私大に進学してからは接点がまるでなかった。玉川はバスケ部では抜群に俊敏で学力も高かったが、ごくふつうの人間の能力がすっぽり抜け落ちているため、とんでもないミスをすることが多かった。右と左を瞬時に判断できず、試合中、ドライブインやパスの方向を指示と逆にしてしまい、コーチからよく怒鳴られたものだった。亮次は玉川が「バカのエアポケットに落ちた」と言って試合後、よくなじったものだった。

「玉ちゃん、今からでも遅くない。仕事変わった方がいいんじゃないの。診察中に右と左がわからなくなったらどうすんだよ。看護師に聞くのか」

中西が高校時代と同じ調子で玉川をからかうと、玉川は後頭部を右手でかきながら、二度三度頭を下げてみせた。

「どうもごめんなさい。でも心配無用。医者はバスケみたいに瞬間的に判断することはほとんどないから、俺でも務まるんだ」

「ほんとかよ。医療の安全のためにも、玉ちゃんは他の仕事に就いた方がいいと思うけどな。ほんと、玉ちゃんだったら、どんな間違いするかわからないから。ほら、センター模試の英語で、玉ちゃん段ずれやっちゃって、亮次より点数低くなって騒ぎになったことがあったろ」

中西が玉川に返すと、みながいっせいに笑い出した。いつも模試では校内のトップテンから外れたことのない玉川が、センター模試英語のマークシートを一段間違って塗りつぶしてしまったために、バスケ部で最下位が指定席の亮次よりも点数が低くなったことがあったのだ。

「ひでえな、中西。こんなとこで俺を引きあいに出すか」

そう言いながら、亮次は自然と笑い声になった。ああ、高校のときと同じだ、お互いのバカさ加減をさらけ出して、ふざけあっている時間は楽しくて仕方がなかった。亮次は事故以来、楽しんだり喜んだりすることを封印してきた感情の扉に少し外の風が吹き込んでくるのを感じた。

「でもよ、バスケットの知能指数は亮次が最高、玉ちゃんは最低ってコーチが言ってたよな」

そう声を発したのは、亮次の右隣りの松崎だった。松崎は、亮次にとって、森下ともう一人連絡を取りあってきた数少ない友人だった。大学の土木科を出た松崎はゼネコンに就職し、辺地の港湾の仕事を主にやっていた。最近、作業現場の宿舎で賄いをしていたかなり年上の女性と結婚した。子連れ結婚で、松崎はいきなり小学生の娘二人の父親であった。亮次は、世間の出来事の大半に興味を失っていたが、松崎から聞く現場仕事の様子にはなぜか心惹かれるものがあった。

「たしかに、亮次のバスケは予測不可能なところがあって、ギャラリーわかせたよな」

森下が松崎に相づちを打って話し出した。

「敵にしたら、ゴール下でちょろちょろわけわかんない動きするから、嫌なヤツだったと思う。ほら、高体連の二試合目でさ、タイムアップ寸前の亮次のプレー、おかしかったよな。俺がポストの高坂にパス出して、高坂がスクリーンして、走り込んできた亮次にパス出したろ。亮次がシュートにいくと思ったら、すごい粘っこいディフェンスに遭ってさ、ドリブルしながらくるっと一八〇度向き変えたよな。亮次は瞬間的に向き変えるのがうまかったんだよな」

「そう、ドリブルが手に吸いついてるから、体が自由に動く」

中西が、試合のその場にいた気分になって、亮次の動きを話した。

「それで亮次がエンドラインぎりぎりを外に向かってすばしこく出てきたんだ。目がアウトサイドの玉ちゃんと俺しか見ていない、当然外にパスを出してシュートのアシストをするところだ。それがさ」

そこまで森下が言うと、松崎と玉川、中西がいっせいに、

「はい、はい、はい、はい」

と手をあげ、続きを言おうとした。

「はい、松崎」

森下が松崎を指名すると、松崎は話し出した。

「もう一回くるっと一八〇度向き変えたんだよな。マークしてたディフェンスをあっという間に置き去りにしてゴール下でシュートを決めた。信じられないプレーだった」

松崎が話し終わると、一瞬座が静まり返った。十七年も前の試合の余韻に浸る気分が生まれていた。

亮次はきつい練習が嫌いで、主将だった森下が立てたハード・メニューに、いつも、「こんなの、どこに意味あんのよ」と文句をつけ、「精神力なんてわけわからんものを俺は信じねえ」と常々言った。ところが、練習で手を抜いても、試合で誰よりも活躍したのは亮次だった。高校三年生のとき、亮次はいちばん輝いていた。

奔放に振る舞う亮次に腹を立てながらも、森下は、亮次が型通りに部活に打ち込む選手だったら、試合でも平凡なプレーしかできないのかもしれないと思った。亮次は根性論を毛嫌いし、目に見えるものしか信じないと公言していた。仲間の絆だとか無償の努力を森下が強調することに対しては、いつも冷笑を浮かべた。ただ、森下は、亮次に「お前は、ほんとうは、この世界では形に表せないものを、無意識のうちに、バスケに求めてるんじゃないのか。だから型破りのプレーができるんだろ」と言い返すことがあった。亮次は理解不能のことを言われた顔をして、ぷいと横を向いた。

亮次は女子生徒にもてた。クールで汗臭くないところに魅力があると評判で、亮次が練習するところには遠巻きに見守る女子生徒の姿がいつも見られた。坂口とつきあっていた西条という女子生徒が、突然、坂口を振って亮次の身の回りの世話を焼き始めたときは、バスケ部内が騒然となった。亮次が西条を冷たく突き放したため、やがて西条の姿は体育館から消えたのだが、坂口と亮次の間にはその後いつまでもひんやりとした空気が漂った。

六月の高体連が終わり、三年生がいっせいに受験勉強に切り替えた中で、亮次だけは気ままな生活を送っていた。パチンコや競馬に手を出し、仲間が受験問題を解いている横で競馬新聞を読んでいた。「いい点取りたいって気持が俺にはわからねえ」と言い、受験期になってもまともな勉強はほとんどしなかった。模試の結果から入れそうな東京の私大を選び願書を書いたら、担任の教師に

「お前、本気で努力してみようという気はないのか。自分の限界に挑戦してみようという精神はないのか」

と、突き返された。

「入ればどこでもいいです」

亮次は担任の反対を押し切り、受験勉強らしいこと一つせずに東京の私大を受け合格した。同期のバスケ部のメンバーは、みな現役か一浪で国立大か私立の難関大に入り、今は堅実な仕事に就いている。三十代半ばにして、亮次の他はみな肩書きのついた名刺をもち、自信ありげな顔をしている。口やかましかった担任に今会ったら、「だから言ったろ。お前は、安易な受験をして人生を棒に振ったんだ」と言うだろう。

亮次といちばんつきあいのあった森下は、大学で入部したバスケット部の気風が合わなくて、気力がすっかり減退してしまった。夏と冬に東京から帰省してくる亮次に、一対一のバスケットの相手をしてもらって気分転換をすることがあった。その後は、大学に勤勉に通うようになり、今は通信会社に勤務している。


亮次の活躍の話題が呼び水になって、しばらくの間、バスケ部の昔話で座が盛り上がった。そのうち、大向こうをうならせるような好プレーよりも、誰がどんなヘマをしたかの方が面白くなり、中西や松崎が各自の無様な場面を身振りで演じると、みな笑い転げた。亮次は、ルーズボールを相手チームの選手と競り合いながら追いかけ、サイドラインを割って相手チームのベンチに飛び込んだことがあった。身を守ろうと亮次はベンチに座っていた大男に抱きついて難を逃れたのだが、大男はこの地区で知らぬ者のいない鬼コーチだった。鬼コーチは、何かけがれた者にまとわりつかれたような不快な顔をし、亮次を床に振り払った。

中西が、鬼コーチが亮次を投げつけた仕草をまねると、みな手を打って喜んだ。

「やっぱ、汗びっちょりの選手が抱きついてきたら、投げつけるよな」

森下が亮次の肩に腕を回しながら笑った。

やがてバスケットの話題が尽きると、職場の話や松崎の家庭の話に移っていった。突然二人の女の子の父親になった松崎は、しばらくの間、座の主役を一人で務めた。話の種が切れかけたとき、玉川が亮次に話しかけた。

「亮次は、何やってんだっけ。たしか、国家公務員だったよな」

森下が、玉川に向かって軽く首を振り、質問をやめろという合図を送ったが、玉川は少しも気づいていなかった。

「今は、何もやってない。公務員はバカらしくてやめた」

「ほんとか。じゃあ、職探してるのか」

「いや」

坂口がそこへ割って入った。

「ひょっとして、すねかじってる?」

亮次の顔色が急に険しくなった。森下は坂口にも、亮次のことはあまり追及するな、という顔をして見せた。ところが、坂口の目は、亮次がまともな生活を送っていないことを話題にしたくてたまらない気持で輝いていた。

「ばか言うんじゃねえ。いろいろあって親とは縁を切った」

そう言い返して、亮次は坂口をにらみ返した。

「あ、すまん。仕事やめたけど、職探しもしてないって言うから」

坂口は、口元を歪めてことばを返した。亮次と坂口のやりとりを心配げに聞いていた森下が口をはさんだ。

「亮次はな、今、パチプロなんだよ」

坂口、中西、玉川の三人は、そろって虚をつかれた顔をした。

「なんだって」

中西が襖越しに両隣の個室に届きそうな大声で聞き返した。

「だからさ、亮次はパチンコで暮らしてんだよ」

森下が怪訝な顔をする三人に噛んで含める口調で話した。

「うそだろ、パチプロがほんとに成り立つのか。今のパチンコに人の技が介在する余地はほとんどないだろ」

中西は納得できない顔で亮次に答えを促す目つきをした。

「暮らすのに必要な金はパチンコでかせいでる」

亮次がなげやりに答えると、中西は、亮次の生活の内情をさらに聞こうとする顔をした。

「ほんとにか。じゃあ、亮次はもうまともな仕事に就く気はないのか」

中西の問いかけで、みなの視線が亮次に集まった。亮次は機嫌の悪いときの癖で、眉根を寄せ、右拳で頬をごしごしこすった。

「なんだえらそうに。てめえの言うまともな仕事ってなんだよ」

突然、亮次が中西に食ってかかった。青黒い翳が顔いっぱいに広がり、中西を見返す目に、人を寄せつけない憎しみの光が宿った。高校のときの亮次だったら、意地の悪いからかいにもへらへらと応じ、涼しい顔をしていたものだった。中西は亮次のことばに顔を曇らせた。

「いや、ずっと安心してやってける仕事を亮次は探さないのかって思ってな」

「こら、中西、ごまかすな。てめえの言うまともな仕事は、人にばかにされないような世間体のいい仕事のことだろが。なあ、弁護士さん」

「亮次、お前、自分で何言ってるのか、わかってるのか」

「ああ、よくわかってる。俺はな、弁護士です、検事です、まともな仕事やってます、っていうてめえらのしゃべり方が気にいらねえんだよ」

亮次は、自分の中で情動のダムが決壊したのに気づいた。席に着いてから立て続けにビールを飲み、酔いが一気に回っていた。心の奥底に澱ませていたものが、思いがけないことばに形をかえて現れると、勢いを増してとめどなく溢れ続けた。亮次は後戻りしようとする自制心を放棄した。

「世の中のまともってやつは、自分よりダメなやつをバカにして安心することにすぎないんじゃねえか。医者です、弁護士です、検事ですってえらそうな顔してても、実際やってることはなによ。権力もってるやつにペコペコ頭下げて、決められたレールの上を走ってるだけだろ。なのに、そんな自分をみっともねえと思わねえんだ。人よりましになるために、毎日みみっちいことやってるだけだろ。恥ずかしくないのか。大手企業に勤めてるったって、会社が不祥事を起こしたら、幹部が米つきバッタみてえに謝るだろ。世間のまともって、あれだ。米つきバッタなのさ。てめえらみんな米つきバッタなんだよ。不格好なやつらだ」

「亮次、もうやめろ」

松崎が少し上ずった声で亮次を制し、亮次の右腕を肘で突いた。

「亮次、かっこ悪いからもうやめろ。俺も米つきバッタだけどよ、おかげで嫁さんと娘が暮らせる分の金をもらってる。いつか、家を建てて安心させてやるために働いてんだ」

レギュラーがスタミナ切れになったときのディフェンス要員だった松崎は、いつも黙々と練習をする男だったが、練習でも試合でも奔放な亮次と不思議と馬が合った。損な役回りをすすんで引き受ける松崎には、自分と異質な人間を受け入れる度量があった。松崎は、高校卒業後も亮次とときどき連絡を取り、亮次がどんな方向に歩いていくのか気にかけていた。しかし、最近は、亮次の側に、つきあいを維持することへの気持が薄れ、だんだん疎遠になってきていた。

「ああ、まっちゃんはいいんだ。まっちゃんは、飯場のおばさんを嫁さんにして、娘まで育ててるからいいんだ。俺はまっちゃんに文句は言ってねえんだ」

「亮次、他のやつらも、目に見えないとこでみんな苦労してんだ。楽してえらそうな顔してんじゃないことくらいわかるだろ」

「はい、はい、わかりましたよ」

「お前よ、俺たち同期の仲間にはカッコつけんなよ。本音を言えよ。この際だから言わせてもらう。今、お前苦しい時期なんだろ」

「何言ってるかわからねえ。別に苦しくなんかねえよ」

亮次は右隣りの松崎に向けた顔を傾げ、天井をにらんだ。

「亮次な、言いにくいけどよ、お前の事故のことはみんな知ってるんだ。心配もしてる。なんか役に立てることがあれば、と思ってるんだ」

森下が、拒絶の表情で固まった亮次に話しかけた。亮次は左側の森下に軽く顔を向けたが、眉根の皺を深くしただけで何も答えなかった。向かい側の三人は亮次の答えを待つ表情になった。しばらく沈黙が続いた。

「俺がしゃべってもいいか」

松崎が話し出した。

「同乗者が死ぬ事故を起こしたら、って想像したらよ、俺も立ち直れないかもしれない。お前の立場、わかるさ。けどよ、お前、これからの人生捨てるのか。事故ったせいで公務員の仕事辞めて、もう定職に就かないのか。お前、死んだ人のことを思って、自分が幸せになっちゃいけねえって決めたのか。ウィークリー・マンションを転々として、パチプロ生活。なんか、それって、痛いんだよな」

亮次は松崎が話している間、腕を組み落ち着きなく顔をあちこちに向けた。誰とも視線を合わさず、ときどき口元を小さく歪めた。松崎が話し終えると、亮次は突然、松崎が飲み残していたビールのジョッキを手に取り、目の上に差し上げた。そのまま松崎の頭上にもっていくと、ジョッキをひっくり返した。ビールが松崎の頭から上半身に流れ落ちた。いきなりの出来事に茫然とした松崎は、顔面を袖で拭って視界を回復した。無表情でなおもジョッキを掲げている亮次を見て、怒鳴った。

「てめえ、どういうつもりだ」

松崎は亮次からジョッキを奪い取ってテーブルに叩きつけた後、亮次の襟元をつかんだ。

「亮次、ふざけるのもいい加減にしろ」

返答をしない亮次の上半身を揺さぶり、床に押し倒した。松崎は掘り炬燵から足を引き抜き、跪《ひざまず》いた姿勢で亮次の襟元を絞めた。

向かい側の席の玉川が立ってきて、松崎の背後から胴に腕を回した。

「まっちゃん、もうやめな。お互い、離れろよ」

森下が、松崎の手を亮次の襟から振りほどき、

「まっちゃん、離れて、向こうへ行って」

と言いながら、松崎の肩を押し戻した。興奮のおさまらない松崎が玉川に引かれて部屋の隅まで行ったのを見て、森下が言った。

「おかしいだろ、亮次。まっちゃんに謝れよな」

亮次は上体を起こして、テーブルに両手を押しつけ胸をそらした。ふてくされた険しい目つきで、取り囲んだ面々をにらんだ。

「おかしいのは、てめえらだ。心配なんかしていらねえ。俺の人生心配する前に、てめえらのカスみてえな生き方を何とかしろ。いいか、俺は、事故起こして仕事辞めたわけじゃねえ。勝手に話つくるな。死んだ人のことを考えて人生捨てただと。俺はそんな立派な人間じゃねえ。誤解すんな。俺は、

ただ、公務員てやつがあんまりばかばかしいから辞めただけだ。おめえらに関係ねえことさ。俺は自分の生きたいように生きてるだけ。パチプロのどこが悪い。てめえらがやろうったって、できっこねえぜ」

亮次は炬燵から足を抜き出し、立ち上がった。

「先に帰る。森下、もう二度と呼ばないでくれ」

亮次が入口に向かって行くと、森下が立ち上がり、行く手を阻もうとした。

「それはないだろ、亮次。お前、ガキみたいに八つ当たりして恥ずかしくないか」

森下が亮次の腕をつかんで話しかけたのに対し、亮次は、

「うるせえ、どけろ」

と喉の奥から呻り声を発した。森下は亮次を押し返そうとしたが、亮次は、

「だから、どけろと言っただろ」

とけんか腰のだみ声で森下を振り払い、襖を開いた。もう止める声はなく、洩れ出るため息に送られて亮次は部屋を出た。

3

二〇〇四年一二月五日　札幌

亮次は最近転居してきたばかりのウィークリー・マンションで、仮想現実を描いた映画のDVDを観ていた。人工知能に支配された世界で、脳に電気信号を与えられて世界の像を見、音を聞くように操作されている人間の話だった。男は自分が体験している世界が真の現実ではないことに気づき、自

分を支配している人工知能と戦う、というストーリーに亮次はひっかかった。作者は最も重要なポイントを無視しているような気がしてならなかった。

脳に電気信号を与えられて世界を経験している男が、その世界が疑似現実であると気づくことは原理的に不可能ではないか、亮次は何度考えてもそう結論せざるを得なかった。なぜなら、人間が見たり、聞いたりするということは、感覚器官が受けた刺激を電気信号に変えて神経細胞が脳に伝えることなのだから。電気信号を発生させたものが何なのかを突きとめることは、人間の知覚が神経細胞を伝わる電気信号の作用であることを前提にすれば、不可能である。

脳がじかに対象を見たり、聞いたり、さわったりすることはできない。神経細胞が伝える電気信号が、我々の体験する世界それ自体なのだ。その外に我々は出ることはできない。ならば、結論は明らかではないか。誰かの作為で脳に送り込まれた電気信号によって体験する世界を、目で見たり耳で聞いて体験する世界から区別することはできないのだ。

おかしな結論だが、このほかには考えようがなかった。だから、映画の主人公が、置かれた世界の不自然さから偽りの現実に気づくこともありえないことだと思った。もしも、きわめて微細な受信装置を脳に埋め込み、外部から無線で送られた電気信号を脳の各部に伝えられるようになったら、人間に、疑似現実を現実だと信じさせたままにしておくことが可能になる。

もっと進めて、疑似現実が華やかな成功に満ちた人生を体験させてくれるなら、苦痛に満ちた現実を捨て、疑似現実を選ぶ人間が出てくるのではないだろうか。亮次は、苦しみの連続に絶望している人間に疑似現実を売る商売が成立するのではないか、と思った。どうせ人生が一場の夢のようなものなら、恐怖と孤独に苛まれて死を迎えるよりも、自分を慕う者に囲まれ成功者の自負と喜びを感じながら死ぬ方がよいではないか。人は喜んで疑似現実を買い求め、死ぬまで疑似現実の中で暮らそうとするだろう。亮次は、苦痛を忘れさせる麻薬のようなものとして疑似現実を夢想し、こいねがっている自分に気づき、耐えがたい悲哀の感情に襲われた。

　ドア・フォンが鳴った。亮次は鳴りやむのを待ったが、間をおいて四度、五度とけたたましく響く音に耐えきれず玄関に立った。ドアを開けると、細面で、白髪交じりの短い頭髪をていねいに撫でつけた男が、無言で入ってきた。男はわずかに頭を下げた後、眼鏡の奥から亮次をじっと見据えた。亮次は喉元まで押し寄せてきた動悸をこらえながら、声を発した。

「川上さん」

「はい。お久しぶりです。川上優美の父です」

　交通事故の後、拘留が解けた亮次は優美の家を訪ねていた。亮次の軽率な運転を非難し、優美を返してくれと悲嘆にくれる母親に対し亮次はひたすら頭を下げた。母親の横で、父親はほとんど無言だったが、穏やかさを失わない表情の中で、眼だけは亮次を厳しく見据える光を放っていた。自分の立ち居振る舞いをすべてとらえて離さない父親の視線から逃れるようにして、優美の家を立ち去ったのを亮次は忘れることができなかった。

「予告もなく、突然お邪魔してすみません」

「あ、いいえ。でも、よくここがわかりましたね」

「前に知らせていただいた住所から引っ越したんですね。こちらにいることがわかるまで、ずいぶん苦労しました。できれば、私にも連絡をしていただけたら、と思いました」

　亮次は、川上の柔らかな声の響きの中に辛辣な心持を聞きとらずにはいられなかった。

「そうですね、申し訳ありませんでした。で、今日は何か……」

「山倉さん、優美の父として、わたしはあなたにどうしても聞いておきたいことがあるんです。ずっとあなたに会いたいと思っていました。上がらせていただいていいですか」

「ええ、どうぞ」

亮次は、二人掛けの小さなテーブルを置いただけの居間に川上を導いた。向かい合って腰かけると川上は、しばらくの間、亮次の顔をじっと見つめ、身じろぎしなかった。亮次は、川上の顔に非難の色ではなく、むしろ悲しみを帯びたかすかな笑みが浮かんでいるのを見た。

「山倉さん、あなたもご存じでしょうが、優美は私たち夫婦の一人っ子でした」

「知っていました」

「そうでしょう。あの子は、ちょっと不器用ですが、一つのことにわき目も振らず頑張る子でした。就職がうまくいかなくて落ち込んでいた時期もあったのですが、塾に勤めてからずいぶん朗らかになったんです」

「そうだったんですか」

「山倉さん、あなた、子どもを亡くした親の気持がわかりますか」

「ええ。ですから、本当に申し訳ないことをしたとお詫びするしかありません」

「いいえ、私が聞きたいのは通り一遍のお詫びではないのです。ただ、子どもを失った親の気持がわかるかと聞いていているのです」

川上は、柔和な表情を崩すことなく亮次に問いを発した。

「すみません。僕には川上さんの立場になることができません」

「ああ、そうでしょう。それでいいのです。思った通り答えてもらわなくては、あなたに会いに来た意味がない。正直に言いましょう。私は優美を失うことで、私のこれからの人生の大半を失いました。もう、なんの楽しみも希望も感じない日を送っています。あの子がいればこそ嬉しいことが、すべて、無意味で煩わしいことに変わってしまったのです。私にとって、生きていることの喜びというのは、お前元気にやってるかと声をかけたりできる娘がいて、妻がいることでした。私は娘を失い、妻はうつ病になりました。以前のように、声をかけ、ことばを返してくれる相手がいなくなりました。わかりますか。私は、生きている喜びがもう二度と戻ってこないのではないか、という不安と恐怖の中で暮らしているのです」

「本当に申し訳ありませんでした」

「その、ただ謝るだけのことばはやめてください。私は、山倉さんに聞きたいのです。優美がどんな風に仕事をしていたのか、あの子は子どもたちに好かれていたのか、あの子は将来にどんな夢をもっていたのか。それを私は知りたいのです。塾で優美と最も親しかったのは山倉さんだったと聞きました。あの子が死ぬ直前まで、どんな風に生きていたのか、教えてください。私は、優美が山倉さんを信頼できるパートナーとして選び、仕事の理想を語りあったのではないか、と思っているのです。どうなんですか。あなたは優美にとって特別な存在だったのではないですか」

川上はことばを一つ一つ選ぶように語り、語り終えると、居ずまいを正して亮次の答えを待った。亮次はしばらくの間、口ごもっていたが、答えを促す川上のまなざしを逃れ難く、重い口を開いた。

「正直に言います。僕と優美さんは親しかったのは事実ですが、お互い信頼しあっているパートナーだったとは言えません。ですから、優美さんと仕事の理想を語りあったこともありません。お互いを特別な存在、お父さんは恋人同士と言いたいのだと思いますが、そういう存在だと思ってはいませんでした」

納得のいかない顔が亮次を見返した。

「山倉さん、あなたは優美をそんな軽いものと考えて、つきあっていたのですか。優美の方も、たまたま知り合っただけのあなたと深夜のドライブにつきあったのですか」

亮次に答えを逸らすことを許さない目つきで川上はことばを発した。

「私はまだ優美が死んだことを受け入れられないのです。だから、苦しい。苦しくて、毎日が耐えがたいのです。あなただったら、この気持を少しでも変えてくれるかもしれないと思ってきたんですよ。

いいですか、優美が特別な存在でもない人間とたまたま車に乗って事故死した、優美はそんな哀れな死に方をしたのですか。そんな無意味な死に方をしたのですか。それを、山倉さん、私に受け入れろと言うのですか」

淡々とした口調で川上は語り続けたが、亮次には、それがかえって、耳を塞ぎたくなる激しさに感じられた。

「すみません。お父さんは、僕に謝罪以上の誠意を求めているのだと思います。僕が優美さんをこの世界で特別な存在だと思って大切にしていた、と受けとめたいのですね。でも、僕はお父さんの気持に沿うように答えられません。僕にできるのは謝罪だけなんです」

亮次が言い終わったとき、川上は深く息を吸い、目を見開いた。亮次は、その目に、

「どうして、君は父親の気持を理解してくれないのだ。どうして、優美はこの世界で特別な価値をもった女性だった、と言ってくれないのだ。なぜ、優美は自分が愛されていると信じながら死んでいった、と言ってくれないのか」

という非難を読み取った。

父親の苦しみを少しでも和らげるために、自分は期待されている通りのことばを語るべきなのではないだろうか。亮次の頭を何度も同じ思いがよぎった。だが、その都度、血も涙もない男だと思われていいのだ、せめて、あんな非情な男と憎まれるくらいが、今の俺の掛け値なしの姿なのだから、という思いの方が上回った。

「山倉さん、あなたには何も通じない。あなたが何にこだわり、どんな生き方を信念にしているのか知らないが、あなたには他の人間の気持を思いやることができないんだ」

「すみません。僕は駄目な人間なんです」

「本心じゃないですよね。あなたは、心の中で、自分は己れの原理原則を守っているのだと誇りにす

ら思っているのではないのか。優美であれ、誰であれ、どんな他人よりも、自分の原理原則の方が大切な人なんだ」

「ごめんなさい。ご指摘の通りです。僕はお父さんの期待に応えられない人間です。どうぞ、気のすむまで殴るなり、蹴るなりしてください」

亮次のことばに川上はもうよいという顔をして、立ち上がった。亮次もつられて立ち上がり、川上と目を合わせた。互いを探り合うような長い沈黙の後、肩を落とし玄関に歩いていく川上を、亮次はただ見送るほかなかった。

4

二〇〇五年一月一七日　札幌

くだらない考えが何も湧いてきませんようにと念じ、恭介は自分を追いかけてくるものすべてを振り切ろうとした。そのためには突っ走らなければならない。アクセルを思い切り踏み、カーステレオのボリュームを上げると、腰からぐいぐい突き上げてくるベースの音で車の中がいっぱいになった。闇の中にまっすぐ突っ込んでいくことに集中すると、もう何を考えているのか、何に絶望しているのかもわからなくなった。やわらかな雪面をタイヤが噛み、獣が太い声で喘ぐような響きになって床下から伝わってくる。

細長い花火のように、無数の雪が暗闇の奥から絶え間なく溢れ出てくる。雪がフロントガラスにあたっては重さを知らない粒子のように後ろに吹き飛んでいく。暗く狭い峠道は車道も路側も見分けがつかない。降り続く新雪がこの世界から境目というものを消していた。恭介は、ヘッドライトが前方にぼんやり照らし出した白い壁がこの峠いちばんの急カーブだと思った。あそこをこのまま突っ切ろう、それですべて終わりだ。新雪の下の固い路面をタイヤがひっかき、恭介の腰をもちあげる勢いで車は加速した。

恭介はハンドルをつかんだまま目を閉じた。ハンドルが小刻みに震えるのを掌に感じると、床下がゴロゴロと鳴った。尻が小刻みに突き上げられた。硬い雪の塊が車の勢いに逆らい、押し寄せてきているかのようだった。しかし、抵抗する力はふっと消え、車は宙に浮いた。恭介も浮いた。知らぬ間に腹の中から「わあっ」と叫び声が噴き出した。どこまで落ちるのか、闇の底はどこまで続いているのか、恭介は目を開いた。窓は前も横も雪が貼り付き、わずかな隙間から見えるのはただ黒い闇であった。恭介は再び目を閉じ、闇の底にこのまますうっと吸い込まれていけばいいと思った。

後頭部の隅でかすかにキーンという音が鳴り出した。「ああ、やってきた」と恭介は思う。この音が鳴ると、自分が自分でなくなったみたいに前へ前へと押し出されていくのだ。強風に糸を吹き千切られた凧みたいに否も応もなく突き進んでいく。どこにいくのかわからず怖いが、妙にふわふわした快感が湧き出してくる。ぶち切れて怒鳴りまくったり、ものに八つ当たりするときにもこの音が聞こえて、もうどうにも止まらなくなる。しかし、恭介は今、キーンという音の背後からもっと巨大な音の塊が生まれせりあがってくるのを感じた。その音の塊は、ありとあらゆるものを圧倒して、姿を現してきた。そう、滑走路を飛び立って音速の向こうへ一気に加速していくF15戦闘機の爆音だった。こいつに乗って音速の彼方に突っ込み、粉みじんに砕けるのだ。爆音のかなたに金色の光がほんのわずかちらついているような気がした。と、またも「わあっ」という叫びが腹の底から洩れ出てきた。下半身が痺れるように熱くなり、突き上げる加速に身を任せたくなった。恭介は固く目をつぶり、ハンドルに顔を押しつけた。

だが、恭介を包みまるごと天空へ運んでくれるはずの爆音は、たちまち闇の中に溶け去ってしまった。かわりに、木の枝がばきばきと車体をこする音が聞こえてきた。恭介は、まるで自分の胴体にじかに硬い枝を突き立てられ、皮膚をえぐられ、切り裂かれていくような気がした。ついで運転席の右前がなにか堅いものにぶつかったかと思うと、パアンと弾ける音とともにやってきた圧力に頭が呑み込まれ、押しつけられ、なにがなんだかわからなくなった。火薬の匂いが鼻を衝き、恭介はエンジンが爆発したと思った。

車全体が左にねじれるように傾き、そのまま落ちた。恭介の頭を背もたれに押しつけた白い柔らかな布が、しゅるしゅると小さくなっていった。恭介の体は車の回転とともに、ぐるりと上方にもちあげられた。箱型の車体がきしむような音を立て、ゆっくり沈みこんでいくようだった。恭介は、雪の中に車が埋もれていくと思った。

車の動きが止まった。ゆっくり目を開く。車内は仄明るかった。どの窓も黒く塗られたようだった。心臓の音が、じかに耳に届いてきた。指先が激しく震え、顎にあてると顔も震えだした。窓に密着した雪がざらざらとした模様になって浮かび上がり、薄気味悪かった。車内が、地底にぽっかりできた空洞のように感じられた。仄明るさのもとはヘッドライトの光だった。深く積もった雪の粒が光を受け、それがかすかな光源になっていた。エンジンは止まっていて、恭介が身動きするたびに、車体が雪をぎしぎし押す音をたてた。

車は左側面を底にして雪に埋もれていた。今は、助手席のドアの内側が車の底だった。恭介は左足を助手席側のドアにそっと伸ばし、ハンドルにしがみつきながらシートベルトをはずした。身動きするたびに、車がゆらゆらした。腰を浮かせ、おそるおそる左足に体重を乗せ、右足を運転席の下から抜き取って左足の横に移動する。車がずぶりとさらに沈みながら傾き、暗闇の斜面に今にも転がっていきそうな気がしてくる。急に恭介の脚から心棒が抜けたようになり、膝ががくがく震え始めた。びくつく膝や太ももの動きが波となって広がり、恭介は体中に蠢《うごめ》き出した恐怖に耐えることができなくなった。

運転席側のドアのロックをはずし、ドアを上に開けようとしたが少しも動かない。覆いかぶさった雪とドアの重みに抗するために足を踏ん張り、「おーっ」とありったけの声を振り絞った。車がぐらぐら揺れる。両手に加え頭をドアの内側につけて目いっぱい腰を伸ばすと、暗闇に向かってそろそろとドアは開き出した。積もりたての柔らかな雪がどっと車内に崩れ落ちてきた。恭介がなおも頭と背中で押し続けると、ドアがゆっくり上に向けて開いていった。

車内は粉雪で埋まり、恭介は雪まみれになってもがいた。手と首が痛いほど冷たくなり「ひー」と声が洩れた。車が揺れるたびに心臓が激しく弾け、喉から飛び出してきそうだった。両肘を辛うじて車体の外側に突き出して支えにした。胴体をくねらせ足でシートを蹴りつけた。なんとか胴体を車外に乗り出したが、ダウン・ジャケットの襟から雪が背中と言わず胸と言わず入り込んできた。針で突かれたような痛さに襲われたかと思うと、たちまち冷たさに変わった。ようやく膝頭を戸口の外にせり出し、後部ドアの方に這いずり進んだ。

上向きに開いたドアがゆるゆると下がってきて、戸口との間に雪をはさんだまま閉じた。横倒しになった箱型軽自動車の側面に膝をつき、中腰で斜面の下を見た。目の先は切れ落ちたような急斜面になり、黒々とした闇をたたえていた。もうすこしジャンプしていれば、車はあの闇に吸い込まれていただろう、先ほどまではそのことだけ願っていたのに、今では闇が自分を吸い寄せる力に体中の震えが止まらなくなっていた。

「おおい、大丈夫か」

恭介は、頭上から声が降ってきたような気がして、ゆっくりと首を回した。急カーブのあたりに止めた車のヘッドライトなのだろう、雪の隙間から光が溢れていた。光を背に黒い影がこちらに身を乗り出しているようだった。助けてくれと声をあげたかったが、喉の奥でひゅるひゅるとかすれた息が空回りするばかりだった。恭介は、おそるおそる体の向きを変え、両腕を懸命に振った。

「お、大丈夫なんだな」

わずかな身動きにも軋んだ音をたてて揺れる車上で、恭介は再び両腕を振った。

「いいか、危ないからあんまり動くんでない。今から、携帯で警察呼んでやっから、黙って待ってな」

太くよく響く男の声だった。「警察はダメ、ダメだよ。ただのレッカー業者がいい」と恭介の胸の中でことばが渦巻いたが、声にならなかった。自殺したくて道路の外に落ちた車を警察はどう扱うのだろう、また厄介なことになるに決まっている、恭介の頭には、死のうと思った人間には不似合いな計算がぐるぐるめぐった。

5

事故処理の警察官にはさんざん油を搾られた。

「このクソひどい吹雪の中、手間かけやがって、いったいどんな運転をしてんだ。止まるぐらい減速しなきゃ、あんなカーブ曲がれるわけないべ、お前、命惜しくないのか」

現場検証が終わり、車をレッカー車が引き上げるのを待つ間、恭介はパトカーの中で警察官から事故のときの状況を聞かれたが、何も答えられなかった。年齢がまだ十八歳であることと、免許証の点数がほとんどないことがわかると、警官は無謀な運転をしてコーナーを飛び出した事故と断定し恭介を怒鳴り始めた。

「いいか、お前の事故を始末するために、何人の警官が出てるかわかっか。ただでさえ、街なかで事故が多い日だっちゅうのに、おおぜいで山ん中まで駆けつけてんだ」

そんなふうにまくし立てられても、恭介の耳には何も入らなかった。ましてや、返すことばなど一つもない。この先、生きていくための希望はもう根元から切断されていた。自分は空に羽ばたくための翼を奪われた惨めな鳥だ、地面をただ這いつくばって十年も二十年もずっと生きるなんて絶対できない。将来のことを考えると、窒息しそうなくらいに喉を締めあげられ、暗闇の中を引きずり回されているような気がしてくる。だから、ただ苦しい。悩みなんていう高級なものじゃなく、絞め殺されそうな苦しさに耐えられないんだ。

「おい、兄ちゃん、聞いてんのか。無茶な運転をすることは人迷惑だって、わからねえのか」

警官がいらいらした語調を強め、ヘルメットの下から恭介の目を威嚇するように睨んだ。

「あっ、はい」

いつもなら、威嚇する口調にはたちまち逆上し、「なんだと、このやろ」とどすのきいただみ声で相手を怯ませるのが癖になっている恭介が、不意を衝かれたように返事をした。

「だから、聞いてんのかって言ってんだよ。こんなおっかない道を暴走すんなって。おめえ、命捨てるために走ってんのか。兄ちゃんにだって父さん、母さんいるだろ。じいちゃん、ばあちゃんだっているんじゃねえのか」

警官の威嚇口調がおさまり、じいちゃんばあちゃんと言われたときに、恭介の中に堰きとめられていたものが溢れ出した。

「すみません、おまわりさん、俺、命を捨てたかったんです」

次の説教ことばを用意していたはずの警官は、開きかけた唇を尖らせて、恭介の目をじっと見つめた。

「おい、ただごとでないだろ、もう一回言ってみ」

「あ、はい。俺、命を捨てたかったんです」

「おい、ふざけて言ってんでないべな」

「ふざけてません。俺、もう駄目なんです。全部だめ、生きてても意味ないんです」

「それで、暴走したってか」

「はい」

「はいってなあ、こんなとこで自殺か。やめれって。事故って死ねればまだいいけどよ、体がぐちゃぐちゃになって、それでも死なねえケースが多いんだ。それでどうする、一生、しょうがい引きずって惨めな暮らしをすることになんだぞ」

警官は分厚い唇の間から舌先をのぞかせ、唇をちらちら舐めながら、ウィンドウの先に目を凝らした。腕を組み、口をへの字に曲げて黙り込んだ。深くたたまれた皺の奥にある目が、作業車のライトを反射して光った。

「死ねませんか」

「てめえ、こんな迷惑かけやがって、まだ死ぬ気か」

「はい」

「今はなあ、なかなか死なねえように車ができてんのよ」

「あそこずっと落ちていったら、死ねたんじゃあ」

「わからねえ。たぶん、車が谷底まで転げ落ちて大けが、がいいとこだろうよ」

「そうですか」

「そうよ」

警官はしばらく思案にふけった後、車を降りて、外で現場検証を行っている他の警官と立ち話を始めた。二人は話の合間にパトカーに坐っている恭介をちらちらと見た。

恭介が突き抜けたカーブには小型のクレーンを装備したレッカー車が止まり、崖下に垂らしたワイヤーで恭介の車を引き揚げようとしていた。斜面に下りていた作業員から合図の声が聞こえ、ワイヤーを巻き上げる機械音が響いてきた。恭介はカーブの向こうをじっと見つめた。雪まみれの黒い軽自動車がゆらゆらと吊りあげられて来た。雪の中で横倒しになっていたはずだが、今は四本のワイヤーに支えられタイヤを下にしていた。右前部が少しへこんでいたが、全体に大きな損傷はないようだった。安い中古だが、事故には強いもんだ、恭介はパトカーとレッカー車のライトに浮かび上がった箱型の車体を見て、そう思った。

「お兄ちゃん、本署まで戻るから一緒に来てもらおう。自殺しようなんておかしな人間をほっとくわけにゃいかんからな。ちょっと話を聞かせてもらうぜ。車も署まで運んでやっから。ありがたいと思え」

6

本署の小部屋に連れていかれた恭介は、先ほどパトカーの中で尋問を受けた警察官に丸椅子にすわるよう指示された。ヘルメットをはずした警官はごま塩の短髪で、しわがれた声でゆっくり話し始めた。落ち窪んだ目を半分閉じて話す顔つきは、目の前の俺に話しかけているのに、まるでずっと遠くの誰かに話しかけているようだと恭介は思った。

「おい、兄ちゃん、何が悲しくて、車ごとぶっ飛ばなきゃならないんだ、言ってみれ」

恭介は、警官の声が胸の空洞にするすると入ってきて、みぞおちの奥に黒くわだかまっていたものをひょいと引きずり出したような気がした。

「べつに悲しいわけじゃないけど、自分はもう終わったんだ。もうなにもできない」

話しているうちに涙声になり、喉の奥からかすれた息が漏れた。背中から体じゅうに広がる悪寒で歯の根が合わなくなり、握った拳が机をかたかたと撃った。

「おい、おい、何言うもんだか」

警官は、ふてぶてしい面構えの少年が突然哀れな声を出したのにあきれ顔をした。

「何が苦で死のうとしたのか、ちょっと言ってみれ」

顎を少ししゃくるように反らし、恭介を促した。

「え、話してもいいんですか。署長さん」

「ばか、なんで俺が署長なんだよ。ただの交通係に決まってるだろが」

「いやあ、さっきから雰囲気とか話し方とか見てて、ただの警察官ではないな、と。かなりえらい人に違いないと思ったもんで」

自殺を試みた後だというのに、いつもの習性が現れた。どうやっても上回れない相手だと認めたら、ことば巧みにうまく取り入ろうとする立ち回りが無意識のうちに出てくるのだ。それは、怒りが一定限度を超えると興奮と錯乱に陥り、手のつけられないモンスターになるとかつて中学教師たちに怖れられた恭介の、べつの一面であった。

「お前、そんなテキトーなこと言っても警察には通じねえぞ」

「はあ、すみません」

「いいから、なんで死のうとしたか、言ってみれ」

「はい。僕、就職が決まっていたのが駄目になっちまって」

「そうか、この不景気じゃしようがねえよな。お前だけじゃねえぞ、就職先がなくて困ってる若いもんは。春までまだ間がある。こつこつ探せ」

警察官の顔がほんの少し綻び、眼窩の奥で光るものが恭介の目の奥をのぞき込んできた。

「いや、もう間に合わないんです。僕の人生は終わったんです」

「なに、ばかなこと言ってんだ。就職先の一つや二つで人生終わるわけないだろが」

「署長さんにはきっとわからないと思います。もうお先真っ暗だってことが」

「署長じゃねえ」

「はあ、すみません。でも、ああやっぱり、あのまんま、あっさり死んでればよかった」

「いつまでもぐずぐず言いやがって、いい加減にしろ。ところで、いったい、どんないい就職先だったのよ」

「航空自衛隊です」

恭介が「こうくう」に力を入れてしゃべると、不必要に大きな声になり、部屋いっぱいに響いた。恭介の声は、仲のいい誰からも「意味なくでかい」と言われていた。

「おお、自衛隊か」

「いいえ、ただの自衛隊じゃありません。航空自衛隊なんです」

「お前、航空自衛隊に受かったのか。それが、取り消し通知でも来たっていうんだな」

警官のことばに、恭介は両肘で頭をはさみ、机に突っ伏した。もう何も聞きたくないというように頭を振り、背を丸めた。

「そうか、残念だったな」

恭介は上目づかいで警官の表情をうかがい、苦悶をこらえるかのように眉を寄せた。

「いいえ、通知は来てないんですけど、駄目になるに決まってるんです」

「そんなこと、なんでわかるんだ」

「みんな言ってるんです。お前は、入隊駄目になったなって」

「よっぽど、悪いことをしたんだ」

「わかりますか」

「そりゃ、自衛隊の入隊取り消しなら、真っ先に浮かぶのが犯罪だろが。逮捕されるようなことしたのか」

「犯罪とは言えないんですけど、けっこうやばいことやっちゃって」

「その、やばいことやらを話してみ」

警官に促されて恭介は話し始めた。


恭介は夜間定時制高校の三年生だった。定時制は通常四年生で卒業だが、恭介は「高校卒業程度認定試験」の科目試験をものは試しのつもりで受けたら、六科目も七科目も合格し、それを高校の修得単位に認められて、三年生の三月に卒業できることになっていた。恭介は、小学校のときに「問題児」として目をつけられて以来、ろくなことのない少年時代を送ってきた。母親の瑞枝はとんでもないヒステリーもちで、恭介のものの言い方が気に入らない、目つきを見ると腹が立つと言って、異常な体罰を加えてきた。半狂乱になって包丁を振り回されたことも二度や三度ではない。その瑞枝が男をつくって家を出て行ったり、父親の祐市が建設会社の職を失ったり、家の中は嫌なことばかりだった。

父親がタクシー運転手に転職し生活時間が不規則になってからは、瑞枝の母親珠子の家で弟の慎司と暮らすことが多くなった。恭介が「ばあちゃん」と呼ぶ珠子が、面倒なさかりの二人の孫をほとんど世話してきた。

恭介は、中学二年から、体の中に暴風が吹き荒れるのを感じた。「規則を守れ」と言われると、「規則になんの意味がある」と言い返し、学校の秩序に反する行動を繰り返した。お前のような奴がいると学校の規律がめちゃめちゃになる、真面目にやっている生徒の害になると、数学の教員に多くの生徒の面前で罵られた。

「お前は腐ったリンゴだ。言ってる意味がわかるか」

恭介は顔をゆがめ、机をカタカタゆらして授業の終わりまでこらえたが、我慢もそこまでだった。休み時間になるとバットをもって教員を追いかけ、職員室に飛び込んだあげく、流し台の横の冷蔵庫に自分の体をチェーンで巻きつけた。「俺が腐ったリンゴならここから捨ててみろ」と居すわり、学校の機能をしばらく麻痺させた。

また、遅刻して学校に着いてみたら靴箱に自分の上靴がなかったときには、いきなり放送室に飛び込み、授業中の校内すべてに「俺の靴、隠した奴、誰よ。すぐ、出て来い」と脅しの放送をかけたこともあった。中から鍵をかけて、ドアをたたく教員を尻目に、「早く出て来い、さもないとぶっ殺す」とマイクに叫び続けた。

わけのわからない行動に出るときは、口の中が唾で溢れてきて体中の神経が勝手に蠢き出した。相手を攻撃する脅しのことばはいくらでも出てきた。こんなことをやっている自分は「まとも」じゃないが、おかげで、俺のことをみんなおそろしがり、誰一人として俺を止められないのだ、とモンスターなるがゆえの快感も湧いてきた。

勉強はほとんどしなかったがテストは勘でやってけっこう点が取れた。真面目にやっているだけの生徒よりいい点のときだってあった。しかし、評価はどの科目も悪かった。高校を決めるときに担任から「お前に学校を選ぶことなんかできない。定時制以外はどこも受かるところはないからな」と言われた。

拳を握って殴りかかりたい気持を抑え、「くそ、バカにすんな。俺をバカにした奴らをいつか必ず見返してやる、俺の方ががっぽり稼いで、優等生面してた奴らのほっぺたを札束でひっぱたいてやる」と思った。名門校を目ざすお行儀のいい生徒だらけの中学校で、どいつもこいつも陰でこそこそ恭介の悪口を言っているような気がした。卒業式の日、合格した気分で四月からの高校の話をしている奴らを横目に、あいつらを俺にひざまづかせるのを自分の生きがいにする、と心に誓った。

そんな恭介が、定時制高校に入ったら度肝を抜かれた。中学のときは、教師の前でちょっとした悪さを平然としてみせるだけで一目おかれたものだったが、定時制では通用しなかった。ずっと年上のクラスメートが二、三人いて、信じられないほど筋肉が強かった。その一人のケンタに戯れに柔道の技をかけたら、あっさり投げ飛ばされ、寝技をかけられた。全身骨ごとバラバラにされ殺されるかと思った。それ以後ケンタには頭が上がらない。一度、ケンタを驚かせてやろうと思って、母親が包丁で自分を刺そうとしてきたことを大げさに話してやったら、鼻でせせら笑われた。

「俺は、おっ母なんて見たこともねえ。覚せい剤売って、どっかの刑務所に入ってるって教えてくれた奴がいるけどな。ま、そんなもんよ」

悪ぶっても威嚇効果がほとんどないことがわかった恭介は、不良ぶるのをやめた。ゴリラのような体形をした国語教師佐々木に誘われ、ケンタやジュンジなど年上の連中と一緒に柔道部に入った。理由は単純で、柔道をやっている定時制の生徒は少ないので、大会で一人か二人倒しただけで東京の全国大会に行けるらしい、と噂を聞いたからだった。

佐々木、ケンタ、ジュンジの誰とやっても恭介は勝てなかった。とくにケンタに寝技をかけられると、鋼鉄のように硬く太い腕で締めあげられ、息ができなくなった。恭介はおそろしくなって、「ギブアップ、ギブアップ」と大げさに悲鳴をあげた。

「恭介、お前、大会はやめとけ。勝てる相手は一人もいない」

とケンタに笑われたが、東京行きは諦められなかった。あるとき恭介は気づいた。汗まみれのまま放置していた柔道着を着て道場に出たら、ケンタが顔をしかめ、恭介と組む腕の力を緩めたことに。ここぞと背負い投げに出たら、それまで岩のように動かなかったケンタの腰が宙に浮いた。ぐしゃりと恭介にのしかかってくるケンタもろとも、恭介は畳に転がった。

それからというもの、恭介は柔道の技は磨かず、柔道着を臭くするためにせっせと工夫を凝らした。夏場の練習で汗まみれの柔道着を、はきっぱなしにしていた靴下や下着といっしょにビニール袋にくるみ、ロッカーに放り込んでおいた。厨房の顔なじみになり、給食調理員から残り物のチーズや漬物をもらっては、柔道着の中に押し込んだ。効果はてきめんだった。恭介と組む誰もが、鼻の奥を容赦なく直撃する腐敗臭をまとった恭介を相手にすると急に力が弱くなり、まともな技をかけてこなくなった。佐々木には、

「恭介、お前、柔道着をちゃんと洗え。その臭いは、公害撒き散らしてるようなもんだ」

と怒鳴りつけられた。

「すみません、家が貧乏で、洗濯もあんまできないもんで」

そう言って、情けない顔をつくり顧問に頭を下げた。

「言い訳は聞かん。ともかくなんとかしろ」

佐々木は渋い顔で恭介に言い返したが、それ以上追及はしてこなかった。ほかの部員との稽古に時間を使いたかったのだろう。

北海道の大会本番、異臭を放つ柔道着の恭介は、会場いっぱいに響く叫び声をあげて、通信制高校の選手と組みあった。恭介が襟をつかんでぐいと引き寄せると、色白の上級生は顔をしかめて後ずさった。恭介は、臭いに戦意を喪失した相手にのしかかり、右足を相手の左足に絡ませ、はね上げた。押し倒しの格好で畳に相手を転ばし、押さえこみに入った。はね返す動きを見せない相手に恭介は一本勝ちした。次はもう決勝だった。有段者の対戦相手は恭介を目の前にしただけで顔をしかめたが、呼吸を止めたまま組み合い、恭介を一本背負いで投げ飛ばした。勝負は一瞬で終わりになった。それでも、全道三位入賞の恭介は東京の全国大会に出場できることになったのである。

真夏の全国大会に向け、柔道着をいっそう臭くすることに余念のなかった恭介だったが、いざ東京

の試合会場で柔道着に袖を通してみると、何の臭いもせずうろたえた。どうも、宿で寝ている間に、佐々木に、とっておきの柔道着を洗い晒しのものに取りかえられていたようだ。一回戦、恭介は寝技でもちこたえようとしたが、あっという間にけさ固めにあい、気を失う寸前で試合が終わった。それでも、全道大会のたった一勝のおかげで、恭介の履歴には「定体連柔道全道三位入賞、定体連柔道全国大会出場」の記録が刻まれることになったのである。

ケンタやジュンジは、「せこい男」「全道一のくさい男」とことあるごとにからかってきたが、恭介は「柔道は俺には合わない」と言ってやめた。そして、自分をバカにした奴らを見返すために何をするべきか、ひたすら考えた。誰もが憧れる仕事に就いて高収入を得るのだ、その肩書きを聞くだけでそこらの人間がみなへへえっとひれ伏すような仕事はないものか、恭介は日夜考えた。大会社の社長、プロゴルファー、弁護士、タレント、トレーダー、美容整形の医者、いろいろ考えた。だが、確実になれるという道がわからない。そんなときにふとネットで見つけたのが「あなたもパイロットになれます」のキャッチフレーズだった。

平均年収千五百万円は確実、機長ともなれば三千万円、なにしろあの制服がいい、肩章をつけたあの制服で歩いたら、羨望の視線が四方八方から飛んでくるだろう。だがそれにしても、パイロットになるには一流大学を出て航空会社に採用されるか、航空大学に行かなければならない、俺には無理だと思ってホームページを閉じようとしたら、「学歴や学力ではありません、問題は情熱です」とある。読んでみると、今はパイロット不足の時代、大学以外の教育を受けて飛行機の操縦免許を取り航空会社に採用される人間も現れている、とある。操縦免許を取るために、英語、数学、気象学、地図法、無線などの科目を通信教育とスクーリングで学び、飛行訓練はアメリカに留学して実施する、といったプログラムが用意されている。誰でも情熱と根気をもって学び続ければパイロットになれるとの謳い文句に恭介の心は宙に舞い上がった。コックピットのリーダーとしてフライト・チームを率いる自分を想像しながら、恭介は資料請求のボタンをクリックした。

三日とおかず、スーツ姿の男がたくさんの書類をもって恭介を訪ねてきた。高校入学後すぐにパイロットを志望するとは素晴らしい、地道に努力していけば、パイロットになる確率がどんどん高まっていく、通信教育がある程度まで進んだら東京に来て適性検査を受けてもらう、そのときには操縦のシュミレーションも体験できますよと、説明された。恭介は興奮と期待で全身がむずむずしてきて、矢も楯もたまらず通信教材の申込書にサインをした。

三十万円の教材費の話に父親の祐市は、うんともすんとも言わず、パンフレットをさっと眺めてチラシの山の中にもぐりこませた。祖母の珠子は、そんな金を出す余裕はどこにもないと言った。だが二人とも、恭介の願望を理屈で否定しようとすると、どれほどひどい悪態をつくか、狂ったように暴れまくるのが目に見えているだけに、何も言えないのだった。結局、珠子が金を出してやり、小さな段ボールいっぱいの教材が届いた。

それまでまともな勉強をしたことのない恭介が、とりあえずは地図法、気象学などとっつきのよさそうな科目のテキストを開くようになった。もともとパズルのような問題を解くのが得意だった恭介は、専門用語を感覚的に理解できるようになった。それだけで、恭介は自分がパイロットへの道をまっしぐらに進んでいる気になり、定時制高校の仲間たちに俺はパイロットになる、それも国際線のパイロットだ、もしこの夢がかなわなかったら死んだ方がましだ、と大見栄を切った。聞いた誰もが、

「お前、頭おかしいんじゃねえの」と薄笑いを返してきた。

ケンタなどは、

「このくそ恭介、いいかお前にはパイロットになる頭もないし、金もないべや。それに根性もまるっきりない。冗談は休み休みにすれや」

と言いながら、恭介に蹴りかかってきた。

恭介は何を言われても本気で怒らず、俺は必ずこいつらに勝つ、こいつらが三十になっても四十になっても人に安くこき使われて現場作業員をやってるときに、俺はバリッとしたパイロットの制服を着て空を飛んでいる。そのときに「見損なっていました大賀恭介様」なんてへいこらしても遅いんだぜ、と心の中で呟いた。

恭介は、勉強が次の段階に進んだときに備えて金を貯めなければならないことに気づき、カレー屋、コンビニのアルバイトから始まってカラオケ店の呼び込み、解体工事の作業員までやった。だが、興奮すると視野が狭くなる恭介でも、何事も金次第のこの世のからくりが壁となって立ちはだかっていることに気づかないわけにはいかなかった。上京して科目試験と適性を試す検査を受けるためにかかった費用が百万円。八ヶ月間のアルバイト代がすべて消えた。これから先もパイロットになるまでの道のりには数々の関門があり、そのつど金がかかるしくみになっていた。とりわけアメリカ留学期間の経費は一千万円近く。どう考えても、タクシー運転手の息子に手の届く世界ではなかった。

しかし、一度火がついた空への情熱は、恭介をどこまでも駆り立てて燃え尽きることがなかった。恭介は、三年生の春、パイロットになる他の方法がないか考えた。貧乏人でもパイロットになる方法が一つあった。自衛隊である。航空自衛隊に入り操縦士の資格を取ればいいのではないか、そう思って調べ始めた。自衛隊を退職して航空会社のパイロットになるケースは多いらしい。自衛隊の航空学生になる試験に合格すれば、自衛官として給料をもらいながらパイロットの訓練を受けられる。これだと思い自衛隊の地方協力本部というところに電話したら、募集担当の自衛官がすぐ恭介の家にやってきた。恭介が定時制高校の生徒だとわかると、正直言って航空学生は難しい、一流大学に合格するのと同じくらい難しい、英語も数学も一流高校できっちり勉強したレベルの学力が必要だと言われた。

なんで合格できないと決めつけるのか、パイロットになるためならどんな苦しい勉強でもやり続ける気持はあると恭介が不服に思って言うと、英語や数学の過去問のサンプルを見せられた。自分の高校でやっている勉強とはおよそ別世界の文字や数式がずらっと並んでいて、呆然とした。恭介の単純な頭でも、いつか努力の結果解けるようになるレベルの問題でないことは呑み込めた。じゃあ諦めるしかないんだ、と呟いたら、募集担当の自衛官は一般の自衛官になる気はありませんか、と訊いてきた。

「平の自衛官になるってこと?」と聞く恭介に「そうです」と答えるので、ただただ辛い訓練を受けるだけでパイロットになれないのなら興味はないと断った。それでも募集担当者は、航空自衛隊にはいろいろな職種があり、航空管制や整備もあるし、乗組員として補給活動にあたる可能性だってありますと語った。大賀君みたいに真剣にパイロットを目ざす若者が、空にかかわる仕事ならということで、たくさん航空自衛隊を目ざしているんだよ、と真顔で恭介の返答を待った。恭介は、自分なら平からパイロットに這い上がる道をつかめるような気がしてきて、身の内に突然、意欲が炎となって燃え立ってくるのを感じた。

恭介は募集担当者の勧めるままに願書を書き、秋に自衛隊の駐屯地で試験を受けた。出題は中学卒業程度だということだが、数学や理科はなんとかなった気がした。数日後、筆記試験に合格したと聞いて、恭介は嬉しさのあまり飛び上がった。これまで、恭介は調子がいいだけで何をやらせても中途半端、何をやっても失敗するに決まっている、と教師たちにさんざん言われていたので、「合格」ということばだけで全身が踊り出すほどの喜びだった。健康診断も問題なくパスし、あとは来年の入隊を待つばかりになった。

「パイロットとただの自衛官なら、月とすっぽんだべや。大賀は、違いもわからないで採用試験を受けに行ったんじゃねえの」

などと、誰もがからかってきたが、にやにや笑いながら言わせておいた。何しろ航空自衛隊なんだ、将来は管制塔でパイロットを誘導しているかもしれないし、ひょっとしたら俺の能力が認められて上司から是非パイロットコースに進めと、特別な推薦があるかもしれないではないか。そう思った。

秋の終わりにこの地域で航空自衛隊に入隊が決まった人間を集め、航空基地で体験入隊が行われた。一緒に入隊することになる同期の奴らと休み時間に話したら、たいてい、この不景気にいちばん手っ取り早くなれる公務員が自衛隊だからなどと言い、飛行機に関連する仕事だからという奴が案外少なくてがっかりした。そんなことより、駐機場に止まっているジェット戦闘機の操縦席に実際にすわらせてもらったのときの感動は忘れられない。通称イーグルと呼ばれるF15戦闘機は、この世界で見なれたあらゆるくだらないものとは何から何まで違っていた。操縦席に座って風防を下ろしてもらうだけで、爆音が実際に鳴り響き、音速をいともたやすく超えていく加速をありありと感じた。俺の回りを取り囲むくそったれの壁をF15は瞬時に切り裂き、成層圏へ上昇していく。恭介の腰は激しい上昇加速度を感じとり、勃起したペニスが射精しそうになった。

パイロットへの一本筋の道ではないかもしれないが、あの戦闘機にかかわる仕事ができるなら、航空自衛隊サイコーではないか。そんな気分の恭介は、自分が航空自衛隊に就職が決まったことを毎日、吹聴して回った。たいていの教師は「お前にゃ、三日ももたない。もったとしたら、この日本も終わりだな」と、からかいのことばばかりを見舞ってきたが、恭介は意に介しなかった。戦闘機にかかわることができるなら、どんなおそろしい訓練にも耐えられると思った。

7

ここまで話すのをじっと聞いていた警官は、しげしげと恭介の顔をみつめた。

「そうか、中学時代のワルが航空自衛隊に受かったんなら、大したもんだな」

「ええ、ありがとうございます」

「それで、その後、なんかやらかしたのか」

「就職先も決まったし、車の免許取ったんです。したら、すぐ乗りたくなりますよね。とりあえず走ればいいってつもりで中古の軽を買って、見せびらかしで学校に乗って行ったんです。みんな、いいな、いいなって言うし、運転の仕方を教えてやるから乗せろって言う年上の仲間もいるもんで、放課後ドライブしたんです」

話しながら、あの晩のことが甦ってきた。後ろの座席にケンタとジュンジの年上、横には同い年のトシキが乗り、バカ騒ぎしながら市内をあてもなく走りまわった。昼間降っていた雨が雪になり、夜には冷え込みが厳しくなった。交差点で止まったときタイヤがずるっと滑りそうになったのを感じたが、ケンタやジュンジが「この臆病者、もっと飛ばせ」とはやし立てるのに応じて、恭介は他の車が早目に減速するのを尻目に小刻みに車線を変え、急発進と急停車を繰り返した。

堤防の上の直線道路を走っているときだ、前方の信号が黄色に変わったのを見たジュンジが、

「んなとこでアクセル離すなって、スピードあげて突っ切れよ」

と叫び、ケンタとトシキも「行くんだ、恭介」とはやし立て、車の中は大騒ぎになった。交差点の間近に来て信号が完全に赤になった。信号待ちしていた車がのろのろと発進を始めていた。

「やべえ」

恭介は声をあげブレーキを踏んだが、ロックしたタイヤが凍った路面を滑るばかりで、車はそのまま交差点に突き進んだ。左前方に進んできた車を避けようと、懸命にブレーキを踏みながらハンドルを右に切った。すると、車は激しく尻を振り、わけのわからない方向に流れ出した。恭介の車は、左から来る車の鼻先をこすり、そのままガードレールにぶつかるまで滑り続けた。交差点ではその後、制動のきかなくなった車が次々と衝突を繰り返した。

恭介たちはしばらくの間、車に閉じこもったまま、どうする？　どうする？　とお互いを目で探りあった。「せえので、ふけるか」とケンタが空元気で喋り出したが、車の外の様子を窺って「まあ、無理だな」と声を低くした。事故に巻き込まれたドライバーたちが険悪な表情で車の周りに集まってきていた。恭介たちは、彼らに目を合わすまいと肩をすぼめ、うつむきの姿勢で車に閉じこもった。

事故のせいで、交差点は大渋滞、堤防付近は溢れるほどのパトカーの赤ランプと照明灯で夜空の奥まで光が渦を巻いた。

「運転してたのはどいつだ。さっさと出て来い。おい、人を殺すつもりか」

「お前ら、暴走族予備軍か。全員、交通刑務所に行け」

一度にたくさんの拳が窓をたたき、怒りでひきつった顔がガラスに貼りついた。恭介たちは取り巻いた男たちが立ち去るのをひたすら待ったが、罵り声がからみあって激しい怒号になり、車を揺らした。

事故処理の警察官が人垣をかき分けて現れた。運転席の窓をたたき、恭介と目が合うと、

「ドアを開けて、下りてきなさい」

と厳しい口調で言った。恭介が渋々車を下りると、ケンタらほかの三人も無言で下りた。

「はい、運転してたのはキミか？　まず、免許証出して」

と言う声に、恭介が仕方なく免許証を出すと、男たちの怒りの矛先は恭介に絞られた。

「お前、事故起こして、なんで車に閉じこもるのよ。自分のやったことわかってんのか」

「歳はいくつなんだ。事故の責任をどう取るつもりだ。被害者にしょうがいが残ったら、お前、どうするのよ」

恭介が軽く舌打ちして、

「誰か、ひどいケガした人いるんすか」

と口を滑らせたのが火に油を注ぎ、運転手たちは、その場で恭介を吊し上げしようとつかみかかってきた。間に入った警官が、

「運転手のみなさんが怒ってるのはようくわかりました。調書に事故の状況をしっかり書いとくから、あとは警察に任せてください」

と、事を収めようとしたが、運転手たちは納得しなかった。

「この頃の警察が頼りにならないから、こんなひどい運転をするガキが出て来るんだろ」

と罵る声さえ聞こえた。さすがに警官は不機嫌さを抑え切れなくなった。

「私らも、やるときはやるからね。こんな暴走をした人間にはしっかりした処罰が下りるようにするから、もう、事故の調べはこっちに任せてくれんかね」

「どんな処罰だ」

「現場検証が終わらないと何とも言えません」

「どうせ、罰金で終わりだろ」

「いやいや。あんまり粗暴な運転なら、刑事罰もあるし、ともかくこっちに任せてください」

運転手たちは引き下がらなかった。警官の制止にもかかわらず、恭介の胸倉をつかもうとする者もいた。

「いいや、せいぜい免停がいいとこで、そのうちまた運転するようになるんだ」

警官は恭介をパトカーに連れていく通り道を確保しようと腕を振りながら、言った。

「この頃は、悪質な交通違反者に対する世間の目も厳しいよね。仕事にも影響が出てくるんでないか。公務員なら、資格停止とか懲戒免職とか、採用内定者なら内定取り消しとか、いろいろあるさ。民間会社だって、会社の名誉を傷つける事故には厳しいご時勢だし」

警官のことばに運転手たちは

「そんな間接的な罰じゃあ駄目さ」

「こいつら二度と運転ができないようにしろよ」

などと不満の声をあげた。

「いや、もうあなたがたの気持はよくわかったので、上の方に伝えます。この後は、個別に事故のときの状況を聞くからちょっと離れて待っててください。こいつらのことは警察に任せてほしいんだよな」

警官は書類をもった右手の動きで運転手たちを下がらせ、恭介たちを順にパトカーに呼び、事情聴取に入った。

恭介はと言えば、「内定取り消し」ということばに、全身を貫かれたような衝撃を受けていた。それ以後の警官とのやり取りはすべて上の空だった。警官は事情聴取の最後に「免許取りたてでこんな悪質な事故を起こすのは許せない。社会的制裁をきっちり受けなきゃ、また同じことをやるんでないか」と大声でダメ押しの一言を放った。

翌日すっかり意気消沈して登校した恭介に、ケンタらも、事故がもとで恭介の航空自衛隊入隊は取り消しになるだろうと語り、珍しく「あんとき、騒ぎすぎて悪かったな」と真顔で謝ってきた。恭介に返すことばは何もなかった。恭介の脳裡には、自衛隊の採用担当者が「悪質な交通違反者」と呟きながら、採用予定者名簿の「大賀恭介」の名前に黒々と横棒を引く場面がくっきり映った。

ろくなことのなかった少年時代の最後に恭介がつかみとった空への夢は、あっけなく潰えるのだ。この世界のくだらないものすべてを切り裂いて大空へ飛翔していくF15に二度と出会うことはできないのだと思うと、恭介はいても立ってもいられなくなった。泣き喚いても、壁を蹴っても、事故を起こしたことは取り消せない。航空自衛官になる希望に燃えていたあの時間には戻れないのだ。絶望的な気持なんてことばでは言い尽くせない、真っ黒なローラーで自分の将来が塗りつぶされてしまったのだ。こうなった以上、もう死ぬしかないではないか。

「せっかく航空自衛隊に入れることになっていたのに、ホントついてない。僕の人生はいつも、ああうまく行くぞって思ったとたんに、なんかアクシデントが起きて失敗するようになってるんです」

眠っているのではないか、と思うくらいに瞼をほとんど閉じて話を聞いていた警官が、いきなり上体を起こし無造作に恭介の顎の下に手を当てぐいと上を向かせると、かっと目を開いた。

「話はそれで終わりか」

「あ、はい」

「あ、はいってなあ、お前バカか。そんなあてずっぽの考えで簡単に自分の命を捨てるのか」

警官が恭介の顎に当てた手に力を込めると、恭介の頭が仰向けになった。奥歯を噛んで耐えている恭介の眼を上から睨みつけ、答えなければ許さないぞという顔をした。

「いいか、考えなしに命を捨てるのか、って聞いてんだ」

「いいえ、そんなことは」

「しかし、採用取り消しの通知もまだ来てないのに、さっさと自殺してしまおうってんだろ」

恭介は、「やめてください」と小声で言いながら、警官の手をとり自分の顎から離そうとした。警官が不機嫌な顔のまま手を引っ込めると、恭介は机に額を擦り付けるように頭を下げながら言った。

「自衛隊受かったって喜んでたばあちゃんが通知見てがっかりするの、見たくないし。自分でさっさとけりをつけたかったんです」

「ばか。お前さんの、その足りない脳みそで勝手に思い込んだことで、命を捨てるってか。思い込みが激しいというのか、ただの脳足りんというのか」

「えっ、思い込みですか」

「いいか、交通警察官が事故が起こるたんびに、いちいち、運転手の所属する会社とか役所とかに連絡すると思うか。ましてやお前さんの場合、採用が内定しただけの人間だ。そんな人間のことまでいちいち雇い先に知らせるほど警察に暇があると思うか」

「知らせないんですか」

「ああ、知らせるわけがない」

「本当に、本当ですか。でも、あのときのおまわりさんは、こんな事故を起こしたやつには社会的制裁を受けてもらう必要があるって」

「そら、あんまり腹立ったもんだから、一発かましてやろうと思ったんだろうよ」

「じゃあ、まだ航空自衛隊に入れるかもしれないんですか」

「あたりまえだ。だいたい、ものごとはなんでもきちんと決まってから判断すれや。思い込みで突っ走るんじゃねえ。自衛隊から正式な通知が来てもいないのに勝手に判断するな、わかったか」

それでも、恭介は半信半疑であった。警官のことばで、完全に諦めていた空への道にほんのり光が戻ってきたが、それまでの絶望があまりに深かっただけに、手放しで大丈夫とは思えないのだった。

8

遅い夕食を終えてソファでうとうとしていた珠子は、電話の音で目を覚ました。もうろうとしたまま電話に向かっていくと、椅子の角に思い切り膝頭をぶつけ、痛みに呻きながら受話器をとった。

「こちら、西署ですが、大賀恭介君のことで電話しました」

「えっ、恭介が何か」

「おばあちゃんですね。ああ、やっと連絡先が見つかった。えーとですね、よく聞いてください。一時間半ほど前に恭介君が峠道から車ごと転落しまして、それが本人の話では自殺しようとしたということで」

そこまで聞いて、珠子は全身が震え始めた。喘ぎ喘ぎようやく声を絞り出す。

「それで、体は大丈夫なんでしょうか」

「はあ、命に別状ありません。ただ、自殺未遂ですから、誰か責任のもてる身内の方に引きとってもらう必要があるんです。ところが、本人がなかなか連絡先を教えてくれなくて。なんとか聞き出したのがこちらの電話番号なんです」

「わかりました。西署ですね。すぐ行きます」

ひどい動悸に襲われ、珠子はその場にうずくまった。胸をおさえ息をととのえた。この頃の悪い予感が当たった。交通事故を起こしたため自衛隊に入れないようだとぼそっと言った日から、恭介はずっとおかしなものに取り憑かれたようだった。暗い目つきをしてよく聞き取れない低い声でたえず呟いている。そんな様子を見ると、何かとんでもないことを仕出かさなければいいがと、不安が続いていたのだ。

祐市に電話をしてみたが、遠距離の客がついたので、すぐは警察に行けないと言う。タクシー運転手なんて、給料が安い上に家族の一大事にも駆けつけられない、困った仕事だ。珠子は、テーブルの上に置いていた財布、老眼鏡、封を切っていない郵便物その他、かき集めるようにバッグに詰め、ありあわせの服にオーバーを羽織って雪道に飛び出した。タクシーを拾うには、広い道まで坂道をしばらく下らなければならない。ひどい雪降りで、粉雪を長靴で蹴立てて進んだ。なんとかタクシーをつかまえ、西警察署までと告げる。

夕方からの激しい降雪で、枝道から幹線道路に出たところで渋滞につかまった。車は一寸刻みの前進と停止を繰り返し、雪を払うワイパーの音だけがうるさい。珠子は、タクシーの床を踏み鳴らし、早く行ってと叫びたいのをこらえる。

恭介が厄介ごとを起こすときは、いつも自分にお鉢が回ってくる。家を出て行ってしまった瑞枝はもちろんだが、祐市もさっぱり頼りにならない。あんな孫でも、かわいいところがずいぶんあるのに。

珠子は、初孫の恭介が生まれたときどれほど嬉しかったかを思い出す。そもそも、気まぐれで勝気な一人娘の瑞枝が結婚すること自体が、驚きだった。ゴルフの打ち放し練習場で祐市と顔見知りになった瑞枝は、祐市に急に熱を上げ、慌しく結婚に至った。建設会社に勤める祐市がたまたま道路工事の現場監督をやっているのを見かけたら、図面を見ながら作業員たちにテキパキと指示をしているのが、たまらなく魅力的だったと瑞枝は言った。珠子は祐市をなんだかパッとしない男だと思ったが、瑞枝があっという間にすべて段取りをして所帯をもった。恭介と弟の慎司が生まれ、瑞枝は子育てにずいぶん熱心だった。二人とも自分の王子様だと言い、やけに飾りの多い気取った服を着せ、アパート住まいのくせに、そこらの貧乏人の低レベルの子と遊ばせるわけには行かないと、鼻をぴくぴくさせた。

祐市に十分な稼ぎがないのを知っていた珠子は、娘夫婦が一軒家をもちたいと言い出したとき、自分の貯金からぽんと一千万円出してやった。二人はそれを頭金にして、珠子の家の近くに新居を建て、子育てを始めたのだった。珠子は、四十すぎで立ち食いそば屋から始めてスナックまでいろいろ経営に手を出した。接客上手だったのが幸いし、瑞枝が結婚するときにはそれなりの蓄えができていた。夫の栄造が酒と女遊びでまともに家に帰らなくなったので、珠子は自分で稼ぐしかなかったのだ。でも、気前よく金を出してやったのがよくなかったのかもしれない、と今になって思う。

自分の親に金を出してもらった瑞枝は、祐市に対したえず居丈高なものの言い方をするようになった。祐市のことを、理屈ばかりくどくどこねる男で、人間に華がない、不景気で会社の業績が悪化し給料は減る一方、将来性がどこにもない、とぼやいた。会社で受けた健康診断の結果を見て、祐市が

B型肝炎のキャリアであると知ったときから、瑞枝の祐市に対する嫌悪が決定的になった。こんな大事なことをなぜ結婚前に知らせなかった、子どもに悪い遺伝があったらどうする気だったんだ、あんたは結婚詐欺だとなじった。

夫婦間のいさかいが始まると瑞枝は決まってこの問題で祐市を追い詰め、あんたのような不誠実な人間はなにがあっても許せない、と唇の端から泡を飛ばして怒鳴り続けた。珠子は何度も夫婦の修羅場に立ち会ったが、祐市はいつも目尻を下げた情けない顔で、肝炎について話す機会がなかった理由をだらだらといつまでも話し続けた。その態度に腹が立つと、ますます瑞枝は祐市を攻撃した。

あんな家庭に育ったら、誰でも少しはおかしな子になってしまう、珠子は振り返ってそう思う。瑞枝は、恭介が五歳、慎司が二歳になり、子育てが最も忙しい時期にヒステリーの発作を起こすようになった。祐市に対する憎悪が恭介に向けられ、子どものくせに変に理屈っぽい喋り方をするところが祐市にそっくりだ、蛇みたいにしつこく自分を睨んでくるのが気持悪く、絞め殺してやりたくなると言った。馬鹿げたことに小さな恭介を包丁をもって追いかけ回すこともたびたびであった。筋違いの裏側に建つ瑞枝の家から子どもの泣き叫ぶ声がすると、珠子はサンダルをつっかけて大慌てで駆けつけたものだった。

あれは夏の夕暮れ時だった。瑞枝の家に駆けつけると、恭介の姿が見えず、トイレのドアの前に髪を振り乱した瑞枝が立っていた。

「そんなとこに隠れてんじゃねえよ、さっさと出て来い」

瑞枝は足踏みしながら叫んでいた。珠子がやめなさいと言う間もなく、瑞枝は手にもった出刃包丁を思い切り木製のドアに突き刺した。包丁の刃先が合板を突き通した。

「お母さん、お願いだからやめてよう」

中から恭介の哀願する声が聞こえたが、瑞枝はドアを蹴り、刺さった出刃包丁の柄を握ってぎしぎしドアを揺らした。

「瑞枝、やめなさい。警察、呼ぶよ」

珠子が怒鳴りながら、瑞枝を後ろから羽交い絞めにすると、腕の中で娘はのけぞるように体を硬直させ、包丁から手を離した。瑞枝をなだめ居間のソファに座らせてから、トイレにこもった恭介を救い出した。

また、あるときには、恭介の泣き声を耳にして家に入ってみると、居間の隣りの部屋に通じるドアの前に荷物の入った段ボール箱が山のように積まれていた。中から恭介の泣き喚く声がしていた。弟の慎司が、小さな子の手に余るほどの重さの箱を懸命に脇へ押しやろうとしていた。瑞枝の姿はどこにもなかった。慎司とともに段ボール箱を片付け恭介を部屋から出したのだが、珠子は、泣きはらした恭介の顔に、子どもにはありえないような鋭くとがった目つきが現れるのを見逃すことができなかった。

それにしても、こんなことが繰り返されれば、恭介の幼い脳や神経に異常が起こるのではないかと不安になった。祐市に何度も言ったのだ、今のままでは子どもがおかしくなる、あんたたち二人の間に何か問題があるなら、よく話し合って解決しなさい、と。ところが、祐市ときたら、たしかに瑞枝はキレやすいけれど、何ともないときは子どもの面倒をよく見るし、ちゃんと家を守ってくれていますなどと、まあ体裁のいいことばかり言って、少しも動こうとしない。結局、恭介は突然母親が荒れ狂う環境の下で育ち、妙に人を意地悪く睨みつけるような目つきの子どもになってしまった。しかも、興奮すると何を仕出かすかわからないから、手に負えない。

小学校に入ると恭介のことで瑞枝はよく学校に呼び出された。話の中味は、授業中席を立って歩く、先生の話を遮ってすぐ勝手なことを話す、他の子が真面目にやっているところにちょっかいを出して迷惑になっているなど、恭介のせいで授業が乱されるので、家でなんとかしつけができないかというものであった。瑞枝は、家に帰ると恭介をつかまえ、人に迷惑をかけるなと言ってきかせるのだが、恭介が素直に「はい」と答えることはけっしてなかった。必ず理屈をこねて、話をそらそうとする息子を相手にすると、結局は怒鳴り声になり手が出てしまうのだった。

慎司が幼稚園に入ると瑞枝はパートの仕事に就いた。だから、恭介の件で小学校から呼び出されたときには珠子が行かなければならなくなった。たまらないのは、他の子を傷つけた場合だった。三年生のスキー授業が行われたとき、ふだんからいちばん仲良くしている男の子がほんの冗談でストックを振り回したのが恭介のスキーに当たった。スキーにできたのはほとんど目に見えない傷なのに、恭介は、その子にストックで打ちかかり、担任がどれほど制しても打つ手を止めなかった。担任の若い教師は、恭介が「けもののように荒れ狂って手がつけられなかった」と珠子に言い、恭介を普通の子と同じように扱っていいか、正直に言って困っていると告げた。絶対謝らないと意地を張る恭介の手を無理やり引っ張って、男の子の家を訪ねたが、珠子がどんなに謝っても、許されなかった。なにしろ、恭介が男の子を睨みつけひとことも喋らなかったのだから。相手の母親の「二度とうちの子のそばに寄らないで」という声を背中に受けて帰るしかなかった。

小学校五年生の秋、瑞枝と珠子は校長室に呼び出された。校長と教務主任の教員から、恭介がたえず担任のことばに逆らい、授業妨害を繰り返すため、恭介の行動に悪乗りする子も現れ、いわゆる「学級崩壊」の寸前だと言われた。担任の若い教師が精神的にすっかり参ってしまい体調を崩していることも伝えられた。学級の異常事態を次々と聞かされ、恭介がすべての元凶と受けとらないわけにいかなかった。

教務主任は、恭介のキレ方が尋常ではなく、クレヨンをばらまいたりチョークを投げつけたりはまだいい方、モップを振り回したり、机や椅子を蹴り倒したり投げつけたりすることもあるため、他の子にケガをさせる危険性があると言った。ついては、精神科など専門医に診てもらい、現在見られる衝動性を抑える対応を家族で考えてほしいと強く要求された。

学校を出るなり、瑞枝は言った。

「なんで、あんな嫌な子ができてしまったんだろう。執念深いのは祐市の遺伝だわ。腹ん中にきたないものをいっぱい溜めて、蛇みたいに人のことをチロチロ見てるのよ。あー、いやだ」

珠子は、それはお前のことだと瑞枝に言い返してやりたかったが、ぐっとことばをおさえ、二人で恭介を精神科に連れていくことを瑞枝に言い含めた。

翌週、二人は小高い丘に建っている精神科に恭介をタクシーで連れていった。門までの沿道に真っ赤な楓が連なっていて、落ち葉の散り敷いた路面が、まるで樹上の紅の照り返しのようだった。珠子は、目を射るような赤い色に挟まれ、胸の奥で不快な動悸が始まるのをおさえられなかった。

車回しに着くと、恭介は病院の佇まいを見ただけで顔をしかめ、「帰る」と騒ぎ出した。診察が終わったら何でも好きなものを買ってやるからとなだめすかし、それでも抵抗する恭介を、瑞枝と二人で両肘を抱え診察室までひきずっていった。

診察室で恭介は、温厚な顔をした医師にいきなり、

「ここは、精神科でしょ。僕は、そんな変な病気じゃないから帰る」

と怒鳴った。

「ほう、だいぶ興奮しているね。変な病気なんて一つもないんだよ。これからいくつか検査してね、今後のことを考えるから、落ち着いてくれないかな」

医師のことばに、恭介は、検査なんか受けたくない、さっさと帰してくれと言い張った。

「いいかい、怖い検査なんかないから、おとなしく指示に従ってね」

医師が恭介の肩に手をやろうとすると、恭介はその手を振り払って立ち上がり、診察用の椅子を激しく蹴り、医師に殴りかかろうとした。待機していた二人の看護士がすぐに現れ、抵抗する恭介を両

側から抱きすくめた。

「やめろよ、放せ」

二人は喚き暴れる恭介を抱きかかえ診察室の奥に消えた。興奮した恭介を落ち着かせてから検査をすると医師に伝えられ、瑞枝と珠子は待合室のソファでずっと待った。珠子は、精神科では、呻き声や暴れる物音が絶えず聞こえるのではないかと思っていたのだが、表情をなくした患者たちが、焦点がどこにも合っていない目つきで通路を静かに歩んでいるのを目にするだけだった。

待っても待っても呼ばれなかった。日がすっかり暮れ、丘の楓が窓の外で黒い影になって揺れ始めた頃、ようやく診察室に招かれた。

「お子さんは、かなり激しい興奮状態が続いているので、明日まで経過観察が必要です」

「どういうことですか。検査はできなかったんですか」

瑞枝が性急な口調できいた。

「はい」

「興奮してるって、どんな状態なんですか」

「ものすごいエネルギーで職員に抵抗しまして、噛みついたり、殴りかかったり、ものを投げつけたり、本人の体を傷つける心配もあります」

「恭介ったら、病院の人にも歯向かってるんですか」

「いえ、病院の人間だからよけい興奮してるのかもしれません」

医師は、恭介の体を動かしにくくする服を着せることと、気持が安定するまで個室に入れることを告げた。病院で待つ意味がなくなった瑞枝と珠子は、丘を下りバスの停留所を目ざした。

「母さん、あの子を産んだのが間違いだったのよ。ただキレやすいだけじゃない、執念深いのが、ほんと嫌。ふつう、暴れても、ちょっとしたら我に帰るじゃない。あの子は、暴れるのが意味ないってわかってからも、自分が悪いのを認めるのがいやで、ずっと暴れ続けるのよ。祐市とそっくり。父親の遺伝よ」

「自分の悪いところを認めないのは、あんたにそっくりなんじゃないかい」

「何を言ってるのよ、母さん。あんな子はこの世に生まれてくるべきじゃなかったのよ。あいつは将来、きっと手のつけられない凶悪犯になるに決まってる。あいつのおかしなところは病院でも治らないのよ」

「バカをお言いでない。それが、自分の子どもに向かって言うことばかい。あんたの育て方に問題があったと少しは反省してやんないと」

「母さんたら、また責任を私に押しつける。私に責任なんかこれっぽちもないわ、あるとしたら、いいこと、あの能なしの祐市よ。明日は、私病院に行かないからね」

「あんた、私一人に押しつけるのかい」

「祐市に言っとくわ。自分の子どものことだもの、少しくらい仕事の都合をつけて病院に行けって」

そんな会話をしながら家に帰った二人だったが、結局、翌日病院に行ったのは珠子一人だった。瑞枝が恭介の世話すべてを自分に押しつけ、何を言っても知らんぷりするようになったのは、あの日からだと珠子は思う。

医師は、一人で再度来院した珠子に向かって、恭介がすっかりおとなしくなり、検査に応じるようになったことを告げた。珠子は、あの子に何か脳の病気があるのか、と医師に尋ねた。

「知能は分野ごとにばらつきが多いですが、まあ、普通です。すぐれた作業能力を示す分野もあります。脳のどこかに異常があるかと言えば、これまでの検査では何も見つかっていません。ただ恭介君を観察して、この特別な興奮の仕方、落ち着きのなさから、エーディーエイチディーと判断しています。エーディーエイチディーはご存知ですか？」

なんだかよくわからないカタカナことばを言われて珠子は首を横に振った。

「いわゆる、多動症と呼ばれるものです。脳のどこかに異常があるのではないかと推測されていますが、まだ、原因はよくわかっていません。お孫さんの場合はエーディーエイチディーのうちでもかなり興奮性の激しいケースだと思います」

珠子は医師に言われたことばの意味がわからず、エーディー何とかという響きだけが頭の中でこだました。恭介はどうにもならない頭の病気に侵されているのだろうか、珠子はかき消そうとも手がかりさえ見えない不安が渦巻いてくるのを感じた。

「先生、それは、治るんでしょうか」

「わかりません。ただ、お孫さんの場合、今、症状が一番顕著な時期だと思います。学校でも先生が扱いに困っているということでしたので、しばらく入院することをお勧めします。突発的に激しい行動に出るのを抑える薬がありますので、まずは今の興奮しやすい状態を落ち着かせましょう」

「え、入院ですか。そんなに悪いんですか」

珠子は、入院と聞いて、恭介が鉄扉で閉ざされた部屋で喚いている姿が頭をよぎった。どうしてこんなことになったのだろう、悲しいやら情けないやらで、珠子はいたたまれなくなった。

「今のお孫さんの症状から言えば、入院しないより、した方がいいです。気持の安定がまず確保できます。エーディーエイチディーは、場面ごとにどんな行動をとることがいいのか一つ一つていねいに学んでいくことによって、改善されるという研究もあります。入院したら、恭介君にもそういうことを時間をかけてやっていく予定です」

珠子は、まずは診断をと思って連れてきた恭介を、いきなり精神科に閉じ込めるのはひどく哀れでならなかったが、今の暴れ方が少しでも治まることを願って、医師の言うとおり恭介を置いて帰ってきた。施錠された個室で泣き叫んでいる恭介の声が追いかけてくるような気がして、耳をふさぎ急いで丘を駆け下りた。こうして恭介は精神科で三ヶ月の入院生活を送ることになった。入院中、二週間に一度は恭介の様子を見に行った。ときには祐市がついてくることもあったが、瑞枝はまったく顔を出さなかった。初めて面会した日、恭介は、

「ばあちゃんとみずえが僕をだまして鉄の部屋に入れたんだ。この恨みは絶対忘れないからな。僕が病院から出たらどうなるか、ばあちゃんも覚悟しておけよ」

と、口を歪め、歯をむき出して叫んだ。ああ、これからどうなることか、この子はずっと、母親と祖母を殺してやると喚き、憎しみをぎらつかせて生きていくのか……。珠子は恭介の腹の底に凝り固まった恨みを想像し、怖いと思った。

だが、何度か通ううち、恭介はすっかりおとなしくなり、看護士や医師とも穏やかに会話をするようになっていった。面会したときの恭介の話によれば、医師と一緒に絵本を読み、物語の人物の立場になって怒りをうまく抑える行動の仕方だとか、イライラを溜めないようにする方法を学んでいたという。医師は、このしょうがいは、成長するにしたがって治るケースが多い、ただし、治すためには、本人が、興奮を避けるような行動の仕方を勉強しなければならない、と恭介に語ったそうだ。

入院生活から戻ってきた恭介は薬のせいか動作がのろのろし、沈んだ表情でいることが多くなった。学校でも同様らしく、手のつけられない暴れ方をして、珠子が呼び出されることはほとんどなくなった。だが、薬による抑制は意欲も低下させてしまい、恭介は暗く不活発な少年になり、珠子が好んでいた生来の無邪気な表情の輝きはすっかり影をひそめてしまった。

恭介が小学校六年のとき、祐市は建設会社の業績不振により解雇され、タクシー運転手に転職した。それと前後するように瑞枝が家を出ていった。祐市は自宅を処分し、恭介と慎司を連れてアパートに移ったが、仕事柄、子どもたちの食事の世話を十分できなかった。いつの間にか、祐市の休みの日を除いて、子どもたちはほとんど珠子の家で過ごすようになった。祐市でさえも、仕事の合間、珠子の

ところに寄って食事をとっていくことが増えていった。珠子は、この奇妙な家族の暮らしを黙って受け入れ、祐市に文句を言うこともなかった。瑞枝のことを憎く思う気持が募るほど、恭介と慎司が自立するまでは自分が面倒をみて、娘を見返してやろうという気持がふつふつと湧いてきた。

その後、一年くらいして、突然、瑞枝がやってきて、いい相手が現れた、祐市と正式に離婚の手続きをすると、わあわあまくし立てた。珠子は今でもあのときの祐市の顔を思い出す。瑞枝をぶん殴って、話なんか聞かずに追い出せばいいものを、黙って話を聞いていた。人がいいのか、土性骨というものがないのか、まったくあきれてしまう。

結局、祐市は瑞枝との離婚を受け入れたのだが、最後に家族で記念旅行に行こうと言い出した。わかったと言った瑞枝も信じられない神経をしていると珠子は思った。二人でくだらない思い出旅行をしようと勝手に決めたのはいいが、つきあわされる珠子はたまったものではない。行くのはいやだと言うにきまってると思った恭介が、妙に素直に「わかった」と返事をして慎司と一緒についてきた。祐市の運転で湖のそばの温泉に行った。瑞枝が変にいい機嫌で、いつにも増して甲高い声でたえずしゃべっていた。

珠子に温泉旅行の場面が蘇ってくる。珠子は、温泉のホテルに入ってから恭介の顔がずっと強張っているのが気になり、いつまでもボストンバッグを持ち歩いているのもおかしいと思った。祐市に、恭介から目を離すんじゃない、と言ってやった。

同じ部屋に泊まった珠子と瑞枝が、そろそろ布団に入ろうとしていたとき、部屋の呼び鈴が鳴り、「恭介だよ」と言う。ドアを開けてやったら、口をひん曲げてうなり声を出しながら部屋に入ってきた。ボストンバッグから取り出したのは出刃包丁だった。

「恭介、やめなさい」

止める珠子を突き飛ばして恭介は押し入ってきた。珠子はすぐ部屋を飛び出し隣の部屋の祐市を呼びに行った。祐市を連れて戻ると、恭介は鏡台の前で寝仕度をしていた瑞枝の前に立ち、包丁を前に突き出してぶるぶる震えていた。

「くそ、みずえ、ぶっ殺してやる」

瑞枝は、唇を真っ青にして壁の方に後ずさりしていた。かすれた声で「やめて」と言っていたが、恭介はかまわずにじり寄っていった。祐市が横から飛び出してきて、思い切り恭介の頬を殴りつけたら布団の上に吹っ飛んでいった。珠子と祐市がなんとか包丁を奪い取った。布団の上でしつこく暴れまわる恭介を見て、珠子は「けもののようだ」と言った小学校の担任教師のことばを思い出した。

それ以来、恭介は体の奥に凶暴な衝動を隠して生きているようになった。病院から出された薬を飲まなくなり、飲むように強く言うと、「もう治ったし、飲まなくて言いべや」とむすっと言い返してきた。中学校では、小学校のときのようにしょっちゅう騒いで授業妨害をしていたわけではなかったが、ふてぶてしい態度が身についてきて、いつとんでもなく悪いことをやらかすか、珠子は気が気でなかった。

中学二年になってからは、朝声をかけても起きないことが多くなり、うるさく言えば怒鳴り返してきた。担任の話だと、昼頃出てきて給食を食べ、悪い友だちと校内をうろついていつの間にか消えてしまうのが日常になってしまった。たまに授業を長く受けた日には、学校中を騒がせるようなことをやらかして、保護者として緊急に呼び出されることがあった。夜になると元気で、公園に集まった仲間といっしょに公共の施設や車を壊したりして、もう手に負えなくなった。いつか、警察に捕まるのではないかと思って、夜は外に出ないように言ってきかせるのだが、珠子の目を盗んで出て行くのをどうすることもできなかった。

一つだけ恭介が打ち込んだことがあるとしたら、ギターだった。恭介は幼いときから、一度テレビやCDで音楽を聞くと、玩具の電子ピアノでメロディを再現することができた。楽譜は読めなくても、耳で覚えた音を楽器で弾けるのは音感が優れているからなんです、と小学校の先生にほめられたことがあった。中学に入ってギターを買ってやったら、しばらくは夢中で練習をしていた。バンドをつくって学校祭に出ると言い出し、遊び仲間にも声をかけていた。地域の会館を借りて練習をしていたようだが、生活態度の悪い恭介たちは学校祭には出させないと教師に言われ、また暴れた。

「ふだん真面目にやってないから、こうなるのさ。ひとに当たらないで、自分のことを反省するんだね」

と言ってやったら、

「うるせえ、このくそばばあ。実力本位で出すべきだろうが。お坊ちゃんのへたくそバンドより俺たちの方がずっとうまいんだ」

と怒鳴り、居間の壁を蹴って、しまいには穴を開けてしまった。それっきりバンドの練習もしなくなったのだが、ギターを抱え気に入った曲を弾くのはその後も恭介の日常になっていった。

ずっと心配をかけてられてばかりの恭介だが、夜間高校に行ってちょっとはふつうになったのではないかと珠子は思う。授業にはそれなりに出ていたようだし、アルバイトも長続きした。ふつうなら四年かかるところをあの子は三年で卒業できるのだから、頭の出来も悪くないかもしれない。はじめパイロットになるなんてとんでもないことを言っていたけど、航空自衛隊を受けるのも全部自分で決めてきて、受かったんだから満更でもない。瑞枝に珠子は言ってやりたいと思った。

「あんたが、こんな子生まれてくるべきではなかったと言って見捨てた恭介を、私はちゃんと一人前に育てたんだ。頭を下げて礼を言え」と。

でも、このごろ恭介は、自衛隊駄目になったと言って、ひどい落ち込みようだった。珠子には、恭介が興奮しているとき以上に、落ち込んでいるときの方がおそろしい。とにかく周りのことが見えなくなって、何をするかわからない。発作的に首吊りでもしてしまうのではないかと心配でならなかった。

　ああ、それにしても、自殺未遂だって聞いたけど、なにをやらかしたのか、まったく恭介ときたら。運転手さん、お願いします。こんな前も見えないひどい吹雪の日ですが、少しでも早く、警察に着くように運転お願いします。珠子は運転手の背に向かって、そう念じた。


　珠子は警察署に着くなり、誰もいない窓口で、

「大賀恭介の祖母です」

と大声で叫んだ。奥からやってきた婦人警察官に、

「孫が自殺未遂したという電話があって」

と息を切らしながら告げたが、相手は怪訝な表情で首を傾げた。

「身柄を引き取ってほしいと、電話の人に言われたんです」

「確認してきますので、ちょっとお待ちください」

　婦人警察官が消えてからしばらく待たされた。交通事故の処理を終えたらしい警察官たちが防寒着に長靴の姿で外から戻ってきた。

「いやあ、まいった。視界不良でなんも見えん」

「夜じゅう、事故が続くか」

　などと言いながら戻ってくる一団の中にひょっとして恭介がいるのではないかと、珠子は胸をどきどきさせ、目の前を通る男たちに目を凝らした。だが、警察官たちが署の中に入ってしまうと、もう人影一つなくなった。珠子は、待合所の長椅子に腰を下ろした。いつまでも呼ばれないのは、恭介がひどいけがをしていて急に病院に運ばれたからではないか、いや、あるいは、取調官を相手に暴言を吐いたり暴れたりしたのではないか、と悪い方にばかり想像がはたらいた。

気持のやり場のない珠子はバッグを探り、家から出る際に慌てて詰め込んできたものを見るともなく見た。夕方まで立ち食いそば店で働いていた珠子は、まだ郵便物に目を通していなかった。封筒のおもて面から請求書や宣伝だとわかるものは、封を切る気もしなかった。すべてバッグに戻そうとしたとき、珠子ははっとして手を止めた。茶色の封筒の下の方に「航空自衛隊」の文字が見えたからだ。それには「倉田珠子方　大賀恭介様」と宛名が記されていた。ふだんは珠子の家にいる方が多いので、自衛隊からの書類の送り先は珠子のところにすると恭介が言っていたのを思い出した。

珠子は、恭介がおそれていた採用取り消しの通知なのかと思った。開封するのがおそろしく、ほかの郵便物にはさんでバッグに戻した。これから自殺未遂をした恭介に会うというのに、間の悪いものを見つけてしまった、どうしたものだろうと思っていると、婦人警察官に声をかけられた。

「大賀恭介さんのおばあちゃんでしたね」

「はい」

「今、担当の者が事情の聞き取りを終えたところです。部屋まで来てください」

珠子は二階の交通課まで案内され、大部屋の奥に衝立でつくられた面接室をノックして入るように指示された。右端の面接室に恭介がいるという。

ドアの前に立つと、静かに語り合うような声がもれ聞こえてきた。軽くノックをする。

「はい」

と太くしわがれた声が聞こえた。珠子が中に入ると、机に肘をつけ背を丸めてすわっている恭介の姿が目に入った。向かい側に白髪交じりの短髪の警官がすわり、ちょうど恭介に語りかけているところだった。恭介は、どこにも焦点の合っていないうつろな目をしていた。珠子は、キレて大暴れした後、急に力が抜けて放心したようになる恭介を何度も見てきた。今の恭介は、そのときと同じようだと思った。

「恭介」

「ああ、ばあちゃん」

「あんた体は大丈夫なのかい」

「おお、おばあちゃんが来てくれた。よかったな」

「なんもよくないっす。ただうるさいだけのばあちゃんで」

警官は厳しい表情をして立ち上がり、恭介の両肩をつかんで力任せに揺すった。

「ばか者、この吹雪の中、おめえのために来てくれたんだろうが」

恭介は警官の怒りを受けても、うなだれたままで、ことば一つ返さなかった。

「すみません、態度の悪い孫で」

「おばあちゃんにはいっつもこうなのかい」

警官は椅子に腰を下ろしながら言った。

「いいえ、機嫌がよければ、ばあちゃん、ばあちゃんて寄ってくることもあるんですが」

「そうか。甘えてんだな。さっきまで、就職のことだとか、わりと素直に俺と話してたんだよ。自衛隊の採用が取り消しになる、もう人生終わりだなんて思い込んで、死にたいって言うもんだからさ、おめえ、馬鹿か、そんな早とちりで自殺するか、って言ってたんだ」

珠子は初対面から親しげに話しかけてくる警官のことばに、恭介がかけた迷惑をどう謝ろうかと思案し緊張していた気持がいちどきにほどけた。

「そうですか、恭介は採用取り消しを苦にして、死のうとしたんですね」

「ああ、そうさ。けどね、お宅の孫は、ほんとノータリンだよ。いちいち交通事故を採用先に警察が知らせるか考えてみろと、言ってやったのさ。それでも、半信半疑なんだ、恭介君は。今日にでも、明日にでも、採用取り消しの通知が来るんじゃないか、って怯えてるんだ、まったくひどい思い込みをして」

額に皺を寄せ、警官は恭介の顔をじっと見た。珠子は、バッグの中に手を入れ、郵便物を探った。茶色の大型封筒を見つけたが、また奥へ戻した。しばらく出すか出さぬか揺れていた珠子は、警官が再び恭介に向かって立とうとするのにつられて封筒を取り出した。

「そ、それが、これ。今日郵便受けに入ってたんです」

珠子が封筒を机の上に乗せた。差出元の「航空自衛隊」という太い文字が封筒の下に並んでいた。

恭介と警官は、一瞬、互いの目を合わせ、視線を封筒に戻した。

「ばあちゃん、これ今日来たのか。やっぱ、取り消しの通知だ」

そう言いながら、恭介は封筒を手に取った。端を引きちぎるように裂き、封筒を開けた。からだ中から押し寄せてくるもどかしさに身悶えし、指先が激しく震えた。

「なんて書いてるんだ？　読んで教えてくれんか」

警官は、中に入っていた書類に目を通し始めた恭介に声をかけた。珠子は、恭介の頭上から書類をのぞき込み、文面を読み取ろうとした。

「えー？　えー？　ほんとか。だましじゃないよな」

恭介は立ち上がり、書類を振りかざして、

「うわー、ばあちゃん、これニセ手紙じゃないよな」

と言いながら、飛び跳ねた。

「なに、バカなこと言ってんだい。早く、中味を読んでちょうだい」

手を振り、とびはねているうちに、恭介の顔は歓喜でくしゃくしゃになった。署内いっぱいに響き渡る声で、「くそ、やったぜ」と繰り返した。

「どれ、ばあちゃんにも見せなさい」

珠子は恭介の手から書類をひったくり、目を通した。

「航空自衛官候補生各位。航空自衛隊教育隊入隊についての連絡」

以下に、入隊にあたって事前に準備しておくべきことが記されていたが、珠子には恭介が自衛隊に入れることがわかりさえすれば十分だった。

「なんだ、恭介、自衛隊に入れるんでないの。今までなに騒いでたもんだか」

と珠子が言うと、恭介はくしゃくしゃの顔から大粒の涙を流し、

「ばあちゃん、ありがとう」

と大声で返した。あきれた顔で立ったままの珠子の手を強く握って叫んだ。

「俺は航空自衛官だ。ざまあみろ」

突如、幸福感の絶頂に達した恭介は、警官と珠子に交互に抱きつき、けたたましい笑い声をあげてとどまるところがなかった。

9

二〇〇五年五月一七日　熊谷
スチールのロッカーがかすかにきしむ音で恭介は目を覚ました。五時少し前だった。カーテンの隙間から漏れてくる日差しを受けて、向かい側に並ぶベッドのフレームが光っていた。毛布にくるまって寝ている男たちの寝息が耳に入る。こんなに早く目が覚めるのは、三月までの恭介にはありえないことだった。いつも朝は毛布を頭までかぶり、珠子に繰り返し声をかけられても決して動こうとしなかった。

静かにドアを開けて出ていく者がいる。やっぱり、あいつだ。生駒のやつ、もう走りに行くのか。自分が一番に起きて早朝ランをしようと思っている恭介は、いつも生駒が先にグラウンドに出ていくのが気に食わない。抜け駆けされた気がする。部屋の皆が就寝前のわずかな時間、たわいのない冗談で盛り上がっているときでも、いつも真面目なことばで応じているのが生駒だ。

ランニング用の短パン一つ、上半身裸になった恭介は、小走りで宿舎の廊下を抜け、グラウンドに向かった。丸坊主の頭が風を受け、ひんやりする。沿道の桜の梢から朝日が洩れてきて、恭介の目を射る。三月末に基地に着いたときは桜の花々が咲き始めたところだった。入隊に必要な書類を書いたり、持ち物に名前を付けたり、制服に肩章を縫いつけたりの作業を一週間している間に、桜が満開になった。これからどんな訓練が待っているのか不安で、絶えず動悸が続いている恭介には、桜は美しくなかった。青い空からこれでもかと溢れ出すように咲く桜は、恭介に重苦しくのしかかり、胸騒ぎを引き起こした。今、桜は薄緑の葉を天に広げ、恭介を空にいざなっているようだった。

短い草で覆われたグラウンドを勢いよく走りだす。入隊したころは、体が重くて走ろうにも足が前に出なかった。十歩で息が切れ、足がもつれた。恭介は走るのが大嫌いだった。定時制高校の柔道部でも、走ったりウェート・トレーニングをする日は、なんだかんだ理由をつけて練習をさぼった。恭介は、自分の体は持久走にもともと向いていないのだと強弁し、体を基礎からつくれと口を酸っぱくして部員に説く顧問に、絶えず反発したものだった。

しかし、航空自衛隊に入ったからには、航空管制や機体整備など少しでも航空機に近い職種に進む以外ないと考えている恭介は、自分の評価を上げるためにはなんでもやるつもりだった。訓練以外の時間を使って月に二〇〇キロ以上走るよう入隊者への指示があったので、恭介は、朝の点呼前と夕食後の二回、走ることに決めた。

苦行としか思えないランニングを二週間続けると、突然、走るのが苦痛から別のものに変わる日がやってきた。体の奥から、もっと前へと足を運ばせる力が湧いてきて、速いペースを維持していることが快感になった。呼吸は荒くなり、胸が痛くなるのだが、それを我慢していると、苦しさのピークを乗り越え、全身を覆う筋肉があたたかく滑らかになった。走り終えても、体がまだ走り続けたいと訴えるようになった。

今は走り始めて四週間目。入隊前はだぶついていた腹回りが、ベルトの穴三つ分細くなり、手を当てると腹筋の硬い弾力が感じられるようになった。噴き出してくる汗が、背中を伝うのが感じられる。「体力のないやつは自衛隊をすぐ脱走する」と言われたが、恭介はここまで来れば自分はもう大丈夫と思った。

自分より先にグラウンドを走り始めた生駒の後ろ姿が目に入る。生駒も短パン一枚だ。恭介よりずっと細身だが、腕を振るたびに薄い筋肉がしなやかに引き締まるのがわかる。今日は自分のペースの方が生駒より速いと踏んだ恭介は、軽く追い抜きながら生駒にざまあみろの視線を送ってやろうとした。

息を切らしながら生駒に並んだ。振り切ってやろうと足を前に出すのだが、生駒はいっこうに後ろに行かない。反対に、恭介の半歩前に出そうになる。そのまま、互いに無言でグラウンドを半周した。生駒は少しも息が乱れていなかった。

「先輩、すげえ、速いっすね」

もう抜くのは無理だと恭介が諦めかけたとき、いきなり生駒が声をかけてきた。少年らしさを残した澄んだ声だった。なんの含むところもなく発されたことばを受けた恭介は、つられるように返事した。

「俺、速くねえよ、もうヘロヘロ」

「いや、速いす。自分、高校陸上部だから、ペースわかるんす」

「え、ほんとかよ。早く言ってよ」

恭介は横目で生駒を見ながら、人づきあいが悪いやつという印象は、どうも思い違いらしいと心の中で訂正した。

「自分、走るくらいしか取柄がないんす」

「一つあればいいよ。俺、何もないから」

「いや、先輩、部屋の中で一番目立ってます」

「え、何が？　それと、俺も高校出たばっかだから、先輩じゃねえよ」

恭介が苦しい息づかいで、途切れ途切れに言うと、生駒がジョギングペースまで速度を落としてくれた。

「先輩って言っちゃだめなら、大賀さんでしたよね。大賀さん、なんで靴をあんなピカピカに磨けるんすか。部屋のやつら、ただ者でないって言ってましたよ」


教育隊に入ると理不尽なことがたくさんあった。毛布のたたみ方が悪いため、同室の藤沢は、課業を終えて夕方部屋に戻るとベッドがバラバラに分解されて窓の外に放り出されていた。毛布は一ミリの狂いもなくたたまれ、横から見ときにバウムクーヘンの断面のように揃っていなければ、上官から厳しい懲罰を受けるのだ。また、やはり同室の柴田は彼女にメールを打っていて、消灯時間を三十秒過ぎてもベッドの中で携帯電話を操作していた。見回りの上官に見つかり、同じ部屋の六人、隣室六人、班員合わせて十二人がたたき起こされた。ただちに制服に着替えてグラウンドに集合するよう指示された。班長が、「自分の班からこのような不心得者が出て、本当に情けない」と鬼の形相で怒り、全員グラウンドを五周させられた。自衛隊では、一人の不正行為は班全体の連帯責任だとされていた。

そんな中でも大変なのが、革の編上靴を磨くことで、班長から「自分の顔が映るくらいに磨け」といつも言われていた。しかし、どれほど靴墨を塗ろうと、どれほど布で拭こうと、黒く艶を放つところまでは磨けても、自分の顔が映ることはなかった。班員たちは懲罰を受けることはなかったが、持ち物点検でいつも上官に「なんだこの磨き方は」と怒鳴られていた。みな、「顔が映るなんてありえない。無茶な注文だよな」と裏では文句を言った。ところが、連休明けの点検で、恭介だけが「磨き方よし」とほめられたのである。点検の後、同室の者が恭介の周りに集まってきた。驚きの声がわっとあがった。黒い光沢を放っているだけではない。手に取った者の鼻や口がはっきりと黒革に映っていたのである。

「大賀、お前なんでこんなピカピカにできたんだ?」

と尋ねる柴田に対して、恭介はニヤニヤ笑いを浮かべ、

「なんもないさ。ていねいに磨いただけ」

とただ素っ気なく答えたのだった。

あのときのことで、自分はただ者でないことになっていたのか。恭介は思い出し笑いをしながら、生駒の横顔を見た。生駒は、恭介に靴のことを聞いたのを忘れたかのように、遠くを見やる姿勢で走っていた。

「あれさあ、俺、靴墨をのばしたあと、ライターであぶるんだよね。それから布で磨くとすげえ、光るんだ」

「えっ、ライターすか」

「そう、ライター。俺さあ、中学のとき不良でね、とがった革靴ピカピカに光らしてたんだ。ライターであぶるといいって聞いて、ジッポのライター使ってたんだ」

「ほんとですか。でも、俺、ライターもってないしな」

「じゃあ、俺の貸してやるよ。連休のとき、一時外出して買ってきたんだ」

恭介は生駒が自分を畏敬のまなざしで見ているように思えて、気分が昂揚した。

「いいんすか。でも、大賀さんがライター使ってるとこ全然見てないな」

「うん、トイレの個室で靴磨いてた。上官に告げ口されたら嫌だから」

「誰も告げ口なんかしないすよ」

「そうかな」

恭介は、荒れた行動をとるようになった小学校高学年以来、人はだれも信用できないと思っていた。自分を捨てた母親の瑞枝はもちろん、祖母の珠子だって、いざとなったら自分を精神病院に置き去りにしたではないか。友だちの顔をして寄ってきて、陰で恭介の悪口を言わなかったやつはほとんどいない。教師の前でキレまくって暴れた後は、みんな嫌な物を見るような目つきで恭介を見、口をきかなくなった。

そんなことがあって、「人は必ず裏切るものだ」と思い込んだ恭介だが、それでも、人づきあいを断つことはできない性質だった。根は自分の殻にこもってじっとしていることができない男なのだ。一人で何もしないでいると、無意味に人にちょっかいを出したくなる衝動に襲われた。人とかかわりたいのに人を信用できないという矛盾した人格が、恭介が刹那的な人間関係の中でたえずトラブルを引き起こすもとになっていた。

「そうかな。上官に『てめえ、ライターは邪道だ』って、懲罰されたらやばいからね。とくに、川崎空曹。わけわかんないとこで、怒鳴り出すから」

「川崎空曹、やばいすね」

息を乱さずに横を走る生駒は、恭介につられるようにことばを返した。

恭介の所属する班は六人部屋二つ合わせた十二人の自衛官候補生で構成されていた。主たる指導者は班長で石澤空曹だった。肌が白く、尖った鼻をしていた。多少のことでは表情がほとんど変わらず、厳しい姿勢をいつも崩さなかった。だが、「班員みな助け合い、全員そろって教育隊を無事終了しろ」というのが口癖で、多くの班員が石澤を信頼していた。もう一人の指導者が班長付きの川崎空曹で、川崎カーの整理、ベッドメイキング、靴磨き、制服のプレスなどの点検は限りなく厳しかった。川崎の目は蛇のようだと恭介は思っていた。点検の間、川崎は気に入らないところがあると、無言でロッカーの中身を床にぶちまけたり、編上靴を班員の胸に投げつけたりした。直立不動で点検の様子を見守る班員に、

「こんなお前らごときたるんだやつらに、どうして国が守れるんだ」

と眉を吊り上げて怒鳴るのを常とした。何が不備なのかをはっきり指摘せずに川崎が立ち去るので、怒声を浴びせられた者は次に川崎が回って来るまでに、疑心暗鬼のままやり直しをしなければならなかった。隣の柴田が三度続けてロッカー整理のやり直しをさせられたとき、恭介は「どこが悪いか言ってやってください」ということばが喉元まで出かかったのをのみ込んだ。上官に差し出口をすることで自分の印象が悪くなるのは絶対に避けたかったからだが、どうにももって行き所のないイライラが恭介の胸の奥に灰が降るように積もった。

「生駒、お前もそう思う？」

「はあ」

「やっぱそうか」

「部屋のメンバーはけっこうふつうなんですけど」

「ああ、そうだな。俺、外出のとき、ライターたくさん買ってきたんだ。部屋のやつらにやってもいいぜ」

「えっ、ほんとすか。俺らの部屋、みんな、靴、ピカピカになりますね」

恭介は、生駒と二人だけの秘密にしておきたい気持だったのが、生駒の率直なものの言い方に応じて、部屋の全員に知らせる流れになったことに、ほんのわずかだが心が浮き立った。

それから、恭介は生駒といっしょにジョギングのペースでグラウンドを二周した。自衛隊に来て初めてふつうの会話ができたと思った。穏やかな気持でことばが自然とこぼれた。恭介にとって、これまで自衛隊の生活すべてに地雷が埋まっていた。場所と相手を常に意識して慎重にことばを選ばなければならなかった。もしキレて暴言を吐いたり暴れたりしたら即アウトであることは、入隊前から柔道部顧問の佐々木にもくどいほど言われていた。

「空の仕事をしたいのなら、どんな無理なことを言われてもハイと言え。間違っても口ごたえするな。自衛隊は甘いところじゃない。お前のわがままは万に一つも通らない。三年我慢したら、ちょっとは道が開けるだろう」

佐々木には、「わかってますよ。航空管制官くらいには必ずなってみせますから」と答えたものの、実際に入ってみた教育隊の生活は、高校生までの恭介だったら一日でも耐えられない過酷な試練の連続だった。

まず、絶対服従の規律。時間厳守、敬礼の角度からドアの開け閉め、ロッカーに置く靴の位置、制服のたたみ方。起きてから寝るまで何から何まで、きっちりやり方が決まっていた。ちょっとでも規律にはずれたら、何十回でもやり直しさせられた。しかし、無条件に規則を守れと言われると、どうして守らなければならないか理由をしつこく聞いて止まらなくなるのが、恭介の性分であった。喉元まで出かかったことばを呑み込み、従順な態度を装って規則を実行することに細心の努力をした。そんなことを繰り返すうち、規則の意味など考えず、上官の言うがまま機械のように動くことができるようになった。

次に威圧的なことばづかい。班長も、課業の教官もすべて、自衛官候補生をまともな人間として扱っているようには思えなかった。犬にしつけをするように、怒鳴り声をあげることで、候補生が命令に屈服し従順になることしか求めていなかった。上官が、他の候補生の些細なミスを取りあげて罵り、謝っても執拗に怒鳴り続けるのを聞いていると、恭介は自分自身が威圧されているような気がしてきて、体の中で暴風が吹き荒れた。「なんだこの野郎」と代わりに言い返してやりたいのだが、「がまん、がまん」と心の中で唱え、暴風をやり過ごした。腹から胸にかけて苛立ちの虫が蠢き騒ぎ、恭介が喚き暴れ出すことを待っているのだが、歯を食いしばって耐えた。なにしろ、「キレたら終わり」なのだから。

そんなふうに、隊の中の出来事すべてが恭介の暴発を引き起こす種となっていたので、ずっと緊張して自分を見張っていなければならなかった。それが今、生駒と走りながら話していると、これまでのこわばりが消え失せ、思ったままにことばが出てくる気がした。朝の空気を吸い、息を吐くことすらが気持よく感じられた。

恭介と生駒は、六時十分前に宿舎の入口前に戻った。洗面所で汗を拭いてから部屋に戻っても、起床・点呼には十分間に合いそうだった。恭介は、宿舎前から北に向かう道を制服制帽姿で歩いていく男を見かけると、弾かれたように走り出した。男の前に立つと、直立不動で挙手礼し、

「区隊長殿、おはようございます」

と声を張り上げた。

「おお、候補生か。朝の自主ランニングだな。ご苦労」

「ありがとうございます」

「ところで、君は私が区隊長であることがどうしてわかったのだ」

「自分は、入隊式の日に区隊長の訓示をお聞きし、感動しました。そのときに、区隊長のお名前とお顔を覚えたのであります」

区隊長は微笑を浮かべ、恭介の顔をじっと見た。

「今日は、早いうちから基地内を見て回っているところだ。おかげで有望な候補生に会えた」

「ありがとうございます」

「君。名前と、希望職種は」

「はい、自分の名前は大賀恭介、希望職種は航空管制であります」

「よし。起床・点呼の時間だ。部屋に戻れ」

「ありがとうございました」

恭介は深々と敬礼して、去っていく区隊長を見送った。生駒のところに戻り、宿舎棟に並んで入った。

「驚いたなあ、なんで、いきなりあいさつできるんすか。それに、区隊長の顔、よく知ってましたね」

「へ、知ってるわけない」

「え、じゃあ、どうして」

「肩章見たら、佐官クラスだってわかるだろ。ここの教育隊の幹部クラスであることは間違いない」

「たしかに」

「だから、思い切って一番上の区隊長って言ったのさ。一番に間違えられて怒る幹部はいないし、たまたまほんとに区隊長ならばっちりだろ」

「そうか、売り込みすか。じゃあ、今はばっちりでしたね」

「まあね、俺は将来絶対に空の仕事をしたいんだ。最低でも航空管制官にならないと自衛隊に入った意味がない。そのためにはなんだってやる覚悟なのさ」

「先輩、すごいすね。俺には真似できない」

恭介は生駒の賛嘆のことばに鼻がうごめいた。手応えよし、俺はここまでとてもうまくやっている、グッジョブってやつだ。希望の職種への道をきっちり切り拓いてるんだ。そう思うと全身がむずむずするほど心が浮き立った。

恭介は、我慢の限界に近い出来事の連続を一ヶ月以上耐えられたことで、自分のキレやすさは訓練によって直るものなのかもしれないと思い始めていた。上官の理不尽な命令や怒声はもう何度も受けたが、表情を変えずに受け流せるようになった。しかも、頭の先からつま先まで型にはめられた生活を送ることに、自分が少しずつ順応していっているのも感じた。

とくに、国旗掲揚のときだ。恭介は入隊当初、「君が代」の重苦しい曲調が気味悪く、あんなもの大声出して歌うなんてこいつらどうかしてるぜ、と内心で呟いていた。だが、隊内では国旗掲揚のときに、直立不動で日の丸を仰ぎ見、腹の底から「君が代」を歌わなければならなかった。恭介は、誰よりも早く大げさに直立不動の姿勢になり、誰よりも大きな声で「きーみーがーよーはー」とがなり立てた。近くに上官がいて、この上なく精勤している恭介に気づいてくれることを願いながら、毎日力いっぱい歌った。それを繰り返すうちに、日の丸をちらっと視界に入れるだけで、体は瞬時に直立不動の姿勢をとるようになり、「君が代」を腹の底から歌うことが快感になった。

生駒と朝ことばを交わしてから一週間たった。夕食を終えてから消灯の十時まで、候補生は制服のプレスと靴磨きに追われる。編上靴は、硬い革製で向う脛の下部を覆う長さである。紐でしっかり締め付けて履くのだが、磨くときには紐をすべてはずし、念入りに泥と埃を落としてからＫＩＷＩの靴墨をたっぷり塗り、布でこれでもかというほど拭かなければならない。手抜きをすると、光沢の出ない箇所が発生し、点検の際に上官からやり直しを命じられる。恭介と同室の藤沢は、細かな手仕事が苦手で、紐をはずすのを省略して靴磨きをすることが多かった。点検のたびに藤沢は川崎空曹に、

「なんだこれは、やり直し」

と冷たく言い放たれた。川崎は、俯く藤沢の目の前に編上靴を突きつけ、
「自分の装備品一つ正しく扱えないやつに日本が守れるか」
と怒鳴った。藤沢がうろたえて口をもごもごさせていると、きまって川崎は編上靴をロッカーの横の壁に投げつけた。このやりとりを横で聞いている恭介は、自分が川崎に怒鳴られているような気がして、胸の中がかあっと熱くなった。

だが、生駒がライターを部屋のメンバーに配り、使い方を恭介に説明させた晩から、靴磨きは溜息の出るような苦行ではなくなった。恭介がたっぷり靴墨を塗り、靴の表面をライターの炎であぶると、靴墨はやわらかく革になじんでいった。少し時間をおいてからナイロンの布で磨くと、わっと歓声があがるほど靴は光り出した。黒い光沢の中に、磨く者の鼻や目が映り、「顔が映るくらいまで磨け」という上官の命令内容が見事に実現されていた。

それからというもの、食後部屋で靴磨きをするのは、恭介の所属する班のメンバーにとって団欒とくつろぎの時間になった。くだらない冗談を言いながら、誰がいちばん靴を光らせることができるかを競って時間を過ごした。一班は六人部屋の二つを合わせて構成されていた。一人のミスは班全員の責任とされ、連帯責任がつねに問われた。生駒は、ライターの使用を隣室のメンバーにも知らせた方がいいと恭介を説得し、自分たちの部屋で使い終わってからライターを隣室に回した。

恭介たちの班は集合の際、全員、目立って光沢を放つ編上靴を履き注目を浴びた。ほかの班の者からは、「お前ら、特別な靴墨使ってんのか」などと、探りを入れられることがたびたびだったが、恭介をはじめ誰もが「何も特別なことはしてない」とにやにや笑いで答えた。

「大賀よう、お前、けっこう裏技知ってんだな。くそまじめにただ必死に磨けば光るってわけじゃない。お前のおかげで、俺、すっげえ助かったわ」

藤沢はライターで靴をあぶりながら、丸顔の中の細い眼をいっそう細くしながら、恭介に話しかける。

「そうだ。上官もよ、ただ靴を光らせろって怒鳴ってばっかで、頭来るよな。どうやったら、顔が映るくらい光らせられるか、自分でやってみせればいいのさ」

柴田も同調して声を張り上げた。山崎や佐野も笑い声を発し、部屋全体がなごやかな声に満たされた。恭介は、自分に感謝が集まるのを感じて、得意の絶頂にいた。規則がらみの自衛隊も悪いものではない、ちょっと知恵を使えばうまくいく抜け道がけっこうあるものだと思った。

と、部屋の戸がいきなり引き開けられ、

「緊急の点検を行う」

という声が響いた。恭介は、すぐ川崎空曹の声だとわかった。川崎は、左右両側に三つずつベッドが並ぶ部屋の中央を靴音高く歩き、まっすぐ藤沢の目の前まで行った。無言で、ライターをもっている藤沢の手をつかみ、

「これはなんだ」

と甲高い声で叫んだ。藤沢の顔から血の気がひき、開きかけた口が声を発することができないまま、喘ぐような息を洩らした。

「貴様、俺の言ってるのが聞こえんのか。これはなんだ」

「は、川崎空曹、失礼しました。自分は聞こえております」

「貴様、俺をばかにしているのか。聞こえているなら早く答えろ。これはなんだ」

「は、これはライターであります」

藤沢がかすれた声でようやく答えると、川崎は藤沢の手からライターをもぎ取り、右手に掲げた。班員一人一人を順に睨みつけながら部屋をぐるりと見回した。

「誰が、靴磨きにライターを使えと言った？　そういう指導をした教官がいるのか」

川崎は細くしなやかな体に小さな頭をのせた男だった。恭介の頭の中では、川崎は不機嫌な猿だった。体の中で絶えず怒りの種が高速度で回転していて、何かのはずみで怒りがスピンオフして体を突き抜けてくる。冷たく濡れたような目がせわしなく動き、教育隊の中の不審事すべてを視界に収めようとしていた。川崎の中で怒りがふつふつとたぎってきたときに、それらを熱いままに新入りの隊員にぶつけることが、川崎の生きがいなのだと思った。

部屋の六人はそろって直立不動の姿勢になり、ひとことも発しなかった。

「お前ら、俺がなんと言ったかわからんのか」

川崎は藤沢の隣の恭介に視線を移し、恭介の前に歩み寄った。恭介の顎の下に手をかけ思い切り押し上げた。

「おい、お前、今俺がなんと言ったかわからんのか」

恭介は力ずくで顔を上向きにされ、なおもぐいぐい押された。背中に力を込めて必死にこらえた。のけぞった姿勢の恭介の顔面に、川崎はおおいかぶさらんばかりに迫った。恭介は、川崎の眼球が光を放って自分を射抜くような恐怖を感じた。腕の中で震えが生まれ、震えが固まり力になっていった。恭介は、右手が拳になっていくのを感じ、両腕を背中に回した。左手で右手を強く握り、目をつぶって川崎の視線を遮ろうとした。だが、腹の奥で細胞の一つ一つがざわざわと蠢き出し、自分を内部から突き上げるような波動を起こしているのを感じた。その動きは迸《ほとばし》り出て爆発することを求めていた。目の前の猿に襲い掛かり、殴る蹴るの限りを尽くし、何も見えない感じない真っ白な時間と空間に行きつくことを求めていた。恭介は、「はあ」と部屋中の誰もが聞こえる大きさで息を吐いた。さあ、どうにでもなれ、と頭の奥で声が響いた。

「空曹殿、自分が答えてもよいですか」

突然、口を開いたのは生駒だった。その声に川崎は、恭介の顎に当てていた手を放し、背後にいた生駒に向き直った。恭介は、失われかけていた正気を辛うじて取り戻し、ゆっくり息を吸った。両腕を背に回したまま、体に密着させるようにかたく振り絞った。川崎の背中越しに生駒の顔が見えた。

「なんだ。言ってみろ」

「空曹殿は、ライターを使えと指導した教官がいるのか、と言いました」

「ばかやろ、わかってるなら、早く言え」

「はい、すみません」

「じゃあ、貴様、答えろ」

「はい、そのように指導した教官はいません」

生駒はうなだれた姿勢で答えた。恭介は生駒のことばが聞こえたが、頭の中で砂がざらざらと崩れ去るような音が流れ、なにもまともに考えられなかった。

「そうだ、石澤班長も、俺も、誰も靴磨きにライターを使えと教育などしていない。お前ら、上官の言うことに反して平気なのか」

誰も答えず、ただ、川崎の怒りの矛先が自分に向かないように願い、川崎が一刻も早く怒りをおさめて部屋を出ていくのを待った。しかし、川崎は執拗だった。部屋を歩き回り、藤沢だけでなく部屋の者がすべてライターをもっているのを確かめた。ライターをすべて没収し制服のポケットに入れると、カーテンのかかった窓の前に立った。少し胸を反らし、咳払いをした。それは、川崎が班員に訓示を始めるときに決まって見せる仕草だった。

「貴様ら、共謀してやったな。班全員に連帯して責任をとってもらう。まずその前に、事実をすべて明らかにして、石澤班長に知らせなければならん」

恭介は、先ほど体の中で吹き荒れた嵐が外に現れることなく少しずつおさまっていくのを感じていた。頭が徐々に回転し始めた。すると、川崎が急に部屋に入ってきたときからの言動が蘇ってきて、落ち着かなくなった。

「空曹殿、一つ質問してもよろしいでしょうか」

「なんだ質問とは。言うだけ言ってみろ」

「ありがとうございます。自分は大賀恭介であります。川崎空曹に一つ質問させていただきます」

「手短に言え」

「ありがとうございます。自分は、靴磨きにライターを使えと、教官から教わっていません」

「貴様、くどいな。さっきもほかのやつがそう言っただろ」

「はい。そうではありますが、自分は教官から靴磨きにライターを使ってはだめだ、とは教わっていません。それと、自衛隊の規則にはライターを隊内に持ち込んではならないとは書かれていません。ですから、自分はライターを靴磨きに使ってはならないわけを教えてもらいたいのであります」

　川崎は恭介が話し始めると、口元を歪めてせせら笑いを浮かべ、話し終わるころには、はっきりと憎しみのこもった視線を恭介に送った。

「大賀だったな、貴様、自衛隊をなめてやがるな。貴様、自衛隊の規則に野糞を垂れてはならないと書いてないから野糞を垂れていいことになるか、規則に裸で隊内を歩くなと書いてないから裸で歩いていいことになるか」

　柴田がひっひと小さな声で笑った。

「それは、なりません」

「だろ。同じことよ。ライターを使うなという規則なんかなくたって、常識で判断できることだ」

　川崎はそう言い捨てると、恭介の前まで靴音高く歩いてきて止まった。恭介の頭の先からつま先まで、威圧する視線で睨み、恭介が質問を取り下げるのを待った。

部屋のみんなで使ったのであります」

「しかし、空曹殿。ライターを使わないのが常識だと、我々にはわかりませんでした。ですから、部屋のみんなで使ったのであります」

恭介は、納得のいかない理屈で言いくるめられそうになると、むきになって反論する癖があった。上官にはけっして逆らってはならないことを己に言い聞かせていたにもかかわらず、川崎の視線に自分を蔑む色を感じると、口がかってに動き始めた。頭の片隅で「やめろ、やめろ」と声が響いていたにもかかわらず、恭介は口を閉ざすことができなかった。

「なんだと貴様、俺が言っているのは自衛隊の常識だ。お前の常識なんて、ここでは通用しねえんだ」

川崎は恭介が眉をしかめ口をもごもごさせたのを見逃さなかった。

「貴様、まだ文句があるのか」

「いいえ、文句などありません」

「嘘をつくな。お前の顔に、文句があります、と書いてあるんだ」

「いいえ、文句はありません」

恭介は、不服の表情を探られないように下を向き、声を絞り出した。

「おい、大賀、文句がないなら顔を上げてはっきりした声で言え」

川崎のことばに恭介は答えず、俯いた姿勢のまま肩を震わした。

「貴様、上官を愚弄するのか。ちょっと来い」

川崎は恭介の右腕をつかみ、入口のドアに向かって引きずっていった。荒々しくドアを開け、廊下に出た。恭介を壁の前に立たせると、川崎は右拳をさっと振り上げ、恭介の下腹部に向かって突き出した。素早い動作に恭介は、一瞬川崎が何をしたのかわからなかった。何をしたのだろうと思った瞬間、臍の下をえぐり、深く内部に押し込んでくる衝撃がやってきた。息が止まり、腹から胸に大波のように伝わってくる痛みで立っていることができなくなった。床に崩れ落ちた恭介に川崎は言った。

「いいか、これが自衛隊の常識だ。よく覚えておけ」

川崎は、床の上で身を折り曲げ悶え苦しんでいる恭介を捨て置き、班員の部屋に戻った。

恭介は下腹部に硬い棒を差し込まれ内臓を潰されたような気がするほどの衝撃を受け、しばらく立てなかった。部屋から川崎の声が洩れてくるが、何を言っているのか聞き取れなかった。壁に手をかけ、ゆっくり立ち上がったが、脚に力が入らず、体がぐらぐらした。

床に手をつき這うようにして、入口のドアに辿り着いた。よろめきながら立ち上がり、ドアを開けた。川崎がカーテンを背に五人の班員に厳しい口調で迫っているのが真正面に見えた。川崎は恭介にかまわず、話を続けた。

「どうなんだ、俺の質問に早く答えろ」

各自のベッドの横で直立不動の五人が沈黙を守っていた。

「誰がライターを隊内にもってきたかを聞いてるんだ。なぜ、答えない。早く言え」

川崎がいらいらを募らせ、口調が脅迫に近い怒鳴り声になっていた。恭介は足を引きずってベッドの間の通路を歩いた。

「貴様、なんだその歩き方は。目障りだ。早く自分の位置につけ」

「はい、急ぎます」

恭介は言われた位置で敬礼をし、自分のベッドの横に進んだ。

「大賀、さっきのふてくさた質問はなんだ。反省したか」

「はい、空曹殿、反省しました」

「大賀、貴様がライターを持ち込んだんじゃねえのか。他のやつらは誰も知らないらしい。貴様が持ち込んだのか」

恭介は口の中に溜まった唾液を呑み込み、答えた。

「自分は持ち込んでいません」

川崎は目を大きく見開き六人を順に睨みつけた。

「没収したライターは全部同じ品物だ、色は違うけどな。誰かがまとめ買いしてきたんだろう。誰の仕業だ、早く言え。事実を明らかにして責任をとってもらう」

恭介はライターの持ち込みと靴磨きへの使用は規則違反になるのか、思いをめぐらし続けた。規則違反なら、自分がやったと認めれば、希望の職種に進む道は閉ざされるだろう。航空管制官はだめになる。白をきり続ければどうなるだろう。自分がライターを持ち込んだことは班の全員が知っている。誰も自分の名前を出さないという保証があるだろうか。もし、後になってばれたら、厳しい処罰を受けるかもしれない。どうするのがいちばん得なのか。どちらを選ぶのも不たしかでおそろしい。

「貴様ら、黙ってればすむとたかくくってんのか。自衛隊をなめるな。いいか、班員全員、講堂に移動しろ。隣の部屋のやつらも呼べ。十二人の班員、ただちに全員集合だ」

川崎はそう告げると、ドアを荒々しく引き開け、出ていった。


体操と銃剣の教練のために使われる板張りの講堂に十二人の班員が駆け足で集まり、四列の隊形をつくった。夕食後、ライターが回ってきてから靴磨きをしようと待っていた隣室の六人は、突然の集合に驚きの表情を浮かべていた。藤沢や柴田がひそひそ声で、班長付きの川崎がライターの使用を見つけて激怒したこと、ライターを持ち込んだ者は名乗り出るよう厳命されたことを隣室の者に話した。

川崎はなかなか現れなかった。講堂の時計の針が八時半を過ぎ、集合を指示されてから三十分以上がたったと恭介は思った。ひそひそ声がだんだん聞き取れるほどの大きさに高まってきた。「おおが」と発する声が四方から響いてきた。「俺に名乗り出ろって言ってんのか。だけど、俺のおかげでみんな、靴ピカピカになったって喜んでたじゃねえか」、恭介は喉元にわだかまったことばを呑んだ。川崎に殴られた腹部の痛みはどんよりと重く、背中まで届いていた。

山崎が隣室の東海林と、川崎を呼びに行くべきか相談し始めたとき、大きな靴音を立て、川崎が石澤班長を伴って入ってきた。二人の上官は、慌てて列を整えた十二人の前に立った。山崎が「気をつけ。敬礼」の声を出し、全員、直立不動の姿勢をとった。石澤が硬い表情で一歩前に出た。規則に厳しいのは川崎と変わらなかったが、命令を発した後に班員の反応をじっと見る石澤の目の奥に、ときどき柔和な光が浮かぶことがあった。恭介は、石澤に適性検査の結果を渡されたとき、「大賀、お前は能力高いな」と言われたのを忘れていなかった。石澤の前では、いつも礼儀正しく振る舞い、全力で行動しようとしてきた。その石澤が話し出した。

「いいか、貴様ら、今、班として正しく行動できるか、全員が問われる事態になっている。さっき川崎空曹が見回りしたところ、編上靴をライターであぶって磨くなどという姑息な行為が発見された。ライターが複数、部屋に持ち込まれている。問題はそれだけではない。誰が持ち込んだのか正直に答えろと空曹が問うたところ、誰も答えない。いったいどういうことだ。上官に対して素直に答えないのは、絶対に許されん。俺は、自分の班がこのような不埒な態度をとったことが悔しいし、恥ずかしい。今からすぐ、お前らの反省の気持を行動で示せ。いいか、腕立て、三〇〇回、すぐ始め。腕立ての後、ライターを持ち込んだ者は名乗り出よ」

自衛官候補生の誰もが、上官から与えられる懲罰として腕立てがあることは知っていた。だが、講堂にいた大半の者は、実際に腕立て三〇〇回をすることの苛酷さに対し、不思議と現実感を覚えなかった。教練で一〇〇回の腕立てはみな経験済みだったので、三〇〇回はその延長上にあってけっして届かないゴールではないように感じた者も多かったかもしれない。恭介もそうだった。自衛隊に入って日々、体力の向上を感じていた恭介は、高校の柔道部にいてもできなかった腕立て一〇〇回を毎日達成できていた。二の腕に盛り上がってきた筋肉を、ケンタやジュンジに見せたいものだと思っていた。

石澤の命令から少し間をおいて、十二人が無言で一斉に腕立てを始めた。恭介の中で、「ライターを持ち込んだ者は名乗り出よ」という石澤班長のことばが、たえずかけめぐっていた。班長のその命令から逃れたかった。二の腕に力をこめ上体を持ちあげるときに生まれる熱に身を任せ、不安から逃れようとした。

一〇〇回を超えるころまでほとんど沈黙の中で進んだ腕立てが、やがて喘ぎと悲鳴の苦行に変わっていった。みな無言で回数を数えていたのが、腕を上げ下げしながら回数を唱える者が多くなり、講堂が、息切れした声で充満した。恭介の隣にいた柴田が真っ先に腕が上がらなくなり、床に突っ伏した。川崎が竹刀を手に寄ってきて、

「なんだ、それは。誰がやめていいと言った」

と床を激しく叩くので、柴田はすぐ腕立ての体勢に戻らなければならなかった。歯を食いしばって柴田は腕立てを始めたが、三、四回やるとすぐに腕が上がらなくなった。柴田は目の前に立つ川崎に許しを乞うまなざしを浮かべ、休息をとるべく膝を折って座ろうとした。

「貴様、ふざけてんのか。休むことは許さん」

川崎は竹刀を床に突き立て柴田を罵った。

「すみません、続けます」

柴田は頭を床に擦りつけ、かすれた声で答えたが、恭介にはそれは救いを求める者の泣き声にしか聞こえなかった。

「そうだ、続けろ。貴様らがたらたらやってる日にゃ、夜中になっちまう」

川崎が柴田を怒鳴る声に、「にひゃく」という石澤の大きな声が重なった。恭介は、隣室の東海林が二〇〇回を越えたのだと思った。東海林は高校の野球部出身で、「俺はベンチ入り経験ゼロ。ウェー

ト・トレーニングしに野球部入ったようなもんだ」と言って、周囲を笑わせる男だった。いいペースで腕立てをする東海林の回数を、石澤がわざと大きな声で言ったのだろうと、恭介は思った。

しかし、大半の者は一五〇回を過ぎると、もうまともに腕が上がらなくなった。柴田同様、床に突っ伏し喘ぐ者が続出した。川崎と石澤は、突っ伏す者が出るたびに、そばへ駆け寄り「やめるな」と怒鳴りつけていたが、やがて静観するようになった。

上体が上がらなくなった者は両手を床について息を整え、一、二分休んだ後、呻き声をあげながら二、三回腕立てをし、また休むのを繰り返すようになった。

「ばかやろ、なんだ、そのヘロヘロした動きは。そんなのは腕立てじゃねえ」

川崎は床を竹刀で激しく打ちながら叫んだ。藤沢が胸を反らした状態からわずかに腕を折るだけの動きをしているのを見つけたときには、

「ばか者、腰を落として上げなければ腕立ての回数にならん。一〇回、回数を減らせ」

と怒鳴りつけた。藤沢は両手の間の床に頭を擦りつけ、

「すみません。数え直します」

と川崎に向かって謝った。土下座でわびるような藤沢の姿を見下ろし、川崎は腕組みをしながらうなずいた。東海林と山崎など数名が二〇〇回を越えてなお規則的に腕立てを続けている他はみな、二、三回よろよろと腕の上げ下げらしきことをしては、すぐへたり込む状態になっていた。

恭介は、ほかの班員の様子を見ながら、少し休んでは、おもむろに腕立てをすることを繰り返した。大げさに苦しそうな身振りをして床にへたばり、「ばかやろ、早くやれ」と怒鳴られるのを待って、腕立てを再開した。腹部をいたわるような身振りをし、殴った川崎は俺を見ただろうかと思った。

しかし恭介は、二〇〇回を過ぎてからこれまでに経験したことのない体の変化に見舞われた。疲労の極に達した筋肉でなおも腕立てをしようとすると、床についた手がふわふわと浮き上がるような感

覚に襲われ、力をこめることができなくなった。殴られた下腹部が背中に向かって重く膨れ上がっていくような気がした。体中の筋が四方八方に向かってぴくぴく震え、足も手も思ったように動かせなくなった。それでも腕を曲げ上体を床に近づけると、むずむずした気持悪さが筋肉の中を飛び交い、体が内部から弾け壊れてしまうかと思うような震えが全身を貫通した。腕にわずかに力を入れようとするだけで、二の腕がぶるぶる揺れ、体を支えられなくなった。胸に重い塊を詰め込まれたかのようで、息をするのも苦しい。

もういい、もういい。もうやめたい。「ライターを持ち込んだのは自分であります」と言って、この苦痛を終わりにしてもらいたい。恭介は這いつくばったまま、床に頬を擦りつけ、声にならない願いを発した。

しかし、苦しさに身悶えしている恭介の胸の奥で囁く声があった。

「ばか、まだ終わりじゃない。まだお前はやれる。白を切り通せ」

目に入る汗で視界が歪んでいた。動悸が頭の中で鳴り響き、耳が聞こえなくなった。手足の触覚が不確かになっていた。何もかもがおぼろげで、いったいなぜこんな苦しい目にあっているのかさえよくわからなくなった世界で、その声は不思議なほどくっきりとあらわれ、「白を切り通せ」と囁き続けた。恭介の意識から、周囲に起きていることが消えた。声が命ずるまま、おぼろげな世界で腕立てを続けた。苦しいことを続けたら自分が壊れてしまうという恐怖心が消え、何度か腕立てをしては休み、また腕立てをする、その繰り返しに恭介は憑りつかれた。

ふわふわとした手応えのない世界で、背中に重しを乗せられ押し潰されそうになっている。くそと歯を食いしばって体を起こす。やっと重しから解放されたかと思うと、また背中をぐいと押され、体が潰されていく。潰されて地面に呑み込まれるのはたまらない、と歯を食いしばって起きようとする。恭介は、潰されたり押し返したりの反復を、思い出せないくらい昔からずっとやっているような気がしていた。遠くから声がする。重さを押し返そうとすると決まって声が聞こえてくる。あれはいったい何だろう。恭介は靄の向こうの声をとらえようと思った。

「にひゃくななじゅうきゅう。ほら、もうひといき」

すぐそばで怒鳴る声がはっきりと耳に入り、恭介は腕を広げ床に腹這いになった。

「大賀、やめるな。まだいける」

その声は東海林だった。東海林は紅潮した顔面に汗を垂らして、恭介を見守っていた。周囲を見回すと、三〇〇回を達成したと思われる班員が、まだ腕立てをやっている者の横につき、「あきらめるな」「そうだ」「もう少し」などと声をかけていた。腰をよじり、呻き声をあげ、余力を振り絞って、上体を一回持ち上げる。すぐさま体が崩れ落ちると、また仲間が励まし、次の一回が始まる。そんなふうにして、悲鳴とため息と苦し気な呼吸音が入り混じる中、亀の歩みのように回数が積み重ねられていった。

恭介は、もう腕の力ではどうやっても体が上がらなかったから、腰を左右に振り、背中から肩をよじって上体を持ち上げた。しかし体をよじると腹部の重い痛みが増して、呻き声を発して耐える他なかった。もうどうでもいい。この世が終わりになって、腕立ての罰もすべて帳消しになってほしい。そう願っていると、東海林の「にひゃくきゅうじゅうご」という声が聞こえた。恭介は腕立ての体勢をまたつくり、腕を折って上体を下ろし、「くそう」と叫びながら体をくねらせた。

「おお」という歓声が講堂に響いた。仲間の励ましを受けて、三〇〇回に到達した者が現れた。恭介が「にひゃくきゅうじゅうきゅう」の腕立てを終えたときには、東海林のほかに山崎と生駒がそばに来て腰を下ろし、「あと一回」と励ましの声をかけた。恭介は両腕を折り曲げると、歯を食いしばり、全身をくねらせて勢いをつけた。「このくそ」と腹の底から声を発し、腕を突っ張ると上体が上がった。「さんびゃく」という東海林の声を聞きながら、恭介は床に突っ伏した。顔面を伝う汗をそのままに、痺れてぴくぴくする肩と腕を床に広げた。

「大賀、やったな」

東海林はそう言うと、まだ腕立てを続けている他の者のところへ移っていった。班員たちの腕立てはなお続き、一一時近くに柴田が三〇〇回に達したところで全員が終了した。

大半の班員は床に寝そべり呼吸を整えていたが、十分ほどして石澤が集合の号令をかけた。体力を取り戻した者が、顔色青ざめ動こうとしない者の手を取り立ち上がらせた。恭介は、自力で立ち上がり歩くことができた。整列を終えると川崎が前に進んだ。

「貴様ら、なんだそのざまは。これしきのことでへばる者に日本を守れるのか」

川崎の怒声に、十二人は消え入るような声で
「はい、守ります」

と応答した。

「情けない返事だな。いいか、石澤班長に代わる。よく聞け」

背後で見守っていた石澤が現れ、十二人の前に立った。

「全員が腕立て三〇〇回を行ったことを認める。では、初めに俺が言ったことをみんな覚えているだろうな。ライターを持ち込んだ者は名乗り出よ」

誰も身動き一つせず、沈黙を守った。石澤は一人一人の顔を注視し、名乗り出る者を待った。長い沈黙が続いた。起立の姿勢を保てなくなった者が、上体をぐらぐらさせた。恭介は石澤の視線を受けたとき、心臓をわしづかみにされた感覚に襲われ、その場にいることに耐えきれず一歩前に進もうとした。しかし、石澤が視線を隣りの山崎に移すと、踏み出そうとした右足は力を中に押し込めてしまった。

石澤がいら立ちをあらわにしながら話し出した。

「本人が自ら名乗り出ることを願ったが残念だ。こうなったら、誰でもよい、ライターを持ち込んだ者の名前を言え」

沈黙が続いた。川崎が床を竹刀で激しく叩き、怒鳴った。

「貴様ら、班長を愚弄するのか。今日まで貴様らを見守り育ててくれた班長の気持がわからんのか」

誰も答えず重苦しい沈黙がなお続いた。石澤が一歩前へ踏み出し、ことばを発した。

「残念だな。腕立て五〇〇回を命ずる。腕立て終了後、ライターを持ち込んだ者は名乗り出よ」

えっ、という悲鳴のようなつぶやきが折り重なるように漏れ聞こえた。

「腕立て五〇〇回、始め」

と石澤が声を張り上げたとき、班員は互いに目を見交わし、誰もすぐに腕立てを始めようとはしなかった。

「貴様ら、班長命令だ。すぐ始めろ」

川崎が石澤の横に立ち、竹刀を床に突き立てた。またも沈黙が流れる中、恭介の右前の男が右手をあげ、声を発した。

「班長殿。ライターを持ち込んだのは自分であります」

生駒だった。恭介とランニングをしたときと同じ澄んだ声で、名乗り出た。血相を変えた川崎が生駒の面前ににじり寄った。

「貴様、今頃、なんだ。ふざけやがって」

川崎は生駒の腕をつかみ、列の前に引きずり出した。胸倉をつかみ、腕に力をこめて生駒の顔を自分に引き寄せた。

「てめえ、この卑怯者。なんで今まで黙ってた。手間かけやがって」

生駒は唇を一文字に引き何も答えず、川崎に上体を揺さぶられるままになっていた。

「なんだその、ふてくされた顔は。てめえのせいで、どれだけの人間が迷惑したと思ってんだ」

川崎は何も答えない生駒の胸倉を絞めたまま前へ押し出した。生駒は川崎の勢いに足がついていかず、上体を反らして耐えた。

「おい、てめえ、なんではじめから名乗り出なかったんだ。言えよ。早く答えろよ」

川崎は生駒の上体を力任せに揺さぶり、怒鳴り散らした。何も答えない生駒の目をじっと睨みつけた後、胸倉をつかんだ手を振りほどき生駒の体を前へ押しやった。支えを失った生駒は仰向けの姿勢で床に倒れた。後頭部が床に打ち当る音が講堂に響いた。

恭介は体のあちこちでちりちりと震えが起こり、その場に黙って立っていることができなかった。白熱が渦になって全身をかけめぐり、走り出した。

「てめえ、ぶっ殺す」

と叫びながら川崎に向かって突進した。拳を握った右手を前に構え、川崎に殴りかかろうとした。恭介の動きに気づいた川崎は軽く身をかわし、走りこんできた恭介の膝を蹴りあげた。恭介はもんどりうって床に転がった。

「貴様、狂ったか」

川崎は恭介を見下ろして罵りのことばを吐き、恭介の腰を蹴りつけた。肉に食い込んでくる激しい痛みに恭介は呻いた。上体をゆっくり起こすと恭介は尻を床につけたまま、川崎を睨みつけた。

「狂ってなんかいねえ。いいか、よく聞け、ライターを持ち込んだのは俺だ、生駒はなんの関係もねえ」

「なんだその口のきき方は。貴様、チンピラか」

「うるせえ。てめえがでかい口叩いてるのが我慢できねえんだよ」

「大賀、お前、自分が何をしているか、わかっているのか。まず、きちんと立て」

そう言いながら石澤が恭介を立ち上がらせるために胴体を抱えたのを、恭介は振り払った。

「やめろ、俺にさわるな。てめえら、えらそうにしやがって。ライター使って何が悪い。靴をピカピカにしろと言ったのはてめえらじゃねえか。ふざけんな。なにが班の連帯責任だ。おおげさなんだよ。てめえらがいじめをするための口実なんだよ。いいかげんにしろ。俺は、えらそうに人を見下すやつを見るとむかついて、むかついて、ぶちのめしたくなるんだ」

恭介は顔を歪め、歯をむき出して、喚いた。一度しゃべりだした口の動きは止まらなくなった。恭介の胸の中に黒い滓になって淀んでいたものが、堰を切ったように溢れ出した。

「いいか、てめえら、威圧すればみんな言うことを聞くと思ったら大間違いだ。俺は、おかしいと思ったことはおかしいと言う。そうだろう、てめえら、ちゃんと一対一でわかるように説明しろ。俺たちは動物じゃねえ。罰でしつけられるなんて、我慢できねえ」

頬をひきつらせた石澤は、恭介の背中から再度腕を回して立ち上がらせようとした。

「なにすんだ、この野郎」

恭介は両肘を振り回して石澤の腕を振りほどこうとした。石澤は背後から恭介にのしかかり、唸り声をあげて暴れる恭介の顎の下に腕を通して絞め上げた。恭介は、首に入った石澤の腕をはずそうとしたが、もがけばもがくほど身動きできなくなった。

「なにすんだ、てめえら、卑怯だぞ」

恭介が喚いている間に講堂から出ていった川崎が、教育担当の空曹を二人連れて戻ってきた。石澤と川崎が、恭介の両側に立ち、二の腕をつかんで恭介の上体を引き上げた。

口をへの字にした恭介は腰をくねらせ抵抗した。後から来た空曹が、

「やかましいから、寝言はやめにしろ」

と言い放ち、恭介の下腹部を思い切り殴りつけた。息が止まるほどの激しい衝撃に襲われた恭介は、

上体を折って前に崩れそうになった。石澤と川崎が左右から恭介の腕をもち、他の二人の空曹が両足をもった。けものの叫びをあげなおも体をよじる恭介の手足四本を上官たちはつかみ、手負いの獲物のように講堂から運び去った。

10

二〇〇五年六月三日　東京

「エブリデイ・アイ・リッスン・トゥ・マイハート、ひとりじゃない」

この歌詞が流れるのはもう何回目だろう。なにしろパチンコ屋の椅子にすわったのが一時過ぎだからもう四時間以上になる。繰り返して聞いて、イントロが流れるだけで、歌詞が口をついて出るようになった。周りに客がいなければ、声を張り上げたくなる曲だ。この曲がかかると決まって次は、「全力少年」がかかる。「さえぎるものぶっ飛ばして、まとわりつくものかわして」という部分がとてもいい。その後の歌詞がよく聞き取れないが、最後は「あのころの僕はきっと全力で少年だった」と締めくくられる。なんてカッコいいのだろう、もしバンドをやっていたら、この曲をマスターしたい、恭介はそう思った。

熊谷の基地を出るときはたった一人だった。入隊のとき北海道出身者は千歳基地に集合し、募集担当官に引率されて熊谷まで行ったのだが、中途除隊者は一人で自宅まで帰るように告げられた。入隊のときにもっていった私服に着替え、制服・制帽・編上靴を返納すると、持ち物はほとんどなかった。除隊日までの分の給料から、食費・被服費などを差し引いた額がだいたい五万円になり、事務官から受け取った。

「これだけあれば、札幌まで帰れるだろう。必ず親元に帰りなさい。隊から君が除隊し家に戻ることを知らせてあるので、帰宅しないと騒ぎになる」

事務官は強く念を押す口調で話し、給料の入った袋を恭介に渡した。

空っぽのバッグを提げて、籠原の駅まで歩いた。最低でも航空管制官にはなってやると思って自衛隊に入ったが、わずか二ヶ月でやめることになってしまった。もうなにもすることはないし、行くところもなかった。

駅はずいぶん遠く、道を間違えたのかと思った。住宅が立ち並ぶ道を歩く間、誰かが自分の挙動を注視しているような気がして落ち着かなかった。電車に乗ると、人工の異世界に放り込まれた気持になった。自分を監視する目が至るところにあり、規則違反を指摘する警告が飛んでくる妄想に怯えた。

家には帰りたくなかった。自分が自衛隊に入ったことを知っている者には一人も会いたくなかった。電車を乗り継いで品川駅まで来たとき、羽田空港行きの電車が来た。乗る気になれず、何本も電車を見送った。駅を出てあてどもなくぶらぶら歩いたが、入ってみる気になる店はほとんどなく、メイド喫茶があるという秋葉原に行けばよかったと思った。結局、前を歩く男たちが立て続けに入るのにつられ、駅前のパチンコ店に足を踏み入れた。パチンコがしたかったのではない。ただ、札幌に帰るのを少しでも遅らせたかったのである。

千歳までの飛行機代が二万五千円として、残りの金は使えると思った。それで二台やってみたが、一時間もたたないうちに二万円を使い切った。やめようという気持が頭をかすめたが、金がまだ少しあるという思いで三台目にすわった。かなり玉を出している客が急に用を思い出したように席を立ったのを見ていたからである。五千円をカードに読み込ませ、打ち始めたところ、すぐにヘソに玉が入り始めた。中央の絵柄が三つそろって盤面が激しく光り出す。下のアタッカーが開き放しになり、玉がいくらでも入った。絵柄が絶えず回り、大当たりがまた出た。恭介は、前の客が打っている間に確変が起き、大当たりが出やすくなっているのだと思った。絶えず出てくる玉をドル箱に移し替え、四箱、五箱と積み上げた。

恭介は次から次へと回る絵柄に心が吸い寄せられ、「当たれ、当たれ」と念じた。ケンタが半日で十万円勝った話を得意げにしていたのを思い出し、自分にも同じような運がめぐってきた気がした。十万円儲けたら、どうしよう。そうだ、まず秋葉原のメイド喫茶に行こう。ご主人様の気分を満喫したら、あとは成り行き任せでずっと東京にいよう。札幌になんか帰らない、ずっと遊び続けてやる。この二ヶ月の間抑え込んでいた衝動が蘇ってきた。わくわくするようなざわめきが体の奥底で目を覚まし、盤面の光と音に同調して足がステップを踏み始めた。

恭介は、上官に反抗し懲罰を加えられたときからずっと、粘りつくような重苦しい気分に捉えられていた。じっとしていると、大地に吸い込まれ、目も口も鼻も土まみれになって埋もれていくようだった。少しでも体を動かし、自分を地中に引っ張り込む力から逃れたいのだが、体が錘《おもり》のように首の下に垂れ下がり、容易に動かせなかった。それが今、自分の中に生まれてきた興奮が、やっと浮き上がる力を与えてくれた気がした。

教育隊にいる間、自衛隊での生活に適応しようと、恭介は自分を興奮させることを避けてきた。興奮すると暴走するのが致命的欠陥だと、珠子にも高校の担任にもくどいほど注意されていた。

「恭介、あんたいいかい、調子に乗るんでないよ。自分で自分を抑えられなくなるんだから」

珠子に言われた通り、坦々と毎日の課業をこなすよう努力した。上官の命令口調にいちいち腹が立つこともなくなったし、いじめのようなしごきにも黙々と耐えたのだ。戦闘機の名前、性能を一番よく覚えたのは恭介だった。しかし、我慢することが三つ、四つと一挙に襲来してきたあのときは、もうわけがわからなくなった。上官に向かって腕を振りあげたのは覚えているが、その後は記憶が飛び飛びになっている。

教官何人かに手足をつかまれて講堂から運び出された。小さな窓が上についているだけの穴倉のような部屋に入れられ、腕を後ろに回され身動きできなくされた。

「大賀、上官に逆らって、ただで終わると思うな。これから、自衛隊がどんなところか教えてやるから、たっぷり味わっておけ」

川崎空曹の声だと思った。いきなり、下腹部を激しく殴打され、胴体がねじ切られるような衝撃とともに目の前が真っ暗になった。川崎が立て続けに殴った後、他の上官に代わったような気がするがよく覚えていない。胴体を揉みしだかれたあと、石に圧し潰されるような力を受けた感覚がおぼろげにある。

恭介は、上方の小窓から差す光で目が覚めた。なぜこんなところにいるのだろう、とぼんやり思った。毛布が体にかけられていたが、床にじかに横たわっていたので寒かった。姿勢を変えようとすると、腹部に激痛が走った。あちこちに飛び散っていた昨晩の記憶が徐々に蘇り、穴倉にいる今の自分につながった。

ああ、俺は一線を飛び越してしまったのだという思いが湧いてきた。航空管制官はどうなるんだ、空の仕事はどうなるんだと思ったとき、自分の行く手が頑丈な壁ですべてふさがれてしまったと感じた。重苦しくて息ができないおそろしさに襲われた。珠子と瑞枝に丘の上の精神病院に置き去りにされたときと同じ苦しさがやってきて、胸が締めつけられた。

石澤班長に泣いて謝ったらどうか、とふと思った。ゼロからやり直しをさせてください、死ぬ気で努力しますと、真剣に訴えることで、わずかなチャンスが与えられるのではないかと思った。じっとしていられなくなった恭介は、班長の部屋に駆け付けるためドアを開けようとした。だが、外から施錠された鉄のドアはびくともしなかった。

巨大な重しになってのしかかってくる絶望感から逃れようと、床を転がり呻いた。そのとき、ドアが大きな軋り音をたてて開いた。石澤班長だった。恭介は慌てて立ち上がり、敬礼をしようとしたが、下腹部の痛みでまともに立つことができなかった。

「大賀、敬礼はいい、腰を下ろせ」

石澤は恭介をすわらせ、自らも膝を折って恭介に向き合った。恭介に話す暇を与えず、石澤は硬い表情で話した。

「大賀、お前は、これまでもキレたことがあるか」

恭介は無言で目を伏せた。

「あるだろな。昨日の様子を見ればわかる」

「班長殿、二度とキレないように頑張ります。ですから」

「もう、言わなくていい。キレてしまう人間は自衛隊に置いておけない」

石澤はそう言い放つと立ち上がろうとした。

「本当にすみませんでした。心を入れ替えてキレない人間になります」

取りすがる思いで石澤に訴えるうちに涙声になった。

「だから、もういい、と言っただろ。大賀、お前はもう班に戻さん。今から医務室に連れていくから、指示があるまで、そこですごせ」

医務室は自衛隊の中の別世界だった。教育期間中に心身に失調を来した候補生が回復を待つ部屋として設置されていたのだが、恭介がいる間、ここから元の班に戻った者は一人としていなかった。恭介が連れてこられたときには、規則ずくめの自衛隊の中で驚くべきことに、五人の男たちがテレビを見たり、ゲームをしたり、ベッドに寝転がったり気ままに過ごしていた。みなうつろな目をして、動作もひっそりしていた。恭介は、医務室にいる間、体全体が粘りつくような重苦しさにとらえられ、訓練中に夢見ていた自由気ままな生活を与えられたにもかかわらず、何をしても物悲しかった。テレビゲームに興は乗らなかったが、他にすることもなく、日がな一日コントローラーを握ってRPGを続けた。

看護師とカウンセラーが常駐しているのだが、恭介たちの担当はもっぱらカウンセラーだった。長い髪を後ろで結んだ中年女性のカウンセラーが、窓の近くのデスクにすわり、ほとんどの時間、書類の記入をしていた。肌が白く眼の細いカウンセラーは、落伍した候補生たちに自分から話しかけることはあまりなかったが、聞かれたことにはなんでも率直に答えた。

「こんなだらだらしていて本当にいいんですか。ここでも時間厳守しないと、上官に罰を与えられるんじゃないですか」

恭介の質問に、カウンセラーは答えた。

「みんな同じことを聞くわ。ここに収容された人は訓練を免除されているのよ。だから、決まった時間に行動しなくても懲罰を与えられることはないわ」

恭介はほっとするより、もはやまともな候補生として扱われていないのだとだめ押しされるのを感じた。彼女はさらに言った。

「あなたが教育隊に戻る可能性はほとんどなし。上官に逆らって暴れた人は、以前にもいろいろ来たけど、誰も班には戻れなかった。何がどうあろうと、上官に逆らうのは絶対にやっちゃいけないこと。自衛隊は上官に何を命令されても黙って従うところなの」

「どれだけ反省してもダメなんですか」

「ダメよ。くよくよ考えるより、次の仕事を考えた方がまし。自衛隊がダメでも他の仕事を見つければいいじゃない」

カウンセラーに自分が空の仕事にどれだけの希望と情熱をもって入隊したか説明する気力も起きず、恭介は抑鬱の底に沈んでいった。そんな恭介でも、国旗掲揚の時間が来て「君が代」のイントロが隊内に流れると、すぐ直立不動の姿勢をとり、国旗掲揚塔の方を向いて敬礼をした。他の者も同様であった。二ヶ月かけて体にしみついた動作は、もはや上官にチェックされることがないとわかっていても、恭介の意思に関係なく始まった。

医務室に入れられて十日目、恭介は区隊長室に呼び出された。応接セットの備わった部屋のデスクで執務していた区隊長は、恭介が早朝ランニングの後に挨拶をしたのを忘れていなかった。

「大賀君、トレーニング頑張っていたな。覚えているよ。だが、今日は残念な話をしなければならん。担当教官から報告を受け、君がこれ以上訓練を続けても自衛官になることは難しいと判断した。したがって教育隊を除隊することを命ずる。いいね」

除隊宣告をした区隊長の顔は、先日恭介を励ましたときと同様に柔和だった。無気力の底に沈んでいた恭介は肩を落とし、

「はい」

とか細い声で答えるのがやっとだった。

「大賀君は高校を卒業したばかりだったんだな。学校の先生と保護者の方には私から連絡しておく。まっすぐ家に帰りなさい。体調を整えて、君に合った仕事を探しなさい」

区隊長がもう話は終わったという顔をしても、恭介はその場から動くことができなかった。自分を変えるためにいかに努力したかを話そうとしたとき、区隊長は席を立って恭介の腕をとり、退室するよう促した。恭介は、仰ぎ見る存在だった区隊長に何も言えないまま部屋を出る他なかった。

ふらふらと医務室に戻り、さらに二晩むなしく過ごしたのち、恭介は熊谷基地を去る日を迎えた。私服に着替えて門を出た。訓練期間中に七キロもやせたので、ベルトをどんなに締め付けても、ズボ

ンがずり落ちてきた。輝かしい人生に向かう道は跡形もなく消えてしまった。行きたいところは全く思い浮かばなかった。札幌に帰っても、恥ずかしくて家を一歩も出られないと思った。

ドル箱が十箱積み上がったあたりから、大当たりが出なくなった。球がただ空しく盤面を流れていく。たまに絵柄の回転がスタートするが、惜しいところで揃わない。打つほどに、ただじりじりと球が減っていった。時間は、ただ玉を減らすためだけに流れた。もう何度目かの「エブリデイ・アイ・リッスン・トゥ・マイハート、ひとりじゃない」が流れ、テンポにぴたり合わせて口ずさむことができる。次は「全力少年」。球が減る一方で歌う気になれない。

恭介はもうやめようかと思いながら、大当たりがまた来なければ、自分はもう完全に終わりだという妙な思いに取り憑かれて、ハンドルから手を離せなかった。しかし、十箱積み上げたドル箱の最後の一箱までになっても、大当たりは来なかった。最後の一球がむなしく盤面を流れ落ちて行ったとき、恭介は「ああ、なにもかも終わってしまった。車にひかれて死ぬくらいしかすることがない」と思った。だが、財布を開いて、千歳までの飛行機代として最後までとっておいた二万五千円があるのに気づくと、恭介の目が輝いた。「もうやるしかない」と小さく叫び、全額をカードに投入し、同じ台に向かった。負けたら所持金ゼロ、東京で路上生活者になるしかないんだ、と思うと背筋がざわっとしたが、こうなったらもうパチンコ玉に祈りを込めるしかなかった。

一球ごとに気合を注入するつもりで打ち出し、盤面を見つめた。だが、たまに小さな当たりが来るだけで、恭介の思いを背負った二万五千円分のパチンコ球が一時間でむなしく流れ去った。時計を見ると六時半過ぎ。千歳行きの飛行機の最終便に間に合うだろうかという思いが頭をかすめたが、所持金がないのにバカなことを考えたものだと思った。

受け皿に残った球が尽きそうになったとき、絵柄の回転がスタートし大当たりが来た。次から次へと絵柄が回り、短時間のうちに立て続けに大当たりが出た。台は絶えず音と光で賑わい、狂ったように球を吐き出し始めた。「くそ、それいけ」と恭介は奥歯を軋らせながら呟き、球を盤面に送り出し続けた。

「まだやれる。俺はまだやれる」

恭介は唇を歪め、肩をせり出すようにして盤面をにらんだ。運命の判決を待つ者の悲壮感で歯を食いしばった。台のお祭り状態は一時間近く続いた。ドル箱が八箱積みあがった。大当たりが収束したとき、恭介は時計を見た。八時少し前。「間に合うだろうか」と呟くと、恭介はすぐ立ち上がって店員を呼び、ドル箱の球を計数機にかけてもらった。店員にもらった地図をたよりに換金所に行き、三万円余りの金を受け取った。

駅へ急ぎ足で向かい、雑踏をかき分け、空港行きの電車を探した。

11

二〇〇五年六月一五日　札幌

「じゃ、また来るわ」

珠子が耳元で声をかけると、それまでほとんどベッドで眠っていた栄造が細く眼を開け、珠子の手首をつかむ。歯のない口をもごもごさせているので、

「なんか、言ってるの」

と聞き返す。頬骨が浮き出るほど痩せた栄造の唇は、乾いて剥がれおちそうな皮で覆われている。耳を口のそばに寄せる。

「今度、いつ来る」

栄造はそう言っていた。

「しあさってだよ。私も忙しくてね。二日おきに来るからねって、いっつも言ってるでしょ」

珠子は栄造に念をおすようにゆっくり語りかけた。たぶん栄造はわからないだろうと思う。パーキンソン病と診断され、嚥下障害を起こしてから長い入院になる。神経のはたらきが衰えるとともに、認知能力も失われてきた。月日も曜日ももうわかってはいない。しかし、珠子が来て話しかけると、たまにしっかりした応答をすることがあって驚かされる。

この前、孫の恭介が自衛隊をやめて帰って来たと話すと、閉じていた目を急に開いて、

「あのクソがきめ」

とはっきり言った。小さいときから問題を起こしてきた恭介を栄造は嫌い、そばに寄せつけなかった。珠子は、クソがきと吐き捨てる栄造に、「あんたはいいご身分だよ」と食ってかかりたかったが、黙って聞いていた。ただ、恭介のことが分かるのなら、栄造の脳にはまだしっかり活動している部分があるのだろうと思った。

栄造がかつて家にいたとき、小学生の恭介が珠子に反抗して大きな声を出したことがあった。痛に障った栄造は、いきなり恭介を殴りつけ胴に腕を回して抱え上げると、居間の窓から庭の地面に投げつけた。以来、恭介は栄造を見るだけで顔を歪め、栄造の方は、恭介のことをクソがきとしか呼ばなくなった。珠子は、時々心の中で栄造を「クソじじい」と罵るようになった。

病院を出て地下鉄駅までかなり歩く。歩くうちに、七十半ばの自分にどうしてこんなに負担がのしかかってくるのか、というのいつもの思いが湧いてきた。栄造など、タクシー会社の専務まで務めたとは言っても、ほとんど家族を顧ず遊び暮らしたではないか。給料もろくに渡してくれないから、立ち食いそばを手始めにいろいろ店をやって自分が家族を養ってきた。その苦労を栄造はどれだけわかっ

ているのだろう。年老いて体が不自由になってから、急に珠子を頼りにし始めた。病院に入ってからも、珠子をそばに置いておこうとしてすがりついてくる。しょっちゅう見舞うのはやめにしたいのだが、珠子を呼んでくれと看護師をせっつき、病院を困らせるので放っておくわけにもいかない。栄造が穏やかに眠っているのを見ると、このますうっとあっちの世界に行ってくれたらどんなにいいかと思うのだが、そんなときはたいてい珠子の思いに反して、急に目を覚まし、手を空中にさまよわせて珠子を探し求めるのであった。

栄造のことも気を重くさせるが、恭介ときたらもうどうにもならない。熊谷基地から「自衛隊をやめることになった」と電話があってから毎日、いつ帰るかと待っていた。落ち込んで帰ってくるだろうから、何も言わず聞かずで、ただ腹いっぱい飯を食わせてやろうと思っていた。気分が落ち着いたら、たった二ヶ月でやめて帰ってくるのはたしかに恥ずかしいが、笑われてもべつに死ぬわけじゃない。体さえ丈夫なら仕事はいくらでもある、と話してやるつもりだった。

ところが、その恭介がなかなか帰ってこない。念のため、祐市に電話してみたが、祐市のアパートにも全く姿を見せていないという。熊谷からの途中で厄介なことをしでかして帰ってこられなくなったのかと思い始めた日の深夜、弟の慎司が、窓際に怪しい人間が立って中をうかがっていると言うので、いっしょに玄関を出た。黒い影がさっと家の裏手に走った。

「恭介かい」

と声を出し、裏庭を見に行ったが暗闇に紛れてしまって、人がいるのかどうかもわからない。慎司が来るのを待って、ベランダの周辺を探したが誰もいない。慎司が「ばあちゃん」と呼ぶので、物置の陰に行ってみた。膝の間に頭を埋め蹲《うずくま》っている者がいる。家から洩れるうっすらとした光で、坊主頭に近いくらい髪を短くした男だとわかった。

「恭介なんだね」

と声をかけると、おもむろに頭を起こした。口をへの字にして、眉をしかめている。これまでに見たことのない顔だった。魂が抜けるとあんなふうになるのだろうか。何を話しかけてもぼうっとして、まともな返事をしない。慎司と珠子で両腕を引っ張るようにして家に入れてやった。

家の中で見た恭介は、顎が尖るほど痩せこけ、体全体が一回り小さくなったように見えた。

「あんた病気で痩せたんでないの」

と聞くと、

「違う、鍛えて体が引き締まったんだ」

と答えるのだが、肉付きのいい恭介を見慣れた珠子には、別の人間になって帰ってきたようだった。陽気でおしゃべりだった恭介が、焦点の定まらない目をして押し黙っていた。

一週間ほど恭介はどこにも行かず、ほとんど布団に転がって過ごしていた。祐市がときどき来て声をかけ、自衛隊で何があったのか聞くのだが、

「べつになにもねえよ」

としか答えない。飯だけはよく食べた。珠子の用意したものはなんでも食べ、

「ばあちゃん、自衛隊の飯はうまかった。けど、みんな五分くらいで一気に食べるから、俺ものんびりできない。味わってる暇なかったな」

とぼそっと呟いたことがあった。

「外へ出かけて、気分転換したらどうだい」

珠子がそう言っても、恭介は、どこにも行きたくないと首を振った。いったい、この子はどうなるのだろう、世間でいう引きこもりになるのだろうか。この図体でずっと家にいられたらたまらない、祐市に引き取ってもらおうかと考え始めたころ、恭介が多弁になり始めた。自衛隊で飛行機の名前を

問うテストを受けたとき恭介が一番の成績だったこと、陸上部出身の候補生に負けないくらい足が速くなったことなどを話し始めたので、うんうんと返事をしてやった。自慢話を始めると止まらないのが元気なときの恭介なので、ちょっと安心した。ところが、しゃべり疲れたころ、

「ばあちゃん、十万くれ。遊んでくる」

と突然言い出したので、

「働きもしない人間にやる金はないよ」

と突き放した。見る間に恭介は顔面いっぱいに怒りをあらわし、居間に置いてあるリモコンだの、スリッパだの、花瓶だのを投げつけて暴れ始めた。テーブルの椅子を蹴って倒し、

「このクソばばあ、十万くらい、なんで出さないんだ」

と怒鳴り散らした。

「クソばばあ、とはよく言ったね。わたしのとこにいるのが嫌ならさっさと出て行きな」

腹立ちまぎれに言い返してやったら、

「クソばばあだから、そう言ったまでだ」

と居直る。

「なによ、その態度。わたしがどれだけお前の面倒みてるかわかってて言ってんだね。もう顔も見たくないから早く出て行きな」

珠子が言うと、恭介は台所に行き包丁を振り上げた。

「クソばばあ、我慢できねえ、殺してやる」

「お前、頭、大丈夫かい。殺して何になる」

「クソばばあ殺して、俺も死ぬ」

自分も死ぬと言う恭介が急に哀れになって、この子の気持を何とかなだめなければ、という思いが

込み上げてきた。

「自衛隊やめさせられて自殺したなんて、恥ずかしいからやめておくれ」

そう言うと、次第に恭介の興奮が鎮まっていき、その場は何とかやりすごせたが、異常な興奮状態はその後何日も断続的にあらわれた。恭介は、珠子に母親の瑞枝を連れて来いとしつこく迫った。理由を尋ねると、自分をこんな人間にしたのは瑞枝だ、瑞枝が虐待したから自分の性格がおかしくなったのだ、と言う。自分の人生をめちゃくちゃにした張本人の瑞枝に仕返しをしなければとうてい我慢できないし、今のどん底から立ち直ることもできないと訴えた。

珠子は、瑞枝の居所もわからず、連絡のしようもないの一点張りで恭介を黙らせようとしたが、少しも効果がなかった。恭介のいらだちは日に日に募り、手当たり次第に物を投げつけたり、壁を蹴ったりした。以前見せた珠子への優しい素振りは姿を消し、「このクソばばあ」と毒づくばかりであった。弟の慎司は兄の狂騒に嫌気がさし、祐市のアパートから高校に通うようになった。珠子は、タクシー運転手の祐市では慎司の食事を用意することもできまい、慎司はコンビニ弁当で生活しているのではないかと気に病んだ。

五日前、恭介がまたしつこく瑞枝の話を持ち出し、食器棚のコップや皿を床に投げつけ暴れた。身の危険を感じた珠子は祐市に電話をし、恭介を何とかしてほしいと懇願した。非番だった祐市はすぐに現れ、恭介を取り押さえようとしてもみ合いになった。祐市の力で恭介を制圧することはもう無理で、喚き声をあげ壁を蹴る恭介を遠巻きに見守るほかなく、疲れた恭介が寝室で眠ったのを確認してから祐市は帰っていった。

翌日、祐市は珠子と示し合わせ、恭介をドライブに連れていくと偽り、二人を乗せた車を、予約しておいた精神科の病院に乗りつけた。玄関前に着くと、看護士二人が待っていて、恭介を両脇から挟むようにして院内に運んでいった。「やめろ。放せ」と叫んで抵抗する恭介は、ずるずると足を引きずられながら姿を消した。珠子は、恭介の背中を見ながら、「どうかあの子に穏やかな感情が戻りますように」と祈らないではいられなかった。

珠子は、病院の医師から恭介が短い周期の躁うつ病の症状を示しているようだと聞いた。ADHDの子どもが大人になったときに躁うつの症状を呈することがありうると聞いて、恭介の精神がもはや後戻りできない境界線を越えてしまったのだろうか、と思った。ただ、自衛隊を辞めさせられたショックが発症の原因だとすれば、入院することで、時間の経過とともに治癒する可能性が高いという医師の話を信じたかった。

「今は暴れて困らせるかもしれませんが、ふだんは優しいところのある子です。どうか落ち着くまでよろしくお願いします」

珠子は祐市とともに医師に深々と頭を下げ、病院を後にしたのだった。


栄造の入院している病院を出て、地下鉄、バスを使って帰ってくる。スーパーで買い物をしてから、家への坂道をのぼっていく。街路樹の枝に白い花が群がるように咲いていて、甘い匂いが風に乗ってくる。ニセアカシアの花だ。小学生だった恭介が、「ばあちゃん、あれはニセアカシアって言うんだよ。アカシアじゃなくてニセってつくんだよ」と得意げに教えてくれたことがあった。花に本物も偽物もないのにおかしなもんだね、とことばを返したような気がする。

今日は、珠子のところに戻ってきた慎司に加え、祐市も食べにくると言っていたから、三人分の夕食をつくらなければならない。それでも恭介と二人きりだったおそろしい日々に比べ、久しぶりに穏やかな時間を過ごせるのがありがたい。何しろ、「殺してやる」だの、「殺せ」だの、地獄の鬼のようなやりとりを繰り返していたのだから。

今、病院で恭介はどうしているだろう。少しは落ち着いただろうか。高校にいる間にだんだん穏やかになってきたと思っていたのに、今は手のつけられない荒れ狂い方だ。まともな人間には戻れそうもない気がしてくる。恭介に自衛隊が務まるはずがないとほとんどの知り合いに言われたのだが、珠子だけは、恭介が自衛隊の厳しい訓練によって一人前の大人になって帰ってくることをあてにしていた。芋虫が蝶になるように、恭介も短期間に変身する。内に蓄えていたものが、一気に形になって現れるときが来るんじゃないか、とひそかに願っていた。しかし、その期待は見事にはずれてしまった。

たいていの人間は、恭介を問題児とかできそこないとか言うが、みなあの子の一部分しか見ないで決めつけている。気持が安定しているときの恭介は、まっすぐでやさしい男の子だ。「ばあちゃん、ばあちゃん」と甘えた顔をして寄ってきて、珠子のご機嫌をとろうとする。自衛隊に入る直前は、「ばあちゃん、温泉に連れてってやる」「ばあちゃん、買い物の手伝いしてやる」とうるさいほどだった。世間の人もあの子のいいところを少しは認めてくれないものだろうか。

実の母の瑞枝は「こいつは将来凶悪犯になる」と憎々し気に言ったが、そんな風に思うのは、瑞枝が恭介の悪いところばかりをつつき出し、すぐキレさせてしまうからなのだ。もっとやさしいことばをかけてやれば、瑞枝を慕うようになっただろうに、まったく、今更どうなるものでもない。

恭介は気持が高まると早とちりで、見当はずれの方向に突っ走ってしまう。今回、航空自衛隊に入ったのも早とちりだが、走り出すと周りの忠告が耳に入らなくなる。無理に止めようとすると、歯がみして反発してくるので止めるに止められなかった。でも、あそこまでおかしくなって帰ってくるのだったら、無理やりでも止めた方がよかったのだろうか。

社会に出た一歩目でつまずき、精神科に入院してしまった。そんな恭介に、安定した将来はあるのだろうか。おかしな方向に突っ走っては壁にぶつかり、叩き潰される、そんなことを繰り返し、やがて誰にも相手にされなくなって野垂れ死にするのではないだろうか。珠子の手の届かない世界で無残な目に遭っている恭介の姿を想像すると、人というものが夢に駆られて向こう見ずな生き方をすることがおそろしい。とくに恭介のようにとりたてて恵まれた才能もないのに、夢ばかり追う者が身内にいると、その末路が見えてしまって、哀れで仕方がない。

祐市はますます仕事の拘束時間が長くなった。恭介の入院費用が三十万近くかかり、別のタクシー会社に移ることで入院費を捻出したのだ。ベテランドライバーは、会社を替わることで移籍金をもらえる。代わりにこれまで以上に労働条件がきつくなり、子どもの面倒はほとんど見られなくなった。祐市は、珠子に世話になりっぱなしだから、せめて費用だけはと思ったのだろう。なんだか意思のはっきりしない父親だが、義理堅いのだけはいいところだ。今日の夕食はすき焼きでねぎらってやろう。今は、恭介の病気が早くよくなるよう、一緒に祈るくらいしかできないのだから。

こんなに歳をとったのに、いつも心配ばかりさせられていることにため息が出る。自分が倒れたら、栄造はどうなる、恭介と慎司はどうなる、と思うと不安でならない。でもときには、自分が死んだところで何も変わりはしない。栄造はこんこんと眠っているだけ、恭介はぶつかっては怪我をしているだけ、自分はいてもいなくて同じなのだ、と悟りのような境地に至ることがある。だから、ああ、発作でも起きてぱったり倒れてみたいものだ、とたまに思うのだ。

12

二〇〇五年一〇月二七日　札幌

アルバイトを始めて三ヶ月。恭介は郊外の大型パチンコ店に通う生活をしている。まだ、一度の欠勤も遅刻もない。

今日は雲が空を厚く覆い、朝から雨が降り続いている。それでも、恭介は八時前に店に着き、客寄せの幟《のぼり》を立て、開店時の呼びこみアナウンスをした。

恭介はパチンコ店の仕事の流れにしたがって自然と体が動くようになった。フロアを回って、手ぬかりがないか、こまめに確認する。雨模様の平日は、客が少ない。時折強まる雨脚に雷の音が混じる。こんな天気の日にパチンコしてるって何者よと呟き、店内に流れる「全力少年」を口ずさんだ。


病院からは一ヶ月ほどで退院した。珠子の家に戻ってきたが、じっとしていることができなくなった。鬱の底を脱してからは、生活の目標が定まらないにもかかわらず、外で活動したい気持が日増しに高まってきた。

あのどん底の影も形も見えなくなるまで、まっしぐらに遠くへいきたい。病院での悪夢のような日々がふと蘇ってくるのがこわい。病院に連れていかれてすぐ、四人の看護士に取り押さえられ、鉄の扉の個室に入れられた。手足四本つかまえられ、注射をされた。看護士が外に出て施錠する音が響いたとき、この病院をぶっ壊してでも脱出してやる、と思った。

注射が効いてくると、体がへなへなになって何をする気力も起きなくなった。夜中、静まり返った個室に、水の滴る音、鉄の軋《きし》る音、風が渦巻く音が不意撃ちのようにやってきた。そこに、「へーへーへー」という男の声が入り混じる。生臭い欲望を感じさせる声で、小さくなったかと思うと大きくなり、いつまでもやまなかった。恭介は、「出してくれ」と何度か叫んだが、声はわずかにこだますだけで壁に吸い込まれてしまった。自分がどんどん重くなり、足から地面に呑み込まれていく幻覚に繰り返し襲われた。自衛隊の穴倉のような部屋で感じたのと同じだった。浮き上がる力がほしくて、手で空気をかき回し、目に見えないロープを探そうとした。

五日後に恭介は開放病棟に移された。気分の乱高下を薬で調節する治療を受け、短い期間で退院した。だが、個室に閉じ込められていた日々は、恭介にとって忌まわしくてたまらない出来事になり、思い出すたびに体の中がざわざわした。そこからできるだけ遠くに逃げ去るためにも、恭介は生きていくじたばたを始めた。

　求人情報誌を毎日眺めていたが、やりたい仕事は一つもなかった。パイロットや航空管制官を目ざした自分に見合う仕事はそこらに転がってるはずがないと思った。珠子は、時給が安くても堅実で長続きする仕事を探せとうるさく言うのだが、耳を貸さなかった。決めたのは、パチンコ・チェーンのアルバイトである。時給が格段に高く、「正社員への道を保証する」と求人広告にあるのにひかれた。珠子がパチンコ店員では世間体が悪い、将来転職するときに履歴書に書けないなどと言っていい顔をしなかったが、「働けと言ったのはばあちゃんだろ」と言い返した。

　面接のときに店長は言った。

「大賀君、パチンコは有望な成長産業だよ。君もアルバイト経験を積んで、ぜひ、社員になりなさい。私は、四十歳で年収八百万円、一軒家をもって家族を養っているんだ。ほかにこれだけ稼げる業種があるかい」

　恭介は店長の「給料第一」の口ぶりが気に入った。あこがれの空への道をやめるのなら、せめていちばん稼げる仕事でなければやる気になれなかった。スーツ、ネクタイ、革靴を近所のスーパーでそろえて、パチンコ店のホール・スタッフを始めた。開店前の清掃、店舗前の幟立て、客の出迎え、店内見回り、ドル箱の運搬、苦情処理などが主な仕事だが、恭介は店長に指図された通り動き、短期間で信頼される店員になった。ドル箱運びは辛いが、自衛隊の訓練に比べたら楽なものだと思った。面倒なのは苦情処理だが、恭介は負けた客が景品交換の女性社員に喰ってかかるのを上手になだめた。

「お客さん、お疲れさまでした。僕も、最近、他の店ですけど、大負けしちゃったんですよ。もう腹立って、台をぶっ壊したくなりましたよ。来週、うちはリニューアルですから、よく入りますよ。負けをうんと取り返してくださいね」

腰をかがめ、揉み手しながら語りかけると、ほとんどの客は矛先をおさめ、穏やかな顔に戻って店を出ていった。「相手より体勢を低くし、よく耳を傾け、反論しない」は店長から教わった対応の原則だった。これを実行すると、客の憤りは少しずつおさまり、トラブルに至らなかった。もともと恭介には好んで人の機嫌をとるところがあった。その性質がうまく生かされ、恭介は客あしらいのうまい店員として、店長から評価されるようになった。

一週間ほど前から、恭介は、店長からある客の様子を観察するように指示されていた。その客は、以前はたまにしか来店しなかったのだが、このところ連日訪れ、必ずと言っていいほど勝って帰る。一回の勝ちが五、六万円。四回勝ったとするとそれなりの額になる。店長からは、何か不正をしていないか、とくに台のマイコンに外部から影響を与える操作をしていないか注意するようにと言われた。

客は三十すぎに見える男で、裾を借り上げた短髪で、少し体を傾けた姿勢で台を見つめていた。目もとが涼しく、一見モデルか俳優をしていると言ってもおかしくない容貌だった。朝から表情を変えず同じ台に向かって打ち続けている。大当たりが二回立て続けに来て、ドル箱が十箱以上積み上がっている。昼過ぎ、つきあっている女性だろうか、サンドイッチやポットをもって現れ、男に渡していった。恭介は巡回のたびにそれとなく男の様子を窺ったが、不正をしている様子はまったくなかった。

恭介は毎日のように男を見ていて、男の決断がいつもとても素早いのに気づいた。店に入ると、候補の台を何台か見て回り、すぐに打つ台を決める。いったん決めると、はじめは不調でも丹念に小さな当たりを出して玉数を保ち、大当たりに結びつけていた。

このところ男は連日、時間前から列に並び、開店するといつものやり方でお目当ての台にすわった。帰る前には、店内をゆっくり回り、各台の盤面を食い入るように見つめた。恭介は、男が釘の位置を見て、台を選んでいるのだと思った。これまで、繰り返し勝つ客は何人も見たが、この客のように毎日きっちり計算したように勝ち続けるのは初めてだった。恭介は、男が出玉の好不調にほとんど表情を変えず、とても静かに打ち続けていることに驚きの印象を受けていた。

恭介が五時で勤務を終えるとき、男が他の店員を呼んでドル箱を計数機へ運ばせているのに気づいた。恭介は控室で急いで着替え、店の前に向かった。雨がすっかりあがり、雲の切れ間から青空がのぞきだしていた。

男が店から出てきたのを目にとめると、裏手にある換金所に向かうのを追いかけた。金を受け取った男がコンビニとドラッグストアに立ち寄る間、恭介も中に入り客を装って様子をうかがった。用を終えた男はショルダーバッグに買い物の品を入れ、片側三車線の広い道から右に曲がり谷間に下りていった。住宅の屋根が斜面をびっしり埋めている景色が目に入ってくる。雲間から太陽があらわれ、雨に濡れた樹木の葉を光らせている。早足の男の姿を見失うまいと恭介は敷石の歩道を小走りになった。大きな水たまりを続けて飛び越え、恭介は男を追い続けた。

四つ角で男が突然、向きを変え、恭介をぐいと見据えた。恭介は男の視線を受けて立ち止まった。

「俺をなぜつける」

男は店内で見たのと同じ涼しい目で、恭介をにらんだ。説明することばが見つからず、無言で男を見返した。

「なぜ、答えない。さっきから、俺を見張るみたいにずっとついてきてる。どういうこと？」

困った恭介は頭をかき、営業用に身に着けた笑い顔を浮かべた。

「すみません、僕、さっきの店の店員なんです」

「なに、なに。どういうこと」

「ほら、パチンコ屋ですよ」

男は恭介の笑顔を気持悪そうに見返した。

「パチンコ屋って、俺、忘れ物してねえし」

「いやあ、そういうことじゃなくて」

「じゃ、なんで俺をつけてきたんだ。……ひょっとして、お前、俺がいかさましてるとでも」

男はにじり寄ってきた。男の背後から照らす太陽が眩しく、恭介は目を細めた。

「やっぱり、疑ってついてきたんだな」

「いいえ、違います。お客さんが不正をしてないことはわかってます」

「じゃあ、どうしてなんだ。ちゃんと説明しろよ」

男は顔を少し傾げ、恭介を警戒する表情を崩さなかった。

「あ、僕、大賀恭介って言います。僕って言いにくいから、俺って言っていいですか。俺、毎日のようにお客さんのこと見てたんです」

「ほんとかよ」

「ほんとです。で、俺、お客さんの打ち方に感動したんです。これがパチプロなんだなって。なんて言うか、お客さん、オーラ出てましたよ。すごいクールで、狙った獲物は絶対仕留めるって感じの表情がずっと変わんないんです。カッコいいですよね」

「カッコいい？」

男は恭介の顔をまじまじと見返した。

「カッコいいです。お客さん、パチプロですよね」

「知らねえよ。今、パチンコ以外に何もしてないのはたしかだけどよ」

「それで生活してるんですか」

「見ず知らずのやつになんでそんなこと聞かれなきゃいけねえんだ」

男は恭介を駆け出しの店員と踏んだのだろう、あしらう口調になった。

「俺、店員になって初めて本物のパチプロと思える人に出会ったんで、急に、すげえな、話をしたいなって気持になったんです」

「おめえ、バカじゃねえの。俺はパチンコを辛うじて飯の種にしてるただのフリーター。パチプロだなんて言われたって、嬉しくもねえ。パチプロなんて世の中のくずだ」

「え、何言ってるんですか。パチプロ、カッコいいすよ。とくにお客さん、静かな顔で台に向かって、なんか悟り開いた人みたいですよ。それに、きれいな女の人が食べ物とか飲み物とか差し入れに来て、羨ましいっすよ。パチプロになったら女にもてるんですか」

恭介のことばで男は初めて表情を緩め、鼻を軽く鳴らした。

「お前な、道端でいきなり、女にもてるんですかって聞くか。ほんとバカじゃねえの」

男はそう言うと恭介にかまわずくるりと向きを変え、坂道を下り出した。

「待ってください。まだ話があるんです」

恭介は男を追いながら、後ろから話しかけた。

「すみません、俺を弟子にしてください。パチンコの極意を教えてください」

恭介を振り切ろうと歩を速めていた男は、立ち止まって振り返った。

「今、なんか変なこと言わなかった？」

「変じゃない、真剣です。俺、弟子になりたいんです。なんでもしますから、パチンコの勝ち方を教えてください」

「弟子になる？　お前ほんとに変なことを言うやつだな。気持悪いぜ。俺は早く帰って一人になりたいんだ」

「どうか聞いてください。俺は、もう自分の人生めちゃくちゃなんです。夢がぶっつぶれたんです。だから、そんな人生続けるより、パチプロとして好きなことだけやるのがいいって、お客さんの打ってる姿見て思ったんです」

「やめてくれ、人生とか夢とか背中がむずむずするようなことは言わないでくれ。だからもう、これで話は終わり。もう追いかけるなよ」

男は駆け出した。街路を左に曲がり、さらに右、左と小路を進んだ。くすんだベージュに塗られたウィークリー・マンションに着いた男が一階の部屋の鍵を開けようとしたとき、恭介が追いついた。

「師匠」

恭介の大きな声に男は虚をつかれ、肩をピクリとさせた。男は恭介に顔を向け、少し身を乗り出しながら言った。

「お前、また変なこと言ったな」

「師匠、入門よろしくお願いします」

「お前は、ほんとに、ぺらぺらと調子のいいことをしゃべりまくるやつだな。あきれる」

恭介は男が不機嫌そうにまくし立てても、先ほどまでと違い、恭介の目をきちんと見据えて話しているのに気づいた。

「いいか、俺はお前に何も教えない。ただ、明日からも俺はあの店に行く。俺のやることを見るな、とは言わない。じゃあな」

恭介が答える暇を与えず、男は扉を開けて部屋に入った。すぐ、中から施錠する音が聞こえた。

「では、師匠、明日お待ちしています」

恭介は、俺の地声はどんな扉も通すのだと思いながら、ドアの向こうの男に向けて声を発した。

翌日は朝から晴れ、季節はずれのあたたかな日差しが照りつけた。男はチャコールグレーのカジュアルジャケットを着て現れ、開店と同時にお目当ての台にすわった。恭介がそばに行って軽く頭を下げると、男はわずかに顔を傾け顎をそらして応じた。午前中、男の台は小当たりがときどき来るくらいの調子だった。一時頃、レモンイエローのゆったりしたワンピースを着た女が、男のところにやってきて隣りの台にすわった。男は、女がもってきたハンバーガーを食べ、コーヒーを飲んだ。二人はあまり表情を変えず、静かにことばを交わしていた。恭介は、おしぼりを差し出したり、飲み物を渡すタイミングをはかっている女の様子を横眼づかいに見て、ずいぶん気のきく女だと思った。女が帰った後、男の台はドル箱一つあるかないかで推移したが、三時くらいになって大当たりが来て、四時半くらいまで出玉のラッシュが続いた。

男は大当たりが止まったところで、すぐ席を立ち、恭介に向けて手を振った。恭介がドル箱を計数機にかけ玉数を読みこんだカードを男に渡すと、男は軽くうなずきカウンターに向かった。男が店を出ていくのが目に入ると、恭介は勤務時間中にもかかわらず慌てて店を飛び出した。昼間の日差しであたたまったアスファルトを踏んで駐車場を横切った。

「あの、すみません」

息を切らした恭介がかすれ声で呼ぶと、男は歩を止め振り返った。

「師匠、本日もご来場、ありがとうございました」

「ちっ、バカ言ってんじゃねえよ。おめえ、勤務中だろ、早く帰んな」

「勤務中がどうのこうの言ってらんないっすよ。やっぱ、俺、感動しました。さすが、と思いました。師匠がなんで勝てるのかはわかんないんですけど、なんか深く考えてるっていうのがわかりました」

「おめえ、新米店員のくせに、よいしょは上手だな」

「へへ、それほどでも。師匠、いきなりこんなこと言っていいですか」

「なんだよ」

「俺、師匠ともっと話をしたくなったんです。で、今晩、師匠、空いてないですか」

「なにそれ、デートのお誘いか。気持悪いな」

「まあ、そう言わずに。俺のおごりで、いい焼き肉屋にご案内しますから」

「おめえ、ほんとに変なやつだな。だけど、おめえ、勤務中だろうが」

「もう、あと十五分で終わりです。着替えてタイムカード押してきますから、あそこのコンビニで待っててください。いいですか」

そこまで言うと、恭介は大急ぎで店内に戻った。


コンビニから十分ほど歩いて、洋風の構えの焼き肉店に着いた。煙を吸い込むラッパ型の換気フードが頭上に取り付けられ、匂いも煙も気にならなかった。

「おめえ、いい店、知ってんじゃん」

「気に入ってもらってよかったです。師匠、俺、今日、給料日なんです。俺のおごりですから、遠慮しないで食べてください」

「給料日か。それはよかったな」

「俺、定時制の高校に行ってたんですけど、そのとき、お前なんか将来まともに勤められるはずない、ってみんなにバカにされてたから、うれしいっすよ」

「へえ、定時制か。高校出てすぐパチンコ屋に入ったのか」

「いいえ、航空自衛隊に入ったんです。けど、二ヶ月でやめて帰ってきました。恥ずかしいっすよね。でも、どうせばれるから先に言っときます」

席に着いて早々、恭介は男に向かって自分のことを立て続けに話し始めた。焼き肉を食べ、ビールと酎ハイを飲み、身の上話を語り、ひとときも落ち着くことがなかった。男は、見ず知らずの人間相手に延々と話し続ける恭介を、奇妙な生き物を見るような顔でときどき見返し、ビールを飲んだ。恭介は、酔いに鼓舞されてますます飲み、多弁にブレーキがかからなくなった。

「師匠、いいすか、俺は、できそこないなんです。ＡＤＨＤって言うんです」

「なんだそれは」

「俺の場合、集中力がなくて、いらいらすると暴れるんです」

「そんなやついくらでもいるだろ」

「暴れ方がマックスになると、病院に入れられるレベルなんです。だから、空の仕事したかったけど、自衛隊やめさせられたんです」

「そうか、それでパチンコ屋に入ったんだな」

「違います。パチンコ屋はつなぎの仕事です。俺は、見た目がカッコよくて年収がめっちゃ高い仕事でなきゃ、だめなんです」

男は飲んでいたビールのジョッキをテーブルに音を立てて置き、恭介に対して憐れむような笑いを浮かべた。

「おめえ、ＡＤＨＤだかどうだか知らんが、ただのバカだろ」

「えっ、どうしてですか」

「バカだからバカなんだよ。おめえと話すのは時間の無駄とわかった」

「師匠、そんなこと言わないでくださいよ」

「いいか、おめえは頭が足りないまんま、世の中に出てきたんだ。いいか、少し考えてみろ、カッコよくて年収がべらぼうに高いのは何だ。パイロットか、医者か、弁護士か、社長か？　どうやったらなれるんだ。頭だよ頭、それから金、あったらいいのは学歴。おめえには一つもないだろ、だから無理なのさ。くだらないこと考えてねえで、パチンコ屋でずっと働いてろ」

「師匠、ひどいこと言いますね。俺は、子どものときから母親にひどい目にあわされておかしくなったんです。殺されかかったんです。もしふつうに育ってたらもう少し頭もよかったかもしれない」

「こんどは恨み話かよ、そういうのも聞きたかねえんだ。やめてくれ」

男は焼き肉に箸を伸ばし、恭介の話は耳に入らぬという顔で肉を口に運び続けた。

「ちゃんと聞いてくださいよ、師匠。俺は、母親のせいでおかしくなり、さんざんバカにされたんです。サイコーの仕事に就いて、俺をバカにしたやつらを見返さないと、死んだ方がましなんです。わかりますか、この気持。ねえ師匠」

「わからねえな。それとよ、年収がべらぼうに高い仕事に就きたいやつがなんでパチプロになりたいんだ？　パチンコで稼ぐったって、食えるかどうかのギリギリだぜ。話がぜんぜん合わねえだろ」

「いいんです。俺は師匠のパチプロぶりに惚れたんです。なんかやってること全部がカッコよくって。もしもですよ、もしも、サイコーの仕事に就こうとしてがんばってうまく行かなかったら、パチプロもいいなって、思ったんです。師匠みたいに、気ままに暮らしていくのも悪くないです」

男は箸を止め、顔を上げて恭介の目の奥を見つめた。へへっと乾いた笑い声を立てた。

「おめえ、パチプロを、失敗したときの保険にしようっていうわけか。そんな不純な動機のやつには何も教えられねえよ」

「え、師匠、怒ったんですか。すみません、腹立つようなこと言って」

恭介は謝りながら、男の顔に浮かんだ笑いが自分を突き放してはいないことを感じ取った。

「べつに、怒っちゃいねえよ。ただ、ほんと、おめえがおかしなやつだなと思っただけよ。バカ丸出しというより、丸出しのバカで生きてんだな」

「なんすか、それ、意味がわかりません」

「わからなくていいんだよ。おめえな、パイロットは諦めたんだろ。他になりたいものはないのか」

「そりゃあ、ありますよ。まず、プロゴルファーでしょ、次はベンチャーの社長ですよ」

　自分の夢を聞いてくれた男の問いに、恭介は胸の中が熱くなってくるのを感じた。

「おめえ、やっぱりバカだな。小さいときから英才教育受けなきゃプロゴルファーにはなれねえんだよ。ベンチャーやるには、世の中についての知識と抜け目なさ、ついでに資金を集める人脈が必要だ。おめえにあるのか」

「そんなにバカ、バカ、言わないでくださいよ。夢見たっていいじゃないですか」

「まあな」

「師匠、じゃあこれはどうですか」

　恭介はバッグから求人情報誌を取り出し、角を折ったページを開いて男に差し出した。

「この求人、見てください。JR貨物鉄道運転士募集です。高卒で応募できるんです。前からずっと気になってて。俺、運転好きだし、運転士の給料はかなりいいって聞いたから」

「おめえ、パイロット志望が、なんで運転士に応募するんだよ。空と陸じゃ大違いだ。てきとうなやつだな」

「言わないでくださいよ。やっぱ、現実問題として、正社員にはならないといけないし、いろいろ探して、受けてみたいと思ったのはここくらいなんです」

「やめやめ、無理だ。定時制出た頭じゃ筆記試験で落ちる。もし筆記が受かっても、すぐキレるような人間は運転士にはなれない。そのくらい、ちょっと考えりゃわかるだろ。試験に落ちて、立ち直れないほど落ち込むだけだ。無駄なことはやめとけ。正社員に応募するんだったら、もっと地味で誰でもできそうな仕事選べよ」

　恭介は、自分の能力と可能性をあからさまに否定することばを浴びせられている間、頬をひくひくさせて逆上をこらえた。男をパチプロとして尊敬の対象としたことが、恭介のいらだちの暴発を押しとどめた。

「師匠、ひどいっすよ。俺はださい仕事で一生我慢するしかないってことですか」

「そんなこと言ってねえよ。ただ、俺の見る限り、運転士に応募しても間違いなく落ちるからやめた方がいい」

「そうですか」

「そうだ。俺もえらそうなこと言えねえけどよ、自分でものをよく見て、生き方選びな」

恭介は酎ハイを一気に喉の奥に流し込んだ。腹の中に残っていたいらだちが消えますようにと願った。

「自分を見ろって、高望みするなってことですよね。すげえいやだけど、黙って聞いておきます。それより、師匠、今度、師匠の家に行きます。パチプロになる極意を教えてください」

男はにっと笑い返した。

「なにも教えることはないけど、来たら追い返しはしない。それだけだ」

「ほんとにいいんすか。ありがとうございます。ところで、師匠、名前聞いてませんでした。師匠はなんていう人なんですか」

男は恭介の問いを受けて、少しの間視線を店内にさ迷わせた。恭介は聞いてはならないことを口にしてしまったのかと思って、目を伏せた。

「俺か。俺は、山倉亮次って言うんだ」

13

翌日夕方、恭介がさっそくウィークリー・マンションを訪ねたとき、亮次は、

「来たか」

とだけ言い、嫌な顔をすることもなく、恭介を中にあげた。1LDKの部屋には備え付けのテレビ、冷蔵庫、ソファ、テーブルの他、本棚が一つ壁際に置かれているだけだった。物が溢れ足の踏み場のない部屋で寝起きしている恭介は、がらんとした空間が落ち着かなかった。

「師匠、俺どこにいたらいいですか」

恭介が聞くと、

「そこらに転がってろよ」

と亮次は板敷の部屋を顎で示し、ソファに載っていた大きなクッションを投げてよこした。言われるがままに、恭介がクッションを敷いて腰を下ろすと、向かい側に置かれた本棚が目に入った。難解そうな哲学書ばかりで、哲学がパチンコ攻略に役立つのかと亮次に聞くと、

「役に立つわけねえだろ」

と、そっけなく答える。じゃあ、なぜと聞き返すと、亮次は面倒くさそうに話した。

「難しくてわけがわかんねえから、暇つぶしになるんだ。いいか、大賀、お前、自分て何だかわかるか」

「師匠、なに突然言い出すんですか。自分は自分でしょ」

「そうか？　俺は俺であって、俺は大賀恭介ではない、どう思う？」

「当り前じゃないですか」

「俺には当り前じゃないんだ。俺は、俺が俺であるということが、どういうことなのかを知りたいんだ」

「俺もちょっとここおかしいらしいけど、師匠もおかしいんじゃないですか」

恭介は半分笑いながら人差し指で自分の頭をさした。

「おかしかねえ。いいか、これはソファである、というときの〝である〟と、俺は俺である、というときの〝である〟が同じとはとても思えない。後の方の〝である〟は、なんか、他に例がない奇妙な現象じゃねえのか」

「師匠、俺にはまったく理解不能です」

「そうか、仕方ねえな。じゃあ、そこらに寝転がってろ」

そう言われて恭介は、夜まで寝転がって過ごした。亮次はリビングのソファで哲学書を読みふけり、恭介に一言もかけなかった。八時を過ぎて立ち上がった亮次は恭介を見て、

「お前、まだいたのか」

とわざとらしく言った。

「師匠、ひどいですよ。ずっと待ってたんですから、パチンコの話をしてください」

「だから言ったろ、何も教えることはないと。文句があるならさっさと帰れ」

「いや、帰りません。師匠のことばを一つでいいから聞いてから帰ります」

「ほんとにおかしな野郎だぜ。あのよ、俺は飯を買いにいく。おめえ、まだいるんなら、ここで待ってろ」

亮次は恭介をおいて外出し、弁当、ビール、ハイボール、つまみの入ったコンビニ袋をぶら下げて帰ってきた。

「おめえ、食うだろ。昨日のおごりのお返しだ」

袋の中身をテーブルに無造作に広げた後、亮次は椅子に腰かけた恭介の前に缶ビールを置いた。

「飲めよ」

恭介は一気に飲み、食べ、酔って顔を赤くした。腕をさかんに振りながら、大声で話し出すと、唇の端から泡になった唾が飛び出し、亮次の顔に飛び散った。

「なんでもいいけど、おめえ、無駄に声でけえし、唾きたねえ」

亮次は眉をしかめて怒った。

「すみません、同じこと、高校の仲間に言われました」

「だろ。おめえ、無駄にエネルギー消費して生きてんだ」

「すみません、地声がでかすぎるんです。気をつけて小さい声で話します」

恭介は自分が変わっているのは母親のせいだと前置きして、母親がいかに非情で暴力的だったか、身振り手振りで辛くおそろしかった場面を再現した。自分の人生を駄目にした母親を見つけ出して仕返しをしなければ、人生の本当のスタートを切ることはできないのだと言って拳を握りしめた。恭介が自分の境遇を話すうちに、ビールとハイボールの缶がいくつも空になった。

話している最中に玄関のドアが開き、女が入ってきた。

「ああ、れい子か」

亮次が声をかけた。

「お客さんだったの、ごめんなさい」

「すみません、俺、邪魔ですか」

恭介はそう言って椅子から腰を浮かせながら、亮次のそばに寄り添うように立った女を見た。亮次に差し入れするためにパチンコ店に来る女だとすぐわかった。長い髪を後ろで結び、ニットのベージュ色のワンピースを着ていた。

「いいんですよ、私もちょっと寄っただけだから、気にしないでください」

初対面の恭介に悪びれずに話す声を聞いて、小ざっぱりとした外見通りの女だと思った。

「いいえ、俺、空気読めない男だってよく言われるんだけど、ほんとはそんな鈍くないんです。師匠、俺、これで帰ります」

「師匠？」

れい子は驚いた顔で繰り返した。

「こいつ、勝手に、俺の弟子になったんだ。おかしいだろ」

「おかしいわね」

亮次とれい子は顔を見合わせて笑った。恭介は足をふらつかせて玄関に向かった。亮次が後を追ってきた。

「師匠、どうして、もてるんですか。俺も、恋人ほしいっす」

「下らねえこと言ってねえで、帰るんなら、さっさと帰れ」

「はい」

「ところで、おめえ、今日も思ったけど、ほんとに変なやつだな。笑っちまう。けど、また来ていいぜ。鍵かかってたら、そこの箱の中に合鍵が入ってるから勝手に開けていいからな」

そう言いながら亮次は恭介とともに外に出て、玄関脇に置かれた小箱を指した。

「え、師匠、うそでしょ。そんなこと言って、ほんとにいいんですか」

「いいんだ」

「俺のこと信用できるんですか」

「信用なんてどうでもいい。ただ、おめえの相手するのも、少しは暇つぶしになる」

恭介は、亮次の方がよほど変わっていると呟きながら夜道を帰った。

その後、恭介は亮次の部屋にたびたび立ち寄り、気ままに時間を過ごすようになった。亮次がいないときは鍵を開けて入り込み、寝転がって漫画本を読んだ。本棚の哲学書を気まぐれに手に取ってみたが、理解不可能なことばの羅列に腹が立ちすぐ放り出した。

亮次がいるときは、酒を飲みながらおもに恭介の身の上話をして過ごした。ある晩、自衛隊をやめるに至った経緯を恭介が話すと、亮次はおかしくてたまらないという顔で聞き入った。酔いも手伝い、恭介は話すほどに感情が高ぶっていった。

「師匠、俺がひどい目に遭ったのが、面白いですか」

「まあな。おめえにゃ、やっぱ、自衛隊は無理だわ」

「そう冷たく突き放さないでくださいよ」

「突き放してなんかいねえよ。ただ、客観的現実を言ったまでだ」

「なんすか、それ」

恭介は自分には不可能なことがあると宣告されると機嫌が悪くなった。一方、亮次は、恭介がいらいらしていくのが手に取るようにわかって、わざとからかい始めた。

「大賀、お前は、自分がどれだけのものかわからないで、俺はビッグになってやると、二言目には言う。たまに冗談で言うなら可愛いもんだが、いつも本気で言ってるから、ただのバカにしか見えねえ」

「いいじゃないですか、師匠、俺はいつも本気です。ビッグになれるかどうかは、チャレンジするかしないか、にかかってるんじゃないですか。人生、下っ端で終わるやつは、文句ばっかり言っててチャレンジしなかったやつなんです」

「おめえな、やればできる、なんてウソだぜ。どんなに努力しても失敗するやつは五万といる。だいたい、おめえな、ふつうの自衛官にもなれなかったんだろ。それじゃあ、パイロットなんか夢のまた夢、運転士にもなれるはずがない」

恭介の顔がだんだん険しくなっていった。奥歯を噛みしめ怒りをこらえているのが亮次にもわかった。

「ひどいじゃないですか、師匠。俺は何やっても失敗するって言うんですか」

「今のとこは、何やってても失敗してんだから、その現実を受け入れることだな」

「そんなもん受け入れたって、落ち込むだけで意味ないです」

「ほら、そう言ってるから駄目なんだ。できもしねえことにエネルギー使って失敗するのを繰り返してたら、最後はどっかで野垂れ死にするだけだぞ。惨めじゃねえか」

亮次が話している間、恭介は箸を握った拳をテーブルに突きつけ腕を震わせていた。

「師匠、俺が発達しょうがいだからそう言うのか。発達しょうがいの人間はろくなものにはなれないから、努力しても無駄だ、そう言いたいんだな。おめえらは、どっかで野垂れ死にしろと」

「冷静になってよく聞け。俺はそんなこと一言も言ってねえ」

恭介はもう亮次のことばが耳に入っていなかった。うおーと唸り声をあげて席を立ち、テーブルの脚を蹴った。缶ビールが床に転がり白い泡が広がった。

「このお、俺に野垂れ死にしろと言ったんだ。師匠でも、許せない」

亮次につかみかかろうと、恭介は仁王立ちになった。椅子をさっと引いて立ち上がった亮次は、向かってくる恭介の脇の下に腕を差し込み捻った。リビングの床に恭介は腰から崩れ落ち、その上に亮次がのしかかるように倒れた。

「てめえ、気はたしかか」

亮次はつかみかかってくる手を振りほどき、恭介の両肩を床に押さえつけて言った。

「殺せ、殺してくれ。俺は生きてても意味ないんだ。師匠、殺してくれ」

上体を揺らし、脚をばたつかせて恭介は叫んだ。

「くだらねえこと言うな。たわごと聞いてると、むかむかしてくる」

「頼むから、殺せ、殺してくれ」

亮次は喚く恭介の上体から手を離し立ち上がった。台所に行き、コップに水を注ぐと一気に飲み干した。恭介は起き上がって隣室に行き、クッションを床に投げつけ、足で踏みにじった。

「くそお、くそお。ぜんぶ、ぶっ壊す」

息を荒くして部屋の中をぐるぐる回り、床と壁を蹴っては怒鳴った。壁の外まで響いているに違いない恭介の怒鳴り声を、亮次は腕組みをして聞き続けた。閉ざされた檻の中を無意味にぐるぐる回る野獣だと思った。この世界には、なぜ過剰な無意味が存在するのだろう。目の前の恭介は、過剰な向上欲と所有欲に煽られて、今まさに生命のエネルギーを無意味に放散していた。

恭介の発作は一時間余り続き、亮次は何も言わず、そのさまをじっと見つめた。恭介は自分で制御できない獣を身の内に飼っているのだと思った。あわれな男だ、と内心で呟く一方、自分の中にいる獣はもっと陰険で始末に負えないやつなのだと言いたかった。


三日後、恭介は何事もなかったような顔をして亮次の部屋を訪ねてきた。

「ちわす、師匠。このごろ、うちの店にご無沙汰ですね」

亮次はしばらくじっと恭介の顔を睨んでいたが、恭介の表情が少しも変わらないのを見て話し出した。

「おめえの店が出玉をよくしてる期間が終わったんだ。だから、稼ぐ場所を変えた」

「へえ、俺たちアルバイトは、出玉よくしてるかどうかなんて教えてもらえないす。師匠、よくわかりますね」

「店の様子を観察してりゃ、そんなことすぐわかる。おめえの目は節穴だからわからねえのさ」

「また、俺のことをバカにして。でも、いいです。うんとバカにしてください。何を言われてもキレない男になるため修行することにしましたから」

「好きにしろ」

亮次は恭介の相手をするのをやめ、哲学書に視線を戻した。

「師匠、報告します。俺、今日ＪＲ貨物の支社にエントリーシートと履歴書届けてきました。こういうのは、やっぱ持参がポイントですよね。俺、受付のお姉さんに渡すとき、運転士志望の大賀恭介です、よろしくお願いします、と大声で言ってきました。中で事務してた人がいっせいにこっちを見たから、アピール成功でした」

「え、おめえほんとに運転士で受けんの？　構内作業とかそういう仕事はねえのか」

「あっても絶対受けません。運転士が特別に給料高いんです。制服もカッコいいんです。運転士以外はなる気なしです。師匠、これでも、俺は一度はパイロットを目ざした男ですよ」

「このバカがえらそうに。だけど、おめえやめとけ。どうせ落ちるから」

「どうして、そう決めつけるんですか。やってみなきゃわからないじゃないですか」

「やってみなくてもわかる。おめえは落ちる。いいか、運転士には沈着冷静な判断力が必要なんだ。どんな緊急事態が起きてもパニクったらダメなんだ。おめえの一番の弱点がもろに問われるんだ」

「また、ダメ、ダメって言わないでください。キレない人間になるように心を入れ替えるつもりなんですから」

「無理だな。心は入れ替えられない」

「でも、師匠、今日はなんぼダメって言われても、俺、全然ムカついてないですよ。ほら、ちゃんと気をつければ大丈夫なんです」

「気をつければすむ問題じゃねえ。まあ、てめえが受けたいんだから、好きにやれよ。受からなかったからって、暴れたり騒ぎ起こすんじゃねえぞ」

亮次は再び本に目を落としたが、急に何か思いついたように顔を上げた。

「大賀、おめえがキレて暴れるのは、ああこのままいくと自分が壊れてしまう、っていう恐怖心にとりつかれるからだと思う。ああ、俺はどうにかなってしまうと思うと、いても立ってもいられなくなるんだろう。だがな、壊れてしまう自分なんてそもそも存在しないんだ、と思ってみろ。おめえはキレないでやっていけるかもしれない。まあ、これは俺のただの意見だ。聞き流してもらってけっこう」

「すげえ、難しくて理解不能です。師匠の頭の中に入ってるものは謎だらけです」

亮次は恭介のことばに、にやりと笑って、再び本を読み出した。

「まあ、師匠、見ててください。俺はやりますよ」


土曜日の夕方、恭介は亮次の部屋を訪ねた。就職試験の一般常識や適性検査の問題集で真面目に勉強していることを報告するつもりだった。だが、亮次は不在で、恭介は合鍵で部屋に入り、ソファに寝転がった。亮次の帰りを待つつもりだった。

「おい、亮次いるか」

と声がした。立ち上がって玄関に行く間もなく、見知らぬ男がリビングに入ってきた。背が高くがっしりした体形の男だった。男は恭介と目が合って、困惑の表情を浮かべた。

「あれ、君は？　亮次の弟？」

見知らぬ男は恭介に問いかけた。

「俺すか。俺、亮次さんの弟子です。大賀恭介って言います。亮次さんなら、そのうち帰ると思いますよ」

「弟子ってどういうこと。君、バスケやってんの」

「あ、はい」

恭介は、とっさに話を合わせようとして答えた。

「そうか、亮次、まだバスケ少しはやってんだ。あいつ、うまいだろ」

「あ、はい。めちゃ、うまいすね」

「そうか。俺、亮次と高校でいっしょにバスケやってた森下っていうんだ」

「あ、よろしくお願いします。俺、亮次さんのこと、すげえ尊敬してるんです」

森下は「尊敬」ということばを聞いて、驚きの表情で恭介をじっとみつめた。テーブルの椅子に腰かけると、恭介にもすわるよう声をかけた。

「亮次を尊敬か……」

「そうです、ふつうの人じゃないです」

「ふうん。君は亮次とけっこう親しくつきあっているのか」

「このところ、一日おきくらいに来て、亮次さんからいろいろ教えてもらっています」

「なるほど。俺はこのところ亮次に会ってなかったんだ。あいつ元気か」

「よくわかりませんが、パチンコでちょっと稼いで、あとは部屋で難しそうな本を読んでます」

「やっぱりそうか。相変わらずだ」

森下は亮次の帰りを待つことに決め、台所に立ってインスタントコーヒーを淹れると恭介にも勧めた。

「森下さん、どこの高校でバスケやってたんですか」

恭介が聞くと、森下は表情を緩めて言った。

「ああ、南が丘さ。俺たちのころ、けっこう強くてね。亮次が花形プレーヤーだったんだぜ」

「え、あの南が丘ですか。超エリート校じゃないですか。師匠、何も言わないから知らなかった」

「亮次は、たいした勉強しないのに、数学はそれなりの点数を取ってた。頭がいいんだな」

恭介は亮次の経歴を初めて耳にして、好奇心に火がついた。

「そうなんですか。じゃあ、どうしてそんな頭いいのに、今、フリーターしてるんですか。俺は、パチプロやってるのはカッコいいと思うんですけど、亮次さんは自分のことをただのカッコ悪いフリーターだって言うんです」

「なんだ君、知らないのか」

「え、なんですか。なんか訳があるんですか、教えてください」

「あいつは、自分から世捨て人みたいな生き方を選んでるんだ」

「世捨て人ってなんですか。意味がわかりません」

「君は、亮次の若い友人として信頼できる人間なのか？　興味本位で聞いた話を言いふらして回る人間じゃないだろうな」

柔和な表情を絶やさなかった森下の目が厳しい光を放ち、恭介の反応をうかがった。

「俺にとって亮次さんは人生の師匠です。師匠のことだったら、いい加減な気持では聞きません」

恭介は潤んだ眼を大きく見開き、決然とした表情を森下に向けた。

「ほんとなんだね。君を信頼するよ。俺は、いや俺だけじゃない、俺の仲間たちは、亮次を助けたいんだ。君も協力できるんならしてくれ」

「助ける、ですか」

「そう、亮次は、人生を捨てた気になってるんだ。それは、交通事故で同乗した女性を死亡させてしまったからだ」

「えっ」

恭介は予想外の話にことばを失い、森下の顔を見返した。

「雪の降り始めの日に、スピード・オーバー。カーブで路外に飛び出し支柱に激突、助手席に乗っていた女性が死んだ。完全に運転手の過失だ。亮次は現場に来た警察に逮捕された。執行猶予がついたから亮次はそのまま社会生活を送ってるんだが、仲間づきあいはほとんど絶ってしまった。就職もしようとしない。あいつはこの件について俺たちになにも言わないから、ほんとのところどう考えてるかわからないんだが、もし、就職もしない今の生活があいつの責任の取り方だとしたら、それは間違いだ。それなりのところに勤めてふつうの暮らしをすればいいじゃないか。しっかり働いて誰かの役に立てば、その方がよっぽど死んだ女性に対して責任を果たすことになるんじゃないか、なあ、君はどう思う」

森下は話し終えると、恭介の返答を促す顔をした。

「どう思うって聞かれても、ただもうびっくりです。僕にはわかりません」

「わからないことはないと思うがな。俺は、亮次が意味のない意地を張ってるとしか思えないんだ。もしも、亮次が君に気を許しているところがあるんなら言ってやってくれ。自分の能力に見合った仕事をして普通の暮らしをしたらどうだ、とね」

「はあ。俺はパチンコだけで暮らしてる亮次さん悪くないな、と思ってるんですが」

「それは君がね、若すぎるんだよ。見た目カッコいいかもしれないけど、そんな生活して何が残る。四十、五十になってだよ、家も財産もなにもない、パチンコしてるだけの人間ってどうなんだ」

「そんな、俺に怒られても困ります。亮次さんに言ってください」

「それもそうだよな。けど、亮次は俺たちの話に全然耳を貸さないんだ。しっかり言ってやろうとすると、怒り始めるからな。手に負えない」

「え、亮次さん、怒るんですか」

「あいつ、高校のときから基本的にへらへらしてて、怒らないやつだったんだが、事故の後は、自分の生き方に対して意見を言われるとすぐ意固地になっちまうんだ」

「そうなんですか」

「そうなんだ。立場の違う君が言ったら、亮次もべつの反応をするかもしれない。だから、君、頼むよ、さっき俺が言ったことを亮次に話してみてくれ」

森下が話している間に、亮次が帰ってきた。二人が会話を交わしている様子に不審な表情を浮かべ、森下と恭介の顔を交互に見た。

「おう。勝手にあがってたぞ。亮次の弟子と話して面白かった」

森下は、恭介を顎の先で示しながら亮次に話しかけた。

「自称の弟子さ。勝手に押しかけてきて居候になっちまいやがった」

「面白いじゃないか。ところで亮次、お前、俺と一緒に走らないか」

「なんだ、いきなり」

「いや、俺さ、トレイル・ランをやろうかと思ってるんだ」

「なんだそれは」

「ああ、山の中を走るんだ」

森下は、ソファに腰かけ面倒な話は聞きたくないという顔をしている亮次に、とりあえず言いたいことだけは伝えておく、と話し出した。

「なんか俺よお、この頃、自分をとことん追い込むことをしたくなったんだよな」

「おめえ、突然、自己変革だとか言い出すからな。それが、俺には鬱陶しいんだよ」

「まあ聞け。山道をリュックしょって十時間も、二十時間も走るんだ。夜は、ヘッドランプで走ってもいいし、そこらに寝転がって朝まで寝てもいい。体力と精神力の限界に挑戦する競技だ。とりあえず手ごろなとこでは、ニセコの山を三十キロ走る大会がある。どうだ出てみないか」

「おめえ、やっぱ、高校のときと変わんねえな。精神力を鍛えるなんて俺にはまったく無縁の話だ」

「そう言うと思ったさ。でもよ、森とか山を、ちっぽけな人間が死にそうになって這いずり回るってよくないか。俺は、このまんま仕事ばっかりで歳とっていくのかって思ったとき、ふっと自分を極限まで追い込むようなことをやってみたくなったんだ。亮次もどうだ、俺と一緒に走らないか」

「そんな話をしにわざわざ来たのか」

「そうさ。これはいい話だ、亮次をぜったい誘おうと思って来たんだ」

「やめてくれ。俺は心も体も、鍛えるのは嫌いなんだ」

「お前、ほんと無反応だな。俺が誘ってうんと言ったことがないぞ。まあ、いい。考えといてくれ。俺は帰る」

森下は食い下がるのをやめ、ニセコの大会のチラシをテーブルに置いて帰っていった。恭介は、チラシを即座に丸めて捨てるかと思った亮次が、しばらくの間コース図に見入っているのを不思議に思った。

14

恭介は店のアルバイト時間が終わる五時が待ち遠しかった。明日は休みをもらいＪＲ貨物運転士の試験を受けに行く日だ。店長に正直に就職試験を受けに行くと話したら、しっかりやってこいと励まされた。このところ、毎日仕事が終わったら珠子の家にまっすぐ帰り、就職試験の問題を解いて勉強していた。亮次の部屋にずっと行っていなかったので、久しぶりにコンビニで何か食料を買って訪ねるつもりだった。れい子の分も買おうと思っていた。これまで幾度か亮次とれい子二人がいるときに訪ね、れい子とも顔なじみになったのだ。運転士の試験のことを話すと、亮次はどうせ落ちるに決まってるから無駄なことはするなと冷たい言い方しかしないが、れい子は、

「恭介君、受かるように応援するよ」

と真面目な顔で励ましてくれた。今日も部屋にれい子が来て、自分に声をかけてくれたら嬉しい。

明日、いい気分で試験が受けられる。

部屋を訪ねると亮次一人だった。テーブルに本を広げていた。

「師匠、お邪魔します。また、難しい本を読んでるんですね。そんなもん読んでも屁の役にも立たない、って言ったら怒りますか」

「べつに怒りゃしねえよ。今読んでるとこにな、俺が俺であるということは牢獄に閉じ込められてるようなものだ、って書いてある。ほんとにそうじゃねえか。俺が俺であるがために、この宇宙にある何億、何兆という可能性を全部諦めなければならない。俺という殻に籠って、一生狭い世界を生きなければならない。俺が俺でない世界、お前がお前でない世界を想像してみな。とんでもない広い世界に出て行けるんじゃないのか」

「師匠、想像じゃ面白くないです。女にもてている想像上の誰かが俺だとしても、今まさにもてているこの俺の方がずっといいです」

「おめえは、欲望が強いために自分という殻から抜けられないのさ。あわれなもんだ」

「もう、いいす、師匠。俺、明日運転士の試験を受けてきます。俺としてはめちゃめちゃ勉強したんで、ぜったい受かってきます」

「おめえ、性懲りもなくずっと勉強してたのか。やめときゃいいのに。おめえは意味ねえ努力をするばっかりだ、ほんとバカだよ」

「ひどいす、師匠。明日受けるってのに、もっとやる気出ること言ってくださいよ」

「俺はな、気休めは言いたくないんだ。どうせ、おめえは落ちてわーわー喚いてのたうち回るんだ。その姿が目に見えるぜ」

亮次の冷笑をさんざん受けて慣れっこになっていた恭介でも、昂揚した気分に水をかけられ、苛立ちが募り出した。

「やってもみないうちから、だめだ、だめだ、だめだって、ひどいじゃないですか。俺たちみたいな発達しょうがいの人間はどうせ失敗するから、高望みを捨てろって言うんだ」

「おいおい、お決まりの文句だな。そのうちキレて暴れるんだろ」

亮次のことばが終わるか終らないかのうちに恭介は立ち上がり、口を歪めて亮次を睨みつけた。亮次が読んでいた本を右手で荒々しくつかみ振り上げた。投げつけようとする怒りとやめておこうとする自制心の板挟みで、恭介は身動きできなくなった。亮次はすわった姿勢のまま、身じろぎせずに恭介を見上げている。恭介はふうっとため息をつき、振り上げた手をゆっくり下ろした。亮次の眼前で本を静かにテーブルに置いた恭介は、呼吸を整えることで上半身の小刻みな震えをおさえ、話し出した。

「師匠、言わせてもらいますよ。俺、この前、森下さんから聞いたんだ。師匠は交通事故で、同乗した女の人を死なせてしまったって」

亮次の顔はたちまち青ざめ、唇がかすかに震えた。

「森下のやつ、こんなバカにばらしやがって。おめえ、口が軽いだろ」

「俺はこのこと誰にも話してません。俺をあんまり見くびんないでください。師匠、俺のこといっつもバカにしてるけど、俺だって師匠をサイテーだって言い返します」

「へっ、好きにしろ」

「師匠は、ただの腑抜けのくそ野郎だ」

「もっと言ってみろ」

「ああ、言ってやる。師匠、あんたはね、澄ました顔してパチプロやってるけど、他人から追及されるのが怖いから隠れて生きてるだけなんだ。違いますか」

亮次の顔が青黒い翳に覆われ、切れ長の目が恭介を見据えて冷たい光を放った。

「できもしないことに挑戦する俺はたしかにバカかもしれない、けど、あんたはやろうと思えばなんだってできるのに、こそこそ逃げ回ってるだけ。言ってることはカッコいいけど、ほんとは臆病者のインポ野郎じゃないか」

「それで終わりか」

亮次は薄笑いを浮かべながら恭介に言った。

「まだまだある。師匠は南が丘を出てるって聞いた。俺たち落ちこぼれとは違う世界の人間だ。うじうじしてないで、いい仕事に就いてがっぽり稼げばいいじゃないか。自分自身がいいかげんに暮らしてるくせに、俺がやることをけなしまくる、それはなんなんだ」

「そうか、そうか、もっと言えよ」

「いいすか、事故で死んだ女の人が今の師匠を見たら、何て思うか。パチンコやって、女に世話になって、涼しい顔で生きてる、こんなやつぜったい許せない、って思うに決まってる。そういう師匠が俺のことをバカにしてんだ、このクソ。ああ、腹立つっ」

恭介が話している間、亮次は目を閉じ腕組みをしていた。恭介が苛立ちをぶつけることばをもう見つけられなくなった後も、亮次は同じ姿勢ですわっていた。沈黙のまま向き合っていることに耐えかねた恭介は隣室に行き、床に寝そべった。

沈黙の中で二人は時間が過ぎるのに任せた。夕闇が訪れ、室内がすっかり暗くなっても亮次は動こうとしなかった。

「おい、大賀」

室内灯をつけるために立ち上がった亮次が声をかけた。

「なんすか、師匠」

「おめえ、頼みたいことがあるんだが聞いてくれ」

亮次は寝そべっている恭介の前に腰を下ろした。恭介は上体を起こし亮次に向き合った。

「大賀、おめえ、いいやつだな。久しぶりにいいやつに会った」

「気持悪いです、師匠」

「おめえみてえにがさつで、他人の心に無遠慮に入ってくるやつはあまりいない。だからいいんだ」

「わけわからないこと言いますね」

「いいか、俺はおめえが言ったように交通事故で女を死なせてしまった人間だ。俺は思った。この世界には不注意に生きてる人間はいくらでもいるだろ、いい加減な気持で運転してるやつだっていくらでもいる、それなのになぜ俺なんだ。なぜ俺が事故を起こした人間になったんだってな。偶然の積み重ねがああいう事故につながった。もし五分早くあそこを走ってたら事故らなかったかもしれない」

「事故は偶然だった、自分には責任がないということですか」

「ああ、はっきり言うと、俺は心の奥底にそういう声を聞くことがあるんだ。もちろん、そんなこと人前で言うはずもない。今初めて大賀、おめえに言った。いいか、俺は事故の後、警察に速度違反をしたことを認めたし、女の両親に自分の運転ミスです、申し訳ありませんと床に頭を擦りつけて謝った。自分の過失を認め反省のことばも口にした。だがな、俺は、あの現場を俺と同じスピードで走るやつは他にいくらでもいるだろうし、事故にならないやつばかりだと思う。俺のときだけ、ちょっとしたタイミングでタイヤが浮き上がったんだ。それは俺の予測を越えた偶然だった」

「だから、責任はないと」

「いや、世間の常識では責任の範囲内だろうよ。危険を予測して安全運転しろ、ということだ。それはわかっている。だが、その先は俺自身の問題だ。俺は世間が求める加害者としての行動をとったし、謝罪のことばもはっきり言った。保険から遺族に慰謝料が出るように手続きもした。しかし、やったこととは裏腹に、俺は自分が事故の当事者なんだって、心の底からは思えなかったし、今も思えないんだ」

「当事者って、どういうことですか」

「そのことを、他の誰でもない自分のこととして引き受ける人間だ。当事者なら、あの女の死が突きつけてくるものに応えようとして残りの人生を生きるだろう。一生をかけて責任を果たそうとするだろう。だが、正直に言うと、俺はあの女を死なせてしまったことを、自分の生き方の柱にする気にどうしてもなれなかった。それは、いくら考えても、事故になるまでのすべてが俺にとっては偶然の積み重なりで、事故も俺の外側からやってきた出来事だったからだ」

「それは自分に都合のいい言い訳に聞こえます」

「そうだろうよ。だから、こんなこと、人前では言えない。自分の中にある言い訳を気兼ねなく言える相手に初めて会ったのさ」

「え？」

「おめえだよ、おめえ」

「師匠、今まで言えなかったことを俺に言ってるんですか」

「ああ。おめえみてえに遠慮なしにものを言う人間は初めてだ。俺が一番さわられたくないところにずかずか入ってきやがる。事故から後、俺に対して、お前はこそこそ逃げ回ってるだけだ、なんて問い詰めるやつなんか一人もいなかった。みんな遠回しに仄めかすだけだ。それは逆に真綿で首を絞められているようなもんだ。おめえのようにストレートに聞いてくれればいいのによ」

「俺、褒められてんすか」

「そうさ。おめえと話してると、腹は立つが、なんか久しぶりに自分の中に血が流れてる気がしてきた」

「おおげさですね」

「いや。大賀、俺はな、生きてる屍なんだ。今、屍に温かい血がちょっと流れ出したところさ」

恭介は話し始めると止まらなくなった亮次を目の前にして、姿勢を正した。亮次の中から溢れ出てくるものを残らず聞きとろうと思った。

「なに、変な顔すんな。俺は、事故の後から、もうずっとまともじゃないんだ。楽しいことを本当に楽しいと思えない、何を食っても本当にうまいと感じられない、スポーツをやってもわくわくしない、要するに、ああ生きてるなという実感がなくなったんだ。べつに俺のことを非難、攻撃してくるやつがいるからじゃない。責任とれと迫ってくるやつがいるからでもない。それなのに、俺は無感動な生き物としてこの世の端っこに吊るされてるみたいになったんだ。だから生きてる屍なのさ」

「それは師匠、病気です。精神科にかかった方がいいです」

「いや、やめておく。ただ、この気分は、きっと俺が事故の当事者になれないからなんだ。悔やんで、自分を責めて、とことん落ち込んで、どん底を這い回って、それでも生き続けたら、その先に生きてる実感が戻ってくるんじゃないかって気がする。だがな、俺は、自分の気持をごまかすことができない。事故が俺の外からやってきた出来事で、俺自身とは本質的な関係はない、という思いを変えることができないんだ。おかしいだろ」

「わかりません」

「いや、おかしいんだ。おめえは、自分が発達しょうがいだと繰り返し言うが、俺の方がもっとおかしい。自分自身のやったことを他人事のようにしか受け取れないのは、人間失格だろ。それでお気楽にやり過ごせるんだったらしあわせだが、この世界のなにもかもが砂を噛むような感じしかしねえ、そんな状態になっちまってるんだ」

「師匠、お気楽で楽しいんだって言ってくれよ。じゃないと、師匠らしくない」

「へっ。大賀、おめえな、葬式に出たことあるか」

「ないです」

「そうか、なくてもかまわねえ。葬式で弔辞ってやつがあるんだ。死んだやつといちばん親しかった友人だとかが読む。俺が死んだらな、おめえに友人代表で弔辞を読んでもらおうと、さっき決めた」

「冗談はやめてください。師匠、自殺しようなんて考えてないでしょうね」

「なにも考えちゃいねえ。ただ、おめえに弔辞読んでもらったらいいと急に思ってな、文も書いたところだ。これ、ちょっと声を出して読んでみろ」

亮次はプリントアウトした紙を恭介に渡した。

「ええ？　どうしてもですか」

「どうしてもだ」

恭介はきまり悪そうに、紙を折ったり閉じたりした。文面を目にしてもなかなか声が出なかった。

亮次が早くと促す素振りにおされて、仕方なく読み出した。

弔辞　故山倉亮次になり代わり、ご参集のみなさまに謹んでご挨拶申し上げます。故人は生前より世間を舐め、人生を舐め、他人を舐めて生きてまいりました。真面目に努力することを嫌がり、おいしいところだけもっていくことを習性としてきました。少年のときから手抜きのパフォーマンスでちやほやされることに慣れ、これが人生だと傲慢不遜にも思いこみました。ものごとをいい加減にすませ、万事に不注意な生き方をしてきたあげく、交通事故を起こし同乗者を死に至らしめました。おのれの生き方を改めるべきよい機会に出会ったにもかかわらず、故人は真摯な反省もなく、世間を舐めた生き方をその後も続けておりました。おのれの立場もわきまえず、軽くいい加減な生き方をしてきた山倉ですが、なにかのはからいでしょうか、このたび不慮の死を遂げることとなりました。縁あって故人と交流のありましたみなさまにおかれましては、最後までただ凪のように軽いやつだったと振り返っていただけたら幸いに存じます。

友人代表　大賀恭介

漢字をあまり読めない恭介はつかえるたびに亮次に読みを教えられ、大きな声で読み通した。

「どうだ、いいだろう」

「いやです、こんなもの。どうせ弔辞を読むなら、私の師匠は最高にスマートな男でした、とか言わせてください。こんなの読んだら、師匠の友だちに袋叩きにあいます」

恭介はそう言いながら紙を亮次に突き返した。

「師匠、死んじゃだめです。れい子さん、悲しみます。いいすか。とりあえず、俺の運転士試験の結果、待っててください」

「また、くだらねえこと言いやがる。おめえの試験なんてどうでもいいんだよ。俺にはいっさい関係ねえ。それに、おめえ、落ちるに決まってるんだから、意味ねえ期待をもつな。失敗して死にたいとか言って喚くおめえを見たくねえんだ」

「もういいす。れい子さんに会いたかったけど、もういいす。師匠のカミング・アウトが俺の幸運のタネになるかもしれない、と思うことにします。じゃあ、やれるだけのことをやってきます」

恭介は立ち上がるとまっすぐ玄関に向かった。外へ出ると、谷間を埋めた住宅地に街灯がともり、斜面の光が網の目模様になって浮かんでいた。坂をゆっくり上りながら、「おめえいいやつだな」という亮次のことばを思い出し、背中にむず痒いような不思議な感覚が走るのを覚えた。

15

二〇〇六年九月二九日　札幌

れい子はときどき、お気に入りのケーキをもって夜、亮次のところを訪ねてくる。今日は、八時過ぎに「来たよ」と言って上がり込んできた。二人でコーヒーを飲み、ケーキを食べた後は、台所と部屋の片づけをしてくれる。テレビをつけて、今どきの芸能人について亮次に解説するのはれい子の役割になっていた。亮次は、れい子がやってくるのは、一人で夜を過ごすのに耐えられないときだと思っていた。

れい子は、亮次がよく利用する地下鉄駅近くの定食屋でアルバイトをしていた。亮次が店に携帯電話を置き忘れたときに、れい子がかなり長い距離を走って追いかけてくれたのが話をするきっかけになった。息を切らして携帯電話を差し出すれい子に、亮次は

「こんなとこまで走ってきたの？　悪かったね」

と驚きのことばを洩らした。

「いいんです。わたし、走るのいやじゃないから」

れい子はそう言うと、また急いで店に引き返していった。亮次はその様子に、飾り気ない少女のような空気を感じ、心をひかれた。その後何度か店でことばを交わした後、亮次はれい子を夕食に誘うようになった。

れい子は、オホーツク海に面した町から美容師になるために札幌に出てきて五年目だった。専門学

校を卒業し札幌郊外の美容室に勤めた。順調にキャリアを積むつもりだったが、指と腕に激しい肌荒れが生じ、仕事がまったくできなくなった。皮膚科で診察を受けたら、美容師の仕事を替えなければ、治療は難しいと診断された。泣きに泣いて美容師の道を諦めた。苦しい家計から無理を言って学費を出してもらいながら一人前の美容師になれなかったれい子は、故郷に帰ることもできず、定職が見つかるまでのつもりでアルバイトをしていた。

親に「札幌に出してやった甲斐があった」と言ってもらえるような職に就き、いい収入をあげたいのだが、見つからないまま月日だけが過ぎていた。自分はいったい何をしているのかとため息をつくれい子にとって、亮次の部屋はちょっとの間、心の重荷を下ろせる場所になった。自分のことをあまり語らない亮次は、れい子の身の上をくわしく問いただすこともなかった。高校卒業までバレーボールをやったれい子は、よく、自分は基本的に運動部系の人間で、難しいことを考えるのは苦手、辛いときでも元気なふりをしているのが好きだと言った。実際、れい子は何事もあえて楽天的に語ろうとした。亮次はそれがかえって自分を気づまりにさせると言ってれい子を困らせた。

「ねえ、大賀君の効果測定、もうすぐじゃない」

コーヒーを飲みながられい子は亮次に語りかけた。恭介の運転士研修は二人の共通の話題だった。現在、函館の五稜郭機関区で運転士研修を受けている恭介は、亮次にメールで日々のことをまめに知らせてきた。多い日には一日に二通、三通と送ってくることもある。腹が立ったとき、課題をうまくこなして気持が昂《たかぶ》っているときなど、恭介はそのときの気分を立て続けにメールに託した。

「ああ、明日だとか、メールに書いてた」

「そうか。大賀君、大丈夫かな。機関区や支社の偉い人が乗って運転するんでしょ。緊張してミスしなければいいいんだけど」

「ああ。あいつは、いちばん大事なときにとんでもないミスをしそうな気がする」

「いや、不吉なこと言わないでよ。あの子、慣れてることならすごいテキパキできるんだけど、興奮すると我を忘れるから心配」

れい子は、恭介を身内の人間のように心配する。

「緊急事態が発生しても運転士は冷静でなくちゃいけないんだ。運転の実技試験で緊張して失敗するなら、運転士の適性に欠けるということだ。落ちても仕方ないだろ」

「亮次は、ほんといつも冷たい言い方をする。なんかもっといい言い方できないの」

「れい子は、ずいぶん、大賀に肩入れするよな。あいつの実態をよく知らないからだろ」

亮次は、れい子に言い返しながらも、恭介が運転士になる直前まで辿った道を振り返り、よくここまで来たという思いが湧いてくるのを否定できなかった。


昨年十月の一次選考は一般常識と適性検査だったが、結果発表の日、恭介は喜びで顔をくしゃくしゃにして亮次のところへやってきた。適性検査のクレペリン検査がよくできた、他の受験者よりたくさん進み、しかも時間がたつほど能率があがったと声を弾ませ、自分は運転士への適性が高いのだと胸を張った。

二次試験は人事担当者と現場の管理職による面接、三次試験は北海道支社長と本社役員による面接であった。恭介は二次試験で、自分が定時制高校の出身であることを強調し、各種のアルバイトをして社会経験を十分積んだと話した。志望動機を聞かれ、

「はい、私は、JR貨物の運転士としてわが国の物流の発展に貢献したいと思って御社を志望しました。運転士は専門性が高い職種のため、責任も重いと思いますが、そのことに応じた給与が保証されています。私の家は父子家庭で経済的にも苦しいので、定時制高校で学びました。しかし、弟は全日

制高校に進学し野球部に所属しています。家が貧しいため古いグローブで我慢して毎日練習していま す。私は、御社に採用され給料をいただいたら、真っ先に弟にグローブを買ってやりたいと思ってい ます」

と答えた。面接の場面を恭介から再現された亮次は、恭介を天性の詐欺師ではないかと思った。弟はたしかに全日制高校に通っていたが、部活は野球部ではなく軽音楽部であった。口から出まかせの恭介のことばにだまされた試験官が、純真な苦学生というイメージで恭介を評価したのかもしれない。

三次試験が終わった日、恭介は亮次のところにやってきた。面接で、恭介が定時制・通信制高校の柔道全国大会に出場したことが話題になったと話した。

「やっぱ、師匠。全国大会のネームバリューってすごいすね。ほほう、君の柔道の得意技はなんだね、とか聞いてきました」

「おめえの得意技は、柔道着のくさいくさい攻撃だろ」

「やめてください。それは俺の裏技ですから。試験では、ちゃんと大外刈りです、ってうまく答えましたよ」

「そうか、どんな経歴でも利用できるものは最大限利用した方がいいってことだよな」

「そりゃ、そうですよ。あと、俺、声がでかいでしょ。面接のとき、ほめられました。君の声は大きいし、よく通るってね。やっぱ、運転士も声でかい方がなにかといいですよね」

「おめえ、なんでもいい方に解釈できるんだ。幸せ者だな」

三次試験の合格者は採用内定者として登録される。合格発表の日、恭介は亮次に初めてメールを送った。

師匠、やった、やりました。合格！

しかも、しかも、しかも、

……………………………

運転士候補として登録されました！

採用内定者発表後、苗穂の機関区で、ＪＲ北海道とＪＲ貨物の合同研修が始まった。内定者はみな、研修所に泊まり込みである。

師匠、すごいです。運転士になるための教科書を渡されました。
鉄道法、気象、電気回路、内燃機関………
全部で11冊、段ボール２箱！
すごいす。師匠、俺、勉強ついていけるかなあ。

亮次はメールを返した。

死ぬ気で勉強しろ。

研修が始まると恭介からのメールが頻繁になった。

師匠、運転士候補15名。俺が最年少！　大学や専門学校出てるやつばっか。

定時制高校出身者がえらそうな口きくなと言われた。

あいつ、まじぶっ殺してえ!

亮次はメールを返した。

くだらないことわめくな。黙って勉強しろ。

恭介は運転士候補者たちから生意気と思われ、小さなトラブルを繰り返したようだった。不愉快なことがあるたびに亮次にメールを送ってきた。

声がでかいと笑われる。態度がでかいと怒られる。

文句を言ってくるだけじゃない、パシリもさせられる。

師匠、俺、キレていいすか。

亮次が勝手にキレればいいと突き放した言い方をするので、れい子が代わりにメールを返信した。

トラブル起こして研修所出されたら終わりだよ。

がまん、がまん、がまん、ね。　れい子
恭介の研修は講義をただ受ければいいというものではなかった。試験に合格しなければ、運転士のコースに進む道は閉ざされる。

電気回路も気象もめっちゃむずい、眠い。

居眠りしてたら、たたき起こされた。

勉強について行けないやつ3人、運転士をあきらめた。

俺もあきらめて楽になりたい。


亮次が真面目な顔になってすぐ返信した。


バカは運転士になるな。

あきらめてすぐ帰ってこい。


そのうち、恭介にも目をかけてくれる年上の友人ができたようだった。


師匠、地獄に仏です。

俺が頭悪いのを知って、橋本って先輩が勉強教えてくれた。

毎日、夜遅くまで勉強してます。


そのメールを読んで、亮次とれい子は目を見合わせ、恭介を助けてくれる者が現れたことに自然と安堵の笑顔がこぼれた。

「あのバカ、図々しいけど、憎めないところもあるんだよな」

「そうよ、恭介君にはかわいいところがあるのよ」

恭介は一回目の試験で三科目不合格になったが、友人にも助けられ、生まれて初めての猛勉強をして追試験に臨んだ。


やるだけやりました。

でも、勉強したとこ、あんま出なかった。やばいす。

あした、踏切で飛び込み自殺があったら俺だと思ってください。


追試結果の発表後、すぐメールが来た。


ギリギリ、セーフ！　と教官に言われました。

やりました。俺は、これでＪＲ貨物の正社員！


れい子は目に涙を浮かべ、小躍りした。

「すごい、恭介君。やっぱ、あきらめちゃだめなのよね。わたしもがんばる」

亮次は、喜びをあらわにするれい子を見ながら、自分でも不思議なほど気持が昂揚してきた。まったくの初心者が何も考えずにパチンコ台に座り、いきなり大当たりを連発するような話ではないか。恭介は幸運を味方につけて最後までやり遂げることが出来るだろうか、もし出来るならこの世界もそれほど悪いものではない、と思った。

三月の末、恭介は東京で行われた入社式に出席した。その日の夕方、写真付きのメールが亮次の携帯電話に届いた。新入社員たちがＪＲ貨物の社長と一緒に並んで撮った写真だった。

写真に注目！　最前列中央が社長、その右となりが俺。
俺、この人が社長だってすぐわかったから、
運転士で採用された大賀です、
ってまっさきにあいさつした。
今年最注目の新入社員になりました。

社長の横で得意満面の顔をしている恭介の顔を見て、亮次とれい子は腹を抱えて笑った。恭介には、ほめられて顔が綻ぶと鼻の穴が広がる癖があった。写真の中の恭介は、思い切り鼻の穴を広げてカメラを向いていた。

「こいつ、ほんとに恥知らずだ」

「いいのよ、自分を売り込むのに何したっていいのよ。この抜け目なさと図々しさがあれば、なんとかやってける。いいぞ、恭介君」

亮次は、「発達しょうがいの人間には生きてる意味なんかないんだ」と喚き荒れ狂った恭介を思い出した。そのときはかけることばの一つも思い浮かばなかった。常軌を逸した暴れ方を目の当たりにすると、恭介がいつか自分の居場所を見つけ、生きていることの喜びを感じられる日が来ることはあり得ないと思われた。

恭介が過剰なエネルギーに衝き動かされ、身の丈を越えたものに憧れ一体化しようとしては失敗してきたことは明らかであった。しかし、自分の現実を悟り、見栄えのしない仕事でも地道にやる方がいいと言おうものなら、歯を剥きだして亮次に反発した。「そんな地面を這いつくばって生きるくらいなら、死んだ方がましだ」と喚いた。そのような反応自体が恭介のしょうがいの現れなのだった。

恭介を地道な生き方に無理に導くことは、暴れる猪を柵の中に入れるようなものだった。

恭介がもし機関車の運転士になれるとしたら、それは、多動で感情が昂りやすい弱点を他の個性、たとえば抜け目のなさや機敏さがカバーし、沈着や冷静など運転に求められる能力を代替した場合だろうか。「どんなに努力したところでその業務に必要な能力がなければ成功は不可能だ」という合理的な見解を覆す、人間存在の不思議な作用が起こりうるものだろうか、と亮次は思った。そんなことがあるとすれば、自分が陥っている隘路《あいろ》にもかすかな抜け道があるかもしれない、と小さな期待が亮次の心の奥底に生まれた。

この世界には、排除される個体が必ず存在する。いびつな形の果物や野菜は商品にならず、遺伝的しょうがいがあったりひ弱だったりするペットの新生児は捨てられる。人間でも、社会のマジョリティと協調できない変わり者やしょうがい者は、社会の周縁部に排除される。生きがいとか生きる喜びといった美しいことばは、マジョリティがつくりあげ流布させたもので、排除される側を無視してできている。排除される者が、マジョリティと同じ生きがいをこの社会で得たいと声をあげたとき、いったいそれは誰によってどのように実現されるのだろう。

しょうがいがあろうとなかろうとすべての命は美しい、すべての命は輝くべきだ、という考え方に従おうとして、いつも亮次は躓く。人間以外の生物種ではありえない話だ。個体はあきらかに種の繁栄のために存在している。何千、何万と生まれる鮭の稚魚のすべてが成魚になることはありえない。大半が死に、ごく少数生き残った成魚が産卵と受精を行う。自然界では適者生存が貫かれ、生き残った強い個体だけが子孫を残すことができる。だが、人間も生物である以上、同様であるべきだと主張したら、たちまち優生思想だと非難されるにちがいない。個の命は種という全体に奉仕するものであってはならないのだから。

そうだとして、なぜ、人間という種だけに限って、個体あるいは一個の命に絶対的な価値があるのか。自由意志をこの世界における絶対的尊厳とみなし、人間の尊厳の本質をこの自由意志に求める立場もある。しかし、自由意志をはたらかせる脳の機能を失ったしょうがい者もいるし、認知症の高齢者もいる。そういう彼らの生命にも尊厳があるとするのが、現代社会の理念である。では、どんな個体の命にも絶対的価値があるのは、なぜなのか。亮次はそのことを学問的あるいは論理的に導き出すことはできないと思った。

結局、すべての人間の命に絶対的尊厳があるというのは、われわれの社会がつくり出した仮構であり建前なのだと、亮次は結論づけた。その仮構の上に道徳も法律も暮らしも成り立っている。どれほどしょうがいが重くとも、その人間の命を奪ってはならない、そのように決めた世界にわれわれは生きているのだ。

しかし、と亮次は思う。ただ生かされ、息をしているだけの命でいいのか。その仮構は、友愛に満ちた表面の印象と裏腹に、実は残酷なものなのではないか。仮構は、絶望的な状況に置かれまったく無力な者にも「生きろ」と命じる。それは過酷な命令ではないか。

亮次はここで、自己の生存の無意味さにも突き当たる。生きていることの実感を失い、自分の置かれた状況に誠実に応答しようとしない自分は、それこそ漂うように生かされているだけの存在ではないか。喜びを忘れた無味乾燥な日々。そのような自分の生存に意味はあるのか。亡くなった優美は、亮次の世界の中に、立ち入り不能の、何も感じることのできない領域をつくっていた。そこからは乾いた砂が舞いあがり、嵐になって吹きつけ、亮次の感情の襞を砂まみれにした。

亮次は、得体のしれないエネルギーに駆り立てられ突っ走っていく恭介の行いが無意味な生の消尽ではないのかもしれないと、今初めて思った。生存の意味があろうとあるまいと、ただ走り続けていればいいのかもしれないという気がしてきた。

研修先が五稜郭に移り機関車の運転研修に入ってから、恭介のメールはディーゼル機関車にかかわるものばかりになった。

ご対面しました。俺の運転する機関車。
DD51ってやつ。
オレンジ色の不格好なやつ、と言ったら教官に怒鳴られた。

やった、操車場でDD51、動かした。
マスコン、3ノッチまで上げた。
意味わかんないでしょ。

ゴーイチ、すげえ。ゴーイチはDD51のこと。
凸ともいうんだ。
ゴーイチの運転席から海を見た。
ゴーイチ、サイコー。

「恭介君、得意になってるね」
「ああ。DD51の登場が、日本の蒸気機関車を終わらせたんだ。ディーゼルエンジンの巨大な出力と安定した機能を実現し、量産された機関車だ。寝台列車や貨物を引っ張るために全国で使われた。でも、後継機のDF200が出てきてから、どんどん姿を消している」

「亮次、どうしてそんなに詳しいの」

「いや、鉄道の本をちょっと立ち読みしてきただけ」

「ふーん。やっぱ、恭介君のことが心配なんでしょ」

「そんなことはないけど。DD51ってさ、細長い長方形の車体の真ん中にちょこんと長方形の運転席が乗ってて、まさに凸の形。マンガにすぐ描けるよな」

「かわいい形でいいじゃない」

れい子は、恭介が運転する貨物列車を早く見てみたいと亮次に言った。


旋回窓すげえ。DD51の運転席についてる窓。

今日大雨だったけど、視界バッチリ。

旋回窓、知らないでしょ。


「枠の中をガラスがぐるぐる回るらしい。大雨、猛吹雪でも常に視界が確保されるんだとさ」

「すごいわね。機関車にあこがれる」


教官の横に乗って東室蘭まで。

指差し確認と曲線半径の暗唱がボロボロ。

俺って頭悪すぎ。


真夜中、教官の運転に添乗。

森の中の信号所で2時間待機。

暗闇でじっと待つのも仕事だ、と言われた。


本線、初運転！

やること多すぎて、頭爆発。

教官に100回怒られた。

けど、東室蘭に無事到着！


DD51に首ったけ！

運転は機関車との対話。

車なんか、ガキのおもちゃ。


恭介のメールには、教官の運転士と並んだ写真が添えられていた。袖に二本のラインが入った薄紺色の制服を着用しJRのマークが入った帽子をかぶった恭介は、顎を突き出し得意げに目を見開いていた。きっと恭介は制服が大好きなのだ、と亮次は思った。一方、初老の教官は、仕方なくいっしょに写ったと言いたげな表情で恭介の隣に立っていた。深い皺の刻み込まれた顔が頑固な職人気質を感じさせた。

「なんだか、恭介君、調子よさそう」

「あのバカが。調子に乗ると奈落に落ちるぞ」

「まあいいじゃない。恭介君の自慢顔が子どもみたい」

「あいつ、得意になればなるほど視野が狭くなる。それを自覚してないのがなお悪い」

余計なことをすべて忘れろ。
教官の言う通り運転するんだ。
お前には、なんの実力もない。

恭介は返してよこした。

佐瀬教官は俺の神様です。
プロの中のプロ！
ＤＤ51が子犬のように教官の言うことをきく。
教官の言う通りに俺はＤＤ51を操縦してます。

秋日和の夕方、恭介からメールが来た。

教習課程が終了しました。
明日はいよいよ、効果測定。
支社長、機関区の管理職がＤＤ51に乗ります。
五稜郭から東室蘭までいつも通り走れたらノープロブレム。
国交省の試験もクリアできると教官に言われました。

16

二〇〇六年九月二九日・三〇日　函館・室蘭

「第一閉塞進行」

恭介は、五稜郭貨物駅が近づくにつれて緊張が高まった。閉塞区間への進入を認める青信号が現れた。腹に力を込めて声を出し、指差し確認をする。列車全体にかかるブレーキ弁（自弁）を左手で引き、速度を落としていく。マスター・コントローラー（マスコン）を握る右手で九ノッチ、八ノッチ、七ノッチとエンジン出力を下げる。手の動作から間をおいてブレーキが効いてくるのを感じ取ってから、機関車単体にかかるブレーキ弁（単弁）を引く。四〇キロ、三〇キロと滑らかに減速していく。

機関区に停車しているDF200が左手に見える。DD51に比べ流線型の精悍な車体で、見るからに強力なパワーを発揮しそうだ。はじめて機関区に来たとき、恭介はどうしてDF200で教習をしないのかと思った。DD51よりずっと運転しやすくスピードも出ると聞いていた。だが、これまで五ヶ月教習をしてきて、扱いにくいDD51を運転してこそ本物の運転士だ、と言う佐瀬教官にすっかりかぶれてしまった。

「第二閉塞進行」

青信号を指で差し、声を出す。いい加減な動作をすると佐瀬に怒鳴られるので、大げさなくらいに指を突き出し、大声を発する。恭介は、声が大きいのだけは褒められる。

「第一場内進行」

切り替えポイントを過ぎ、機関車は緩やかにホームへ近づいていく。マスコンを二ノッチ、一ノッチへ落とし、「切」の位置に入れる。列車は惰性で走っている状態だ。あとはブレーキのかけ方ですべてが決まる。

「第二場内進行」

貨物駅直前の信号を通過する。ホームの端が見えてきた。四百メートルを超える長さの貨物列車全体にかかる自弁ブレーキを引く。

「いいか、ブレーキは、けっこう間《ま》をおいてじんわり効いてくる。その間を体で覚えるんだ。効いてないと勘違いして慌ててブレーキを目いっぱい引くと、停止位置に行く前で止まってしまう。反対に、ほんとは効いてないのに大丈夫だと構えてたらオーバーランしちまう」

佐瀬はブレーキ操作に関してはとりわけ口やかましく、恭介の操作の欠点を絶えず厳しく指摘した。それでも、今日は、恭介が自弁ブレーキを慎重に操作すると、停止線にほぼぴたりの位置で貨物列車全体が緩やかに止まった。どうだ、という表情で恭介が佐瀬を見ると、渋い表情で腕組みをしていた佐瀬が軽く頷いた。

「まあまあってとこだな」

「大先生、もう大丈夫だって言ってください」

同期の研修仲間の前でも古参職員の前でも、佐瀬を大声で大先生と呼んでいた。おかげで、「あのごますり野郎」と嫌う者もいたが、恭介は気にしていなかった。

「大丈夫なわけがあるか。お前は声がでかい以外になんの取柄もない。ただ、俺の言うことをよく聞いて練習してきたのは認める。明日は、落ち着いて今日と同じように運転しろ、いいか」

「はい」

DD51を列車から切り離し機関区に入れる。この先は、運転士も機関車も交代し本州行きとなる。電気機関車が貨車を牽引し青函トンネルに向かって行く。単体になったDD51はポイントの切り替えを待ち、ゆっくりと五稜郭機関区の奥に入線した。

「大賀、これで教習はぜんぶ終わりだ」

「大先生、今日までありがとうございました」

佐瀬は皺の刻まれた浅黒い顔を恭介に向けた。黒縁の眼鏡の奥で、佐瀬の目がいつもと変わらず鋭い光を放っていた。運転席から差し込む夕陽を受けて瞼を半ば閉じると、恭介のいい加減な操作をけっして見逃さないおそろしい視線がわずかにやわらいだ。

「運転台にすわったら、頼りになるのは自分の目と耳、それからゴーイチの音、それだけだ。余計なことを全部忘れて、運転に集中しろ。いいか」

そう言うと佐瀬は機関車のドアを開け、軽い身のこなしで外に降り立った。恭介も佐瀬に続いた。研修室に向かう前に、振り返ってＤＤ51を見た。大きな鉄の直方体にちょこんと箱形の運転席を載せた凸型の機関車が西日を浴びて聳え立っている。赤い車体が燃え上がるように輝くのを見ると、恭介は胸が震えた。鋼鉄の塊が大地に足を踏ん張り、今にも空へ飛び立とうとしているように感じられた。

「大賀、お前、ゴーイチは生き物だ。運転士と呼吸が合えば、こんなによく走るやつはいない。どうだ、こいつととことんつきあってみるか」

初めて佐瀬の運転に添乗したとき、恭介はそう言われた。意味がわからず生返事をすると、佐瀬は続けた。

「お前、定時制高校の卒業だってな。俺はこの職場で、定時制の出身者に会うのは初めてだ。だがな、運転に学歴は関係ない。機関車の言うことを聞きとれるやつが運転士になれる、それだけだ」

ＤＤ51は気難しい馬のようだ。扱いが上手な運転士なら言うことを聞いて滑らかに走り、最大限のパワーを発揮する。しかし、運転士が不慣れなら、加速も停止もぎくしゃくして、まともな走りにならない。佐瀬は、ＤＤ51をうまく運転できたら、どんな機関車も楽に運転できると口癖のように言った。

恭介はまず、ブレーキ弁を操作してからブレーキが効いてくるまでの間合いを体で覚えさせられた。どのカーブでどのくらいブレーキをかけるか、マスコンのノッチをどこまで落とすかは、ＤＤ51に聞くんだ、と佐瀬に繰り返し叩きこまれた。エンジンとブレーキの音に耳を澄ませて、早めに最善の判断をしろ、減速が不十分でカーブに入ったら、慌ててブレーキを引かなければならない、そうするとノッチもうんと落とさざるをえない。結果、直線に入っても速度がなかなか上がらず、定刻を守れなくなる。一つの判断ミスが次に悪影響を及ぼし、ボタンの掛け違いのように、おかしな走りが連鎖していく。

ＪＲ貨物はＪＲ旅客各社からレールを借りて走っている。だから、旅客車の邪魔にならないように夜中走ることが大半だが、日中にもダイヤは組まれている。貨物列車が遅れて旅客車のダイヤを乱すことは許されない。いいか、時間通り走るのが俺たちの誇りだ。じゃあ、時間通りに走るにはどうしたらいいか、わかるか。そうだ、機関車の能力を使いこなして、安定した走りをさせることだ。佐瀬は先を見越した運転を繰り返し説き、恭介が過ぎゆく景色に見とれ漫然とした運転をしていると、怒鳴り声をあげて操作の遅れを叱った。

次に何が起こるかを予想し、常に先手を打て、と佐瀬は口を酸っぱくして言った。自分の横に添乗してる間、函館から室蘭までのカーブがぜんぶ頭に浮かぶようにしろ、曲線半径を一つ残らず覚えろと命じられた。恭介は苦笑いを浮かべ、

「俺、頭悪いから無理です」

と答えた。佐瀬は
「ばかやろ。それなら、運転士を諦めろ。教えるやつが一人減って俺も助かる」

とだみ声で怒り、ドアを開けて列車の外に出て行けという仕草をした。恭介は、以後、夜飲みに行こうとする研修同期生の誘いを断り、宿泊所でひたすら曲線半径を暗唱した。三ヶ月後、恭介は運転席からの展望に合わせて曲線半径が口をついて出てくるようになり、すべてのカーブへの安全な進入速度と、カーブ内での適切な運行速度を実現できるようになった。

五稜郭機関区でのこの五ヶ月、恭介はＤＤ51とうまくつきあうことに必死だった。他の研修生にからかわれることが再三あったにもかかわらず、逆上して騒ぎをひき起こさなかったのは、運転の上達がつねに頭の大半を占めていたからだった。

夏の終わりのある日、運転中に、四百メートル余りの貨物列車が、今、自分の操作によって大地を屈曲し滑らかに疾走している様を頭に浮かべると、これまでに経験したことのない昂揚感が体をかけめぐった。カーブで窓から顔を突き出し、自分が運転する貨物列車の最後尾を眺めたい衝動に駆られたが、わずかに目を横にやっただけで佐瀬に怒鳴られたのでやめた。その後、落ち着いて運転を続け、東室蘭に定刻ちょうどに着いたときは、踊り出したくなるような喜びが体中から溢れてきた。俺はやれるんだ、という気持がふつふつと湧いた。

恭介はＤＤ51の傍らに戻り、車体にふれた。千百馬力のディーゼルエンジンを前後に二基搭載した機関車は、レールにまたがり静かに休息をとっているようだった。エンジン部分に近づくと、先ほどまでの走行で発された熱が鉄の車体を突き抜け、漂う風になって恭介の頬にふれた。佐瀬が「ＤＤ51は生き物だ」と言ったのを思い出し、機関車を撫でながらゆっくり一周した。

「おい、明日頼むぜ」

恭介は研修日誌を書くために、機関区の控室に向った。いくつものレールをまたぎながら、「くそ、やってやる」と繰り返した。

翌日、一二時二〇分に五稜郭貨物駅を発車する貨物列車で恭介の効果測定が行われた。JR貨物の北海道支社長と、機関区の管理職二人が、試験官として運転席に乗り込んできた。試験官たちは特別に用意した簡易椅子に腰を下ろし、五稜郭から東室蘭までの恭介の運転をチェックする。佐瀬は運転席に着いた恭介の後ろに立った。佐瀬の分の椅子も用意されていたが、すわることはほとんどなかった。

北海道支社長の島崎が口を開いた。

「本日はみなさん、ご参集ご苦労様。本社の輸送力増強には優秀な運転士の育成が不可欠でありまして、日夜、新進の指導に注力しているところです。五稜郭機関区では、若手の有能な運転士候補がたくさん教育を受けております。大賀恭介君もその一人です。今日は、日ごろの練習の成果をしっかり発揮してください。期待していますよ」

「はい」

恭介は制帽に右手を掲げ、試験官二人に挨拶をした。まず、エンジンキーを差し込み、二基のディーゼルエンジンを始動させた。ウィーンという始動音に続いて、低く力強いエンジン音が運転室に響いた。次に単弁、自弁の二つのブレーキ弁を取り付ける。ブレーキの圧力計を指さして異常がないことを声に出して確認する。反転器のレバーを前に押し、車両を前方発進にする。あとは、出発時間まで十分にエンジンを暖機させ、スムーズな発進ができるようになるのを待つ。

恭介は一二時二〇分少し前に出発の警笛を鳴らした。甲高い音が貨物駅構内いっぱいに響いた。

「胸をかきむしられるような音だろ、だが、これがいちばん遠くまで響くんだ。昭和の音だよな」、佐瀬が目を細め愛着を語った音だ。ブレーキ弁を解除すると、空気が抜けていく音が床から伝わり、車体がふわっと軽くなったような気がする。

「五稜郭貨物駅、一二時二〇分ゼロゼロ秒、発車」

曇り空の下、恭介の運転する貨物列車が動き出した。

「第一出発進行」

恭介は指差し確認とともに喉の奥から声を発した。

「第二出発進行」

DD51は駅を離れ、徐々に速度を上げた。エンジンが運転席前に収納されているため、鼻先の長い車体が目前の視野を狭くしている。しかし、恭介は気にならなくなっていた。むしろ、機関車の鼻先が目前の世界をゆっくりと押し開いていく感覚を与えられ、運転に集中できた。緑の中に点在する住宅が両側を静かに流れていく。

「第二閉塞進行」

機関区の広大な範囲に敷かれていたレールが本線に向かって合流し、やがて見通しのよい複線になる。

「第一閉塞進行」

恭介は青信号を確認したことを右人差し指で示し、運転席いっぱいに響く声で唱えた。六ノッチ、七ノッチ、八ノッチと速度を上げていく。出発時の緊張が少しおさまってきた。一〇ノッチまで上げて時速五五キロ、問題なく走っている。信号の呼称を早めに行い、指差し確認をいつも以上に丁寧に行う。七飯駅を通過するときには、

「七飯通過、一二時三二分四七秒」

と正確な時間を読み上げた。しばらく走ると高架の上に出る。一四ノッチで安定走行している。函館北方の平野を広く見渡すことができる場所だ。国道、ドライブイン、信号で列を作る車、紅葉した木立の合間に見え隠れする住宅の屋根、黄色の稲穂、函館を遠くから取り囲む山々、すべてが一つの

視野の中に手に取るようにおさまっている。恭介はここを通るたびに、自分と機関車が一体になって、世界に一本の線を引いている気持になる。

「ダメだ、周りのものに気を取られるな。前方に集中しろ」

恭介は自分に言い聞かせ、高架上を七五キロで走っていることを確認した。いい速度だ。高架を走り切ると森の中に入っていく。上り線路が徐々に離れていき、見えなくなる。両側から覆いかぶさってくる茶色と黄色の樹木の間隙を縫って走ると、狭い回廊を身をくねらせて進んでいる感覚に捉えられる。小さなトンネルが次々と現れる。いずれも狭く暗い。出口の細い光が針穴写真機のようだ。曇天の今日は、トンネルを出るときにそれほど眩しくはないが、晴れている日には、いきなり光溢れる世界に突入し、すべてが真っ白になってしまうことがある。

木立ちを抜けると小沼が左に現れてくる。正面に駒ケ岳が見えるはずだが、雲にすっかり覆われている。大沼駅が近づいてきた。閉塞区間への進入を許可する信号を指差し確認してから、五ノッチ、四ノッチ、三ノッチとマスコンを操作する。マスコンがオフになったら自弁ブレーキをゆっくりかけていく。ホームへの入場信号が青になっているのを大きな声で唱え、自弁ブレーキを操作する。恭介はブレーキの効きに神経を集中し、DD51を定位置に止めた。

「一二時四八分ゼロ六秒、大沼到着。一〇分間停車」

恭介が言い終えると、後ろでずっと見守っていた佐瀬が恭介の尻を軽く叩いた。恭介はここまで問題なし、と受け取った。列車の後方確認のために恭介は窓から顔を出し、ついでに試験官たちの表情を盗み見た。みな穏やかな表情で島崎を中心に小声で談笑していた。

大沼駅で一〇分時間調節をする。上りの特急が駆け抜けていった。待つ間、恭介はこの先の区間を頭に浮かべた。大沼公園を過ぎると、駒ケ岳を右に望んで走り、いくつもの大カーブを通過した後、海岸線に出る。噴火湾沿いに走るところまで行けば、まず失敗しないと思った。恭介は山間部の深い森や狭い箱のような地形が苦手だった。

空がだんだん暗くなってきていた。恭介の胸の奥に小さな不安が生まれた。雨が降ってくるのではないか、それも雨を含んだ枯れ葉がレールに舞い落ちるのではないか、と気になった。長万部まではとくに問題なく行ける。海岸のカーブを慎重に走り通せばいい。だが、長万部を越えたあと、静狩の先は山が海岸まで迫っているので、線路は緩く登ってトンネルに入る。この登りで車輪が空転することはないだろうか。佐瀬は、濡れた落葉と雪が機関車泣かせだと言った。車輪が空転し出したらすぐ砂箱の砂をレールに散布しなければならない。しかし、恭介は砂を撒く操作を佐瀬に教えてもらってはいたものの、実際の運転で体験したことは一度もなかった。それが一つの不安。

もう一つは、静狩トンネルから始まる、長い山岳区間の通過であった。途中、トンネルの切れたところに小幌という無人駅がある。そこで時間調整をして再度トンネルに入る。いずれも列車を包み込む濃い闇をたたえた狭いトンネルで、恭介は走るたびに、自分とＤＤ51が闇の重圧と戦いながら地中を這い進んでいる気がした。トンネルを抜けるまでの時間を耐え難いと感じ、手が震えたことがこれまでに二、三度あり、今日それが起きたらどうしようと思った。

「一二時五八分ゼロゼロ秒、大沼発車」

大沼公園駅を通過し、どんよりとした黒い湖面の大沼を右に見る。恭介が手順通りに運転していることに佐瀬は安心した表情を浮かべていた。その後、連続して大カーブが現れてくるが、恭介は曲線半径三〇〇で時速六〇キロ、四〇〇で時速七〇キロ、五〇〇で八〇キロを目安にして通過した。貨車がリズミカルに車輪の音を響かせるのが聞こえ、試験官も佐瀬も沈黙を守って列車の揺れに身を任せていた。列車は噴火湾に出た。天気の良い日には室蘭の海岸が手に取るように見えるはずだが、今日は鉛色の海に靄《もや》が覆いかぶさり視界がきかない。

心配していた雨が降ってきた。線路の敷石が雨に濡れ黒ずんできた。恭介は列車が静狩峠に向かう頃には、雨があがっていることを願った。

長万部まで右に砂浜を眺める単調な区間が長い。恭介は一四ノッチに入れ、時速九〇キロの安定走行に入った。上りの特急が疾走してくる。一二〇キロは出ているだろう。薄紫色の車体が目の横をかすめ、飛び去って行く。

「長万部到着、一四時一八分四六秒」

小さな雨粒が窓を打っていた。恭介は運転席の窓から頭を出し、空を仰いだ。黒雲が急速に流れているようだった。下を向き線路の敷石を見た。赤茶けた石の濡れ方を見て、たいした降りではないと思った。大丈夫、いつも通り走れば山をくぐり抜け豊浦、有珠へ出て行ける、と自分に言い聞かせた。

長万部を一四時二〇分に発車し、海岸沿いを静狩に向かう。一二ノッチまで上げ、トンネルの入り口が見えるところまできた。恭介は登りにさしかかる前で一〇ノッチに落とした。海岸を走っていたレールは右にカーブしながら高度を上げていく。エンジン音に耳を澄ます。軽快な振動音が、DD51の登坂力に余裕があることを感じさせる。車輪の空転は起きていない。このまま進んでいいのか、ノッチを落とすべきなのか、振り向いて佐瀬の表情を見て確かめたいが、ぐっとこらえる。

右下に噴火湾が見えてくる。黒い海の表面がほんのり明るくなっている気がする。恭介は動悸が指先にまで伝わって来ているのを、マスコンのレバーを握る右手に感じていた。頼むからこのまま登っていってほしい、空転が決して起きませんようにと願った。「行け、行け」と指先に力を込めても、機関車は反応してくれない。自分が選択したノッチとエンジンの回転数がマッチして、順調に登っているかどうかを全感覚で判断するしかないのだ。登れないとわかったらすぐノッチを落として低速走行にする以外対処法はない。だが、いったん低速になったら、この先の長いトンネル区間を通過するのにうんざりするほどのタイムロスが発生する。

「行け、ゴーイチ、登りきるんだ」

恭介は奥歯を噛みしめ、マスコンを握る手に力を込めた。後ろの検査官たちが自分の運転を厳しく見つめているような気がして、肩が震えた。カタンカタン、カタンカタン、貨車が立てる音が後方から響いてくる。機関車は喘いではいない、少しの空転もなく貨車を引き続けている、と信じたい。

トンネルの入口が目の前に見えてきた。警笛を長く鳴らす。靄の立ち込めた山肌に警笛が吸い込まれていく。ゴーイチはトンネルに入った。下り線専用の狭苦しいトンネルが二キロ近く続く。出口は全く見えない。闇が恭介とゴーイチを圧し潰すように迫ってくる。恭介は深呼吸をして息を止め、身を固くした。そうしなければ、自分が闇の中に磨《す》りつぶされそうな気がした。動悸の高まりが胸を突き上げ、制服を押してくる。この緊張に耐え続けていると、なにかとんでもないことが起こりそうで怖い。

苦しい、ゴーイチ、早くこのトンネルを抜けてくれ、と恭介は祈った。窓の外を過ぎる表示灯が増えてきた。前方から外の光がようやく洩れてきた。トンネル内の信号が青になっている。

「第二場内進行」

声を出して確認した。山間の無人駅に入場してよいという合図だ。

「第一場内進行」

恭介は指差し確認をしてすぐにブレーキ弁を引いた。マスコンを「切」に入れ、惰性で徐行をする。機関車がトンネルを抜け、三方を山に囲まれた空間に突然出る。霧が立ち込める薄暗がりに、ＤＤ51はゆっくりと停車した。列車の待避所に使われる無人駅だ。駅の周辺は深い森。踏み跡を辿って海岸に行くほかに道らしき道が通じていない不思議な駅である。

運転席から立ち上がり列車後方の確認を終えた恭介は、その場に崩れ落ちてしまいそうな疲労を覚えたが、同時に自分にとっての最大の難所を越えてきたがゆえの安堵にも包まれた。山間の駅で、一五分近い時間調整をする。下りの特急がトンネルから現れプラットホームを揺らしたかと思うと、次のトンネルへ姿を消していった。続いて上りの特急が猛スピードで現れ、風圧で貨物列車を揺らしながら通り過ぎた。

「一四時五七分ゼロゼロ秒、小幌出発進行」

恭介は短く警笛を鳴らし、貨物列車を進行させた。すぐトンネルに入り、壁面の表示灯が流れていく動きで加速を感じ取る。先ほど恭介を襲った闇への恐怖は停車している間におさまっていた。徐々にノッチを上げていき、一一ノッチまで入った。きわめて順調だ。まだトンネルが長く続くのを知っていたが、六〇キロの安定した速度を保って進行させることに集中し、気持が乱れることはなかった。トンネルの先にほんのり光がこぼれてきた。光を自分の手元に手繰り寄せる感覚でマスコンを握り続ける。恭介は、暗闇が後ろへ過ぎ去っていることを体全体で感じ取っていた。自分は、成功の手前まで来ているのだという思いが湧き起こり、下腹から胸のあたりがむずむずした。暗闇を突きぬけた。運転室に外の光が一気に押し寄せてくる。試験官たちがいっせいに「ほう」と声をあげるのが聞こえてきた。雨が降り出しそうな曇り空の五稜郭を走り出してから、今、初めて感じる明るい光だった。

礼文の海岸方面に下りていく大カーブにさしかかる。トンネル内の直線で維持した八〇キロの速度で十分通過することができる。噴火湾に向かって下っていく車輪が軽快な音を立てる。海が正面に現れた。午前中鉛色をしていた海面が濃い青色になって輝いている。渡島半島の山が海上に青黒い稜線を突き出している中に、駒ケ岳の形がはっきり認められた。

大岸、豊浦、洞爺、有珠と、海岸線のトンネルとカーブが連続する区間にさしかかるが、先ほどまでの不安は消え、落ち着いて運転することができた。レールは乾き、前方の見通しもよくなった。このペースでいけば、大きな運転ミスを指摘されることはないだろう。時刻もほとんど定刻を守っている。

いつも自分は、お前はろくなものになれないと言われてきた。すぐキレて暴れるお前にまともな就職は無理だ、パイロットなんてバカみたいな夢見てんじゃないよ、と笑われた。貨物列車の運転士になると言ったら、お前みたいな無責任なやつに人様の荷物を任せる会社があるものか、とからかわれた。もっと地味な仕事をコツコツやれ、でないと何一つ成功しないだろう、とも言われた。かないもしない夢を追いかけ、絶えず苛立ち落ち着かないのがお前の〝しょうがい〟だ、いいかげん〝しょうがい〟を自覚しろ、世間というやつがそう説教してきた。

いいか、もう聞き飽きたセリフは言わせない、自分はゴーイチを立派に運転してる。誰でもできることじゃない。この広い野を横切る長い貨車を引いて、悠然と走り続けているのだ。

有珠を過ぎて短いトンネルをくぐった。右側に、噴火湾が大きく広がっているのが目に入る。さざ波が西日を受け、散乱する光で眩しい。線路は左に緩くカーブし、一面の水田地帯に入っていく。刈り取り間近の稲穂が視界の限り続いている。風に揺れる稲穂が黄金色の波を起こしている。広い視界を妨げるものは一つもなかった。運転席の恭介は、こんなきらびやかな情景の中に自分がいたことは今まで一度もないと思った。金色の世界を横切る列車の高い運転台にいる自分は、この世界をなんでも思い通りに動かし、指先ですべてを操っているような気がした。

全身を突き上げてくるものがある。熱くて力強いものが恭介の内部で渦巻き、「俺はやれる。やれるんだ」という声にならない叫びをあげて、前へ噴き出ようとする。恭介は運転台から、稲穂の波を見渡し、その先に噴火湾の青い輝きをとらえた。これまでに感じたことのない心地よさがからだ中に広がり、「ゴーイチ、もっと行け。お前の力の限り、もっと進め」と念じ、マスコンを最大の一四に上げた。角ばったゴーイチの頭で空気を切り裂き、金色の世界の奥へと突き進んでいく気持がした。「さあ。もっと」、恭介の体を鼓舞するものが叫んだ。金色の穂が矢のように過ぎ去っていく。ゴーイチとともに宙へ駆け上がっていく感覚に身を委ねた。

「何をしてるんだ。減速だ、早く」

遠くの世界から突然声が降ってきたかと思うと、ふくらはぎを蹴りつけられた衝撃で、恭介は我に返った。佐瀬が後ろから身を乗り出して運転席に屈み込み、恭介の左手をとってブレーキ弁にもっていこうとしていた。

恭介は遠景の中に没入していた視線をレール前方に戻した。水田地帯のただ中で大きく右にカーブし長和の駅に向かう地点が目の前に迫っていた。恭介は、信じられないほどの速さでカーブが迫ってきていることに衝撃を受け、破滅がやってくると思った。DD51ごと線路外に飛び出していく恐怖で身が硬直した。震える手で自弁、単弁のブレーキ弁を次々と引いた。車輪が軋る金属音が聞こえた。列車がカーブに進入する寸前に急な制動がかかり、運転室に乗り込んでいた者はみな前のめりになった。右によじれるような力がはたらき、列車は落ち切らない速度のままカーブを進行した。マスコンを一〇ノッチまで落とし、ブレーキを一度解除して、再度引いた。急減速したDD51は、喘ぐようなエンジン音を立て、カーブの出口に向かった。いつもは軽快に通り過ぎる大カーブを、恭介は急進入、急減速、緩速と、ぎくしゃくした運転を続けようやく通過した。

風景がぐらぐら揺れ、不協和音に満たされた。恭介は、自分が何をしているのかわからなくなった。激しく胸が動悸で高鳴るだけでなく、頭の中にじんじんと脈打つ部分が生まれ、側頭部に痛みが走った。運転席で落ち着いて前方を見ることができなくなった。運転の手順を頭に思い浮かべ声に出して確認する一連の動作が途切れてしまい、何をどうしたらいいのか手がかりが見つからなくなった。

恭介は一〇ノッチで四〇キロの速度のまま伊達、東室蘭へ走り続けた。直線でスピードを上げなければ定刻を守れないことが脳裡に浮かんだが、錯乱に陥った恭介の感情は、危機から逃れることだけを求めた。恐怖を感じないですむ緩い速度で直線もカーブも走り続けた。閉塞区間と入場許可の信号が現れても、恭介の反応は遅く、指先確認の動作も鈍かった。背中越しに試験官の洩らすため息が聞こえた。佐瀬のいらだちの混じった咳払いも聞こえた。だが、恭介は気持を立て直すことができないまま東室蘭まで走り続け、ホームに貨物列車を停車させた。定刻を十分ほど遅れた到着であった。

機関車をＤＦ２００に付け替え、恭介と交代した運転士が札幌まで行く。単体となったＤＤ51は試験官と恭介を乗せ、佐瀬が運転して鷲別機関区へ走った。佐瀬は無言で運転席に着き、険しい表情でマスコンを握った。恭介と目を合わせることはなかった。試験官たちも硬い表情で窓外に目をやっていた。機関区に着くと、北海道支社長に先導され、事務室のある建物に入った。恭介は運転士の休憩室で待つように指示された。

全身が硬く縛りつけられたような感じがして、移動中も、待つ間も思うように体が動かなかった。気持が舞い上がるほど昂揚した後に訪れる極度の疲労感。弾力を帯びた透明なカプセルに自分が包みこまれ、外の世界から切り離され意味なく転がっているような気がする。なぜあんな運転をしたんだろう、思い出そうとするが、あのときの自分まで辿っていくことができない。佐瀬教官にふくらはぎを思い切り蹴られたときには、もう遅かった。その前の自分はどうだったのだろう。なにか、とてつもない広い世界を自分の掌でつかみ取ることができるような気がしていた。あの感覚が自分を間違わせたのか。

二時間近く待たされている間に、恭介は体の自由を少しずつ取り戻した。その代わりに、焦燥感で手足をじっとしていることができなくなった。たぶんダメだろう、でも、失敗したのは運転区間のごく一部分だ、全体を評価すれば、ぎりぎり合格点かもしれない、と自問自答するうちに、わずかな希望にすがる気持ばかりがふくらんだ。

ようやく恭介は、会議室に呼ばれた。長机の向こうに三人の試験官が着いていた。中央にすわった島崎が、恭介に椅子に腰かけるよう言った。佐瀬の姿は見当たらなかった。

「大賀恭介君」

「はい」

「今日はお疲れ様でした。これから、先ほどの効果測定の結果をお伝えします」

「はい、よろしくお願いします」

「時間があまりないので、端的にお話しします。大賀君、君は残念ながら運転には適性がないと判断しました」

「えっ」

「わかりますか、君は運転に向いていない、三人の試験官全員の結論です」

恭介は島崎のことばに息の根を止められたと感じた。「ダメだ、ダメだ、もう終わりだ」という内心の呻きが、頭の中を駆け巡った。上半身を折り、体の芯から湧きだしてくる震えを抑えようとした。

「大賀君、話はわかりましたね、返事をしてください」

俯いた姿勢のまま恭介は腰を上げ、ゆっくり上半身を起こしながら試験官を見た。

「すみません、今日はあがってしまい、ミスをしました。ふだんはあんなミスはしません。ですから、どうかお願いです、もう一度チャンスをください」

話しているうちに、涙声になった。長机まで歩み寄り、両手をついて頭を下げた。涙を流しながらもう一度言った。

「お願いです、僕にもう一度チャンスをください。頼みます」

「大賀君、このような席で取り乱してはならん。すぐ席に戻りなさい」

島崎の左にすわった機関区長が厳しい口調で命じた。恭介が椅子に戻るのを待って島崎が口を開いた。

「大賀君がしっかり研修に励んできたのはわかりました。しかし、先ほども言ったように君には運転の適性がないのは動かせない判断です。もう一度試験をすることはできません。ただ、君は本社に採用された社員です。社員には、運転士以外の職種がたくさんある。車両検査の仕事もあれば、保線の仕事もある。君の希望を聞いて、他の職種に配置換えすることにしました。今日の試験に落ちたからと言って絶望することはないんだよ」

「いやです。運転士になれないんなら、僕はすぐ会社を辞めます」

「おいおい、君、よく考えてから返事をしなさい。運転士を諦めて他の職種についた先輩はたくさんいるんだ。みんな、やりがいをもって勤めているよ」

「僕は運転士になりたくて就職しました。他の職種に代わる気はありません。ですから、どうか、もう一度チャンスをください。死ぬ気で練習してぜったい合格します」

恭介はすがる思いで島崎の目を見た。島崎は黙って机上のファイルを広げ、書類に目を落とした。

「大賀君、なかなか諦めがつかないようだから、言うことにする。落ち着いて聞きなさい」

「はい」

「君は、運転士になりたいという強い希望をもって当社に入社した。たしかに、そう人事調書に書かれている」

「はい」

「だがね、入社時の適性検査で、君には感情のコントロールに難があるという結果が出ている。他の作業能力等は大変優れているんだがね。ふつう、君のような試験結果の人物は運転士候補としては採用しないんだ。わかるね」

「じゃあ、どうして採用したんですか」

「知りたいかね」

「はい」

「面接試験がとてもよかったんだ。定時制高校を苦労して卒業し、弟の学費を稼ぐために当社を希望した、と面接官が記録している。誠実な応答としっかりした志望動機は最高度に評価できる、適性に多少欠けるところがあっても、社内研修によって補うことは可能、と面接官から申し送りされている」

そこまで言うと、島崎は恭介をじっと見つめた。恭介は意外な事実を聞いて、心が震えた。

「だからね、君は運転士には不向きな個性の持ち主だとわかっていたが、私たちは面接官の評価を信じて、あえて研修のチャンスを君にあげたんだよ」

恭介は島崎が言おうとしていることが胸に落ち、もう聞きたくないというように両手で耳をおさえた。

「だから、君は、私たちがあげたチャンスを今日もう使ってしまったんだ。そして、残念ながら、研修を終えた今、君が大事な場面で感情をコントロールできないことが明らかになった。適性検査の結果は変わらなかったということだ。私の言うことをわかってくれたかな」

両耳を押さえたまま、恭介は繰り返し首を横に振った。

「私たちは君に会社を辞めろと言っているのじゃない。他の職種に希望を変えたらどうだと言っているんだよ。さあ、大賀君、希望を話しなさい」

恭介は席を立ち、三人の試験官一人一人に頭を下げた。

「もういいです。今すぐ、退職します」

話している間に、込み上げてくる激情で涙声になった。流れ落ちる涙を右袖で拭い、嗚咽をこらえたが、「うわあ」と太い声が溢れ出てきた。上体を折って、体が床に崩れ落ちそうになるのを辛うじてこらえた。両拳を握りしめ、肩をすぼめたが、「うわあ、うわあ」と泣き声が噴き出すのを止めることはできなかった。恭介の獣じみた太い声を浴びせられた検査官たちは困惑の表情を浮かべ、天井を仰いだ。

部屋のドアが軋りながら開き、佐瀬が急ぎ足で入ってきた。恭介の後ろに立ち、両肩をつかんで上半身を引き起こした。

「大賀、何だこのざまは。いいか、きちんと挨拶をして、部屋を出るんだ」

佐瀬の力は強かった。検査官に正対した恭介の体をつかんで形ばかりの会釈をさせると、出口へ恭介を引きずっていった。

「俺について来い」

そう言うと、佐瀬は廊下に出た恭介の肩から手を放し、外に向かって歩き出した。数え切れないほどの機関車が並ぶ敷地を佐瀬は速足で進み、小さな屋根のついた喫煙所でベンチに腰を下ろした。煙草に火をつけ深く吸い込み、長くゆっくり煙を吐き出した。

「お前もどうだ」

恭介は涙の乾ききらない目で佐瀬を見た。佐瀬は煙をくゆらせ制帽の庇を少し上げた。額に刻まれた深い皺が夕陽に照らし出された。

「俺、吸わないすから」

「そうだったな。研修に入るにあたって、禁煙した、とか言ってたな」

「大先生、よく覚えてますね」

「たまたまだ。だけどお前よ、実技で不合格になったやつはこれまで何人か見たが、お前みたいに大泣きしたやつは初めてだ」

「すみません。ああ、これでなにもかも終わりになったんだ、俺みたいなダメな人間はこの世から消えてしまった方がいい、そう思ったら、急に泣きたくなりました」

佐瀬は煙草をもった右手を振り、恭介を自分の隣りにすわらせた。恭介の顔を横から窺いながら言った。

「ガキだな、ほんとお前は」

「ガキじゃだめですか」

「ダメに決まってる。ガキにゃ、ゴーイチは運転できん。いいか、俺は運転の仕方はゴーイチに聞けと言った。覚えているか」

「はい」

「そうか、覚えてるんだな。自分でゴーイチを操縦してるなんて思いあがるな。ゴーイチの音を聞きとれ、走りを感じ取れ、ブレーキの効きを体感しろと言った。それができれば、自然と滑らかないい運転ができる。頭で運転するんじゃない、体で運転するんだ。お前は、はじめ他の誰よりも運転が下手くそだった。それでも、俺の言うことを素直に聞いていたから、他のやつらに追いついてきていたんだ。だがな、さっきの運転、あれはいったいなんだ。調子に乗りやがって。俺がゴーイチを運転してます、どんなもんだという顔をしてたぜ。お前は運転に酔ってたんだよ。自分の運転に酔うやつは、運転士にはぜったいなれない」

「もうやめてください。そんな滅茶苦茶に言わないでください」

「滅茶苦茶に言われたって仕方ないんだ。運転士はどんな状況になっても、危険な運転をしてはならない。例外は許されないんだ、わかったか。さっきのは踏み越えてはならない一線を越えた危険な運転だった。俺が試験官でも不合格にする」

　恭介は佐瀬の厳しい宣告を聞いて、返すことばがなかった。未来につながっているはずの道が目の前で断ち切られ、もうどこにも行くことができない。それを受け入れることが、恭介の全身を圧迫し、身動きできないまま腐り果てていくことへの恐怖を生み出してくる。胸をかきむしられるような焦燥感に駆られ、恭介はベンチから立ち上がり、喫煙所の角柱を拳で殴りつけた。三発、四発、叩くうちに血が滲んできた。

「くだらないことはやめておけ。ただのバカにしか見えん」

「どうせ、ただのバカです」

「大賀、お前の運転にもいいところがあった。あれを何かに生かせるといいがな」

「なんですか」

「声がでかいところよ。あれだけはっきり信号確認するやつはお前しかいない」

「俺は……いつも、無駄に声がでかいと、からかわれてました。褒められたのは初めてです。ありがとうございました」

「じゃあな、お前は会社に残る気がないようだから、これが最後かもな。元気でやれ」

佐瀬はベンチから立ち上がり、背後から恭介の肩に手を置き、骨ごと包み込むように握りしめた。

恭介が振り返ると、佐瀬は、急ぎ足で機関区の事務所の方に姿を消した。


「メール来てないか」

「そうやって聞くの、もう三回目よ。恭介君のこと気にしてるんでしょ。そんなに心配なら自分で電話かければいいのに」

「いや、べつにいいんだ」

亮次は、恭介の効果測定の結果が夕方にはわかるだろうとメールを待っていた。毎日のようにメールを送ってくる恭介だから、どんな結果であれ知らせは寄こすだろうと思っていた。れい子と夕食をすませてから、亮次はずっと落ち着かない顔をしていた。

「ほら、自分でかけたら」

れい子は携帯電話をテーブルの向かいにすわる亮次に差し出した。亮次は腕組みをほどき、携帯電話をれい子に押し返した。

「気になってたまらない、って顔してるわ」

些細なことで意地を張る亮次の性格を知っているれい子は、からかい口調でもう一度携帯電話を亮次の前に置いた。

「あんなバカのことでイライラさせられてたまるか」

「何言ってんの。早く結果を知りたいんでしょう」

「だから、あんなやつのことはどうでもいいんだ。れい子、お前は結果を知りたいのか」

「知りたいに決まってるでしょ」

「じゃあ、お前が電話しろ」

亮次はまた携帯電話をれい子に押しやった。

「素直に電話すればいいのに、ほんと変な人」

そう言いながられい子は恭介の番号を呼び出した。しばらくコールし続けたが恭介は出なかった。

「出ないわ。落ちたショックで電話も出ないのかな」

れい子が言うと亮次は渋い表情で顎を撫でた。

「いや、あいつのことだから、わざと気をもたせているのかもしれない。れい子、メールで、早く結果を知らせろと言ってやれ」

「わかったわ。じゃあ、私がメールする。『結果をすぐ知らせろ。師匠より』って打てばいいでしょ」

「それでいい」

れい子は八時過ぎにメールを送ったが、一一時を過ぎても返信はなかった。亮次は哲学書を広げていたものの、視線は同じページをただ行ったり来たりするだけだった。れい子は食器を洗い、亮次のシャツにアイロンをかけたりしながら、絶えず携帯電話に目をやっていた。

「どうしたのかしら。思わせぶりにしては遅すぎる」

れい子が呟くと、着信音が鳴った。亮次がひったくるように携帯電話をとり、メールを開いた。


俺は終わりました。

これから死に場所を探します。


「くそ野郎」

亮次は怒鳴り声をあげ、携帯電話を床に叩きつけた。

「ダメだったのね。恭介君は大丈夫なの」

れい子は床に膝をつき、衝撃で液晶画面の側がはずれかかった携帯電話を拾い上げた。

「知らねえよ、あのバカ。死に場所を探すって」

「そっか、落ちたのね。でも、あの子、きっと帰ってくるわ」

「どうしてそんなことがわかる」

「だって、亮次はあの子の師匠なんでしょ。頼りにしてる先生のところに帰ってくるはずよ」

「あいつの調子のいいことばを真に受けてんのか、お前は」

「そうよ。きっと帰ってくるから、慰めてあげなくちゃ」

亮次は、自分はなぜ恭介のことでこんなに取り乱しているのか、と思った。他人のことでうろたえている自分が不思議でならなかった。「臆病者のインポ野郎」と罵ってきた恭介を思い出し、あのときから恭介が寄生虫のように自分の粘膜を食い破り、内部に住みつくようになったのだと思った。恭介のやつ、本当にここに帰ってくるだろうか、気まぐれ心に誘われて命を散らしてしまう姿を想像すると、いても立ってもいられなくなった。

17

二〇〇六年一〇月一七日　札幌

地下鉄の階段を上がると、枯れ葉まじりの雨がばらばらと吹きつけてきた。今日は朝から、雨が降ったかと思うと晴れ間が出たり、気まぐれな天気だ。ウィークリー・マンションまで三十分の道のりを、亮次は雨の中歩き出した。パチンコは三時ちょうどに切り上げた。朝一番から狙いの台にすわって五時間、大当たりが三回来たが、どん底も同じくらいやってきて、いくらのもうけにもならなかった。いつもの亮次なら、自分が決めた台を信じてまだまだ粘るのだが、急に徒労感に襲われ店を出た。

師匠、師匠とうるさくつきまとう恭介に、結局パチンコのことは何も教えなかった。パチンコには、オカルト的な推理や迷信が入り込む余地は一切ない。冷徹なほど確率だけが支配する世界だ。スロットのように三種類の絵柄がそろうと大当たりになる機種が多いが、あれはヘソにパチンコ玉が入った瞬間に大当たりになるかどうかが決まるのだ。二百分の一とか三百分の一とかの確率だ。その確率は同じ機種ならどの台でも同じだし、打ち手が何をしようとも変えられない。絵や音で興奮を誘う演出がされるが、そんなものに騙されてはならない。結局同じ時間の中で玉がいちばん多くヘソに入り、デジタルがいちばん多く回る台が大当たりになりやすいのだ。

だからパチンコで勝ちたかったら、ヘソに入りやすい釘になっているかどうかを見抜く目、その店がどのくらい当たり台を設定しているかをつかむ観察力、開店前から店の前に並んで当たり台を確保する勤勉さがあればいい。たいていの人間は確率的な現象に自分の思い込みを投影する。二百分の一の大当たりが、デジタルが十回まわっただけで起きたら、特別に当たりやすい台だと勘違いして、五万円、十万円と注ぎこんでしまう。二百回デジタルをまわすまでに玉の目減りがあまりない台なら、大当たりがずっと来なくても打ち続ければいい。そのうち大当たりは必ず来る。大当たりで得られる玉数が、デジタルを二百回まわすのにかかる玉数を上回るなら、時間をかけて台にすわり続ければ必ずもうかる。とくにこの頃は、デジタルがまわる回数が増えると大当たりの確率が高くなる台が一般化しているので、大当たりが立て続けに起きて大もうけになることがある。

亮次は濡れた木の葉が降ってくる街道をゆっくり歩いた。髪や上着が濡れるのはたいして気にならなかった。むしろ肌に刺さるような冷たい雨を浴びるだけ浴びたいと思った。自分のことを師匠と呼んでつきまとってきた恭介に、せめてパチンコ台の見分け方くらいは教えてやればよかったと後悔が湧く。死にたいくらい惨めな状況におかれても、恭介は、生きていくのに必要な最低限の稼ぎを得られただろう。あいつにそのくらいのことは教えておくべきだったんだ。亮次は、ひきつった顔で喚きのたうち回っている恭介を思い浮かべ、気が滅入った。

街道を右に折れ谷間に下りていく。空を覆っていた雲が風に流され、西に傾いた日が突然現れた。街路樹の枝に残った葉が風に揺れ、雨滴が光を反射する。自転車に乗った高校生が、落ち葉を浮かべた水溜まりを勢いよく突っ切っていく。タイヤがはねあげる水しぶきが亮次の足元を濡らした。

角を曲がってウィークリー・マンションに近づいていくと、紺色のスカーフで髪を覆い、黒いコートを着た女性が亮次の部屋の前に立っていた。女性は、亮次の方に頭を繰り返し下げ、二、三歩歩み出した。

年恰好は七十代半ばと思われる女性が、亮次の顔をじっとのぞき込んだのち、深く腰を折ってお辞儀をした。

「あのう、失礼ですが、山倉さんでしょうか」

「ええ、山倉ですが」

「ああ、よかった。山倉亮次さんですね。お会いできてほんとよかった」

女性は背筋を伸ばして亮次に向き合おうとしたが、上体がぐらりと揺れ、亮次の眼前につんのめった。亮次が差し出した手にすがり、よろめく体を支えた。亮次が受けとめた女性の指は掌を刺すように冷たかった。

「大丈夫ですか」

「すみません。ちょっとふらついただけです、なんともありません」

「そうですか。で、僕になにか用事ですか」

「ごめんなさい。名前も申し上げませんで。私は大賀恭介の祖母です。倉田珠子と言います」

珠子は手に提げていた袋を地面に置き、両手でスカーフをはずした。相手の目の奥をのぞき込む目つきが恭介に似ていると亮次は思った。

「ああ、恭介君のおばあちゃん。よく、ここがわかりましたね」

「私、何としても山倉さんに会わなければと思って家を出てきました。いきなりお訪ねするのがご迷惑なのは、十分承知の上です」

亮次は、珠子の髪が不ぞろいに束ねられ、無造作に塗られた化粧の上に口紅がはみ出しているのに気づいた。十分な身支度をしないまま慌てて家を出てきたのだろう。

「どうぞ、中に入ってください。立ち話ではすまない内容でしょうから」

「いえ、ここでけっこうです。とにかく恭介の様子を山倉さんにお伝えしたくて、必死の思いで来ました。話が終わりましたらすぐ帰りますので」

「本当にいいんですか。体が冷えているんじゃないですか」

「いいんです。私のせいで余計な時間を取らせるのが申し訳ないので」

珠子は中へ導こうとする亮次の身振りを遮り、話を始めた。

「あのう、前から恭介がしょっちゅう山倉さんのところにお邪魔していることは知っていました。私が父親に代わってあの子の面倒をみているんですが、ずっと、なんの挨拶にも来ないで失礼をしました」

「気にしないでください」

「あの子は、山倉さんのことを慕っているんです。俺の話をまともに聞いてくれる大人に初めて会ったと言ってましたから」

「恭介君は言うことが大げさだから」

「いいえ、私はあの子をずっと見てきましたから嘘を言ってるかどうかはすぐわかります。あの子にとって山倉さんは特別なんです」

亮次は返事をせずに、恭介の様子を早く聞きたいという気持で珠子の顔を見た。珠子のほつれた前髪が風に吹かれ、大きく見開かれた目が潤んでいるのがわかった。

「恭介が貨物の運転士になれなかったのは知っていますね」

「ええ、死に場所探すなんてメールにあったから、ずっと気になってました」

「私は全然知らなくて、まだ運転士の訓練を受けているものばっかり思ってました。それが、十日ほど前にふらっと家に帰ってきたんです」

「えっ」

「それが、何て言ったらいいんでしょう、死神が取り憑いたみたいな真っ白な顔で、死んだ魚の目をしてるんです。私は気持悪くて、思わず、わあって叫んでしまいました」

「そうだったんですか。ずっとおばあちゃんのところにいるんですか」

「ええ。その前、自衛隊を辞めて帰ってきたときもそうでした。魂を抜かれたみたいになってぼーっとしてました。今度もそうです。でも、ご飯食べて一週間くらい寝てると、じっとしてられなくなるんです」

「どうなるんですか」

「ごろつきみたいに唸ったり、吠えたりするんです。ただでも声の大きい恭介が、太いだみ声で唸るんです。近所中に響く声です。私、おそろしくて」

「なんて言うんですか」

「はじめはねえ、『このクソばば、殺してくれ。俺なんか生きてても意味ないんだ』と繰り返し叫んでました。『バカなことを言うもんじゃない』と言って、とりあわないようにしてるんですが、壁を蹴ったり、物を投げつけたりし始めました。そのうち、目が妙にすわってきて、『クソ、こんな世の中、全部ぶっ壊してやる。幸せそうな顔してるやつ、皆殺しにする』なんて、とんでもないことを怒鳴るんです。もし、私がいないときに家を飛び出して行って、人様を傷つけるようなことがあったらと思うと、もうおそろしくて、おそろしくて」

「ああ、それは心配だ」

「実はあの子が運転士の訓練を受けている期間に、私の夫が亡くなりまして、部屋に遺影と骨壺が置いてあるんです。それをあの子、『このクソじじい』と怒鳴って遺影を投げつけるわ、骨壺を蹴るわで大変でした。夫を嫌ってましたから、もって行き場のない腹立ちをぶつけたんでしょうが、まったく、死んだ人間に八つ当たりするなんて」

「それは大変ですね。他にも何かありますか」

「ええ、『瑞枝を呼んで来い』って……、ああ、瑞枝というのは恭介の母親、私の娘です。『瑞枝を呼んで来い、俺の人生を滅茶苦茶にしたのは瑞枝だ、瑞枝を殺して俺も死ぬ』と言い始めたら、二十回、三十回と同じことを言い続けて止まりません」

「おばあちゃんはなんて答えるんですか」

『瑞枝がどこにいるか私だって知らない、無茶なことを言うもんでない』と答えて、恭介の気持を逸らそうとするんですが、効き目はありません。ほんとは、瑞枝の居所を知らないわけではないんですが、言えるわけないですよね」

「それは、そうですね」

「私は、あの子が凶暴な事件でも起こすのではないかと気になって、この頃、夜もおちおち寝ていられないんです。私の方こそ、恭介を殺して自分も死のうかと、おかしな気持になることがあります。正直言って、あの子といっしょにいることにもう耐えられないのです」

「気の毒なことです。で、今日ここに来たのは、僕に何かしてほしいことがあるんでしょうか」

亮次の問いに珠子は息を整えるように口を閉ざした。しばしの沈黙の後、亮次にすがりつくまなざしを向けて話し出した。

「あの子の気持を落ち着かせてほしいんです」

「僕にできることではありません。やっぱり、病院に入れるべきではないですか」

「『病院にぜったい入れるな。また、病院に入れようとしたら死ぬ気で暴れる』と言うものですから、怖くなってしまって。それと、お恥ずかしい話、病院代をひねり出すために以前あの子の父親が苦労しまして、また今度も、と簡単にはいかないのです」

「ええっ、そうなんですか」

「恭介が素直に耳を傾けるとしたら、山倉さんしかいないのではないか、これまで恭介から聞いたことから、私はそう思ったのです。こんなばあちゃんにものを頼まれるなんて、ほんとご迷惑でしょう。でも、どうかお願いいたします。あの子に、むしゃくしゃしておかしなことをしないように言ってやってください。どうか、哀れなばあちゃんを助けると思って、お願いを聞いてください」

珠子は亮次の両手を包み込むように握りしめ、何度も頭を下げた。亮次は珠子の手を振り払うこともできず、腰を深く折った珠子の背中を見ていた。

「わかりました。帰ったら恭介君に言ってください。山倉が、パチンコ必勝法を教えてやる、すぐ来い、と言っていたと話してください」

珠子は当惑した顔で亮次の顔を窺った。

「今言った通り伝えてください。恭介君はきっとここへ来ると思います」

「なんだかよくわかりません。でも、その通り恭介に言います。山倉さんを信じる以外に私には何もないんです。どうぞよろしくお願いします」

亮次が繰り返しうなずくのを見て、珠子は帰っていった。枯れ葉を散らして吹く風に逆らい、足を引きずりながら去っていく珠子の後姿が坂の上に消えるまで、亮次は身じろぎもせず見つめていた。


一週間後の夕方、亮次がパチンコから帰ってくると、若い男が部屋の前をうろうろしているのが目に入った。窓から中を覗こうとして壁に近寄ったり、少し離れて隣り近所を探ったり、落ち着きのない動作から恭介だとすぐわかった。向こうも亮次に気づき、玄関を背にして待ちかまえた。

「なんだ、大賀。鍵開けて入ってりゃいいじゃねえか」

「師匠、そんなわけにはいきませんよ。俺はもう、黙って師匠の部屋に入れる人間じゃないから」

「おかしなこと言ってるぜ。俺は、おめえが帰ってくるのを待ってたんだ」

「え、ほんとですか。でも、師匠は、どうせ落ちるに決まってるからやめておけって、俺に言った。やっぱ俺は……」

「その話はもういい、まず、中に入れ」

恭介を居間の椅子にすわらせてから、亮次は電灯を点け暖房のスイッチを入れた。恭介の生気を失った顔の中で、目だけが異様に光っていた。以前はわが物顔に部屋の中を動き回り、食べ物にも勝手に手をつけていた恭介が、テーブルを前に小さく固まったようになっている。

「おめえ、痩せたか」

「まあ、貨物の会社辞めてから、あまり食ってなかったんで」

「そうか、でもまあ、生きててよかったぜ」

「そうすか」

「元気ないな」

「元気なんか出したって無駄ですよ」

「無駄な元気ばっかり出しまくってたお前がよく言うよ」

亮次はれい子が買ってきたシュークリームを冷蔵庫から出してやったが、恭介は手をつけなかった。

「師匠、ばあちゃんから聞きました。パチンコ必勝法を教えてくれるって。ほんとですか」

「まあな、そのうちみっちり教えてやる」

「なんだ、すぐじゃないんですか」

恭介は唇を小さく尖らせ、亮次を上目遣いで睨んだ。

「あのな、俺は、おめえが運転士の試験に落ちたのを聞いて、自分のこと以上にがっくりきた。なんでだろうな。不思議な気持だ」

「うそでしょう、ざまあみろと思ってたに決まってる」

「まあ、聞け。俺は、どういうわけか、おめえが理屈に合わない挑戦をするのを応援したくなったんだ」

「変なこと、言いますね。俺、もう、挑戦なんかしません。師匠にパチンコ必勝法を教わって世間の片隅でひっそり生きることにしました。俺は、何をやっても失敗する人間なんです」

「おめえ、そんなしおらしいこと言いながら、腹ん中じゃあ、世の中恨んでるだろう。幸せそうに暮らしてるやつらをぶっ殺してやりたい、って思ってるだろう」

亮次は恭介の反応をじっと窺うように、ことばを切った。恭介は眉をしかめ、テーブルにのせた右手で拳をつくった。解消できぬまま恭介の体じゅういたるところにたたみこまれている恨みが、熾《お》き火のようにほてっているはずだ、と亮次は思った。

「大賀、おめえ、いちばん憎いのは母親だ、と言ってたろう。今も変わらないのか」

恭介は、予想外のことを言いだした亮次に、答えを躊躇《ためら》う顔になった。

「それはそうですが、師匠、ばあちゃんからなんか聞いたんですか」

「まあな。大賀、いいか、今日からおめえを恭介と呼ぶことにする、俺の弟分だ」

「なんすか、それ」

「いいか、俺は、弟分のためにしてやることを考えた。話を聞け」

「今日の師匠、おかしくないですか」

「いいんだ、おかしくても。まあ、聞け。前からおめえは、自分の人生を滅茶苦茶にした母親をぶちのめしてやりたい、と言ってたろう。俺は、おめえが恨みをはらすのに助っ人してやる。どうだこの話は」

「他人が何かやろうとするといっつもせせら笑ってる師匠がそんなこと言うなんて、おかしくないですか。それに瑞枝がどこにいるかもわからないんだし」

恭介は、亮次が妙に生き生きとして自分に話を持ちかけてきていることに違和感を覚え、気の乗らないことばを返した。

「探す気になれば、必ず見つけ出せるさ。それより、俺は、おめえが母親に恨みつらみを全部ぶつけてすっきりした気分になればいいと思ったのさ。まあ、仕返しの手伝いだな」

「えーっ？　どろどろした世界に首を突っ込むなんて、師匠らしくないすよ」

「いいんだ。これから、俺は俺らしくないことをすることにしたんだ。いいか、俺の計画を話すからな、よく聞け」

「まあ、聞くだけならいいすけど」

「俺は、まずお前の母親を見つける。次に、ここがポイントだが、俺はお前のおっ母を誘惑する」

「え、誘拐じゃないんすか、師匠」

「違う、誘惑するんだ。つまりだな、お前の母親を俺にメロメロにさせる」

「何言ってるんですか？　メロメロって、師匠、そんなこと言って恥ずかしくないすか」

ずっと無表情だった恭介の目に好奇の色が走った。瞳が亮次の真意を探ろうと忙しく動いた。亮次は今にも噴き出しそうな顔つきになって口を開いた。

「へへ、恥ずかしくてたまらない。だがな、恭介、俺は女にもてるんだ、昔からな」

亮次は、中学、高校から自分は女に苦労したことはない、口説く努力をしなくても女の方から近寄ってきた、たぶんルックスのせいだな、と言いかけてやめた。女にもてないことをしょっちゅう嘆いている恭介には、自慢話にしか聞こえないだろう。

「それで、瑞枝をメロメロにして何かいいことがあるんですか」

「いいか、俺はおめえの母親を俺に首ったけにしてみせる。そうしてから、思い切り振ってやる。最低の気分にしてやる。そこで、打ちひしがれた母親のところに、おめえが登場するんだ。思う存分ひどいことを言ってやれ。このクソばば死ね、とか罵ってやれ。言いたいことがたくさんあるだろう。俺も加勢してやる。よくも俺の大事な友だちの人生をひどいものにしてくれたな。あんたの行く先は地獄しかないぞ、ぶっ殺してやる、ってな」

「師匠、ダメですよ、ぶっ殺しちゃ。殺人でつかまっちまう」

「よく言うよ。おめえ、ぶっ殺すって、いつも言ってるじゃねえか」

亮次はこの三日ほど考え続けた計画を恭介に話すうちに、内心で温めていたとき以上に気持が昂揚してきた。この馬鹿げた計画を実行している自分を想像すると、顔面の筋肉が自然と緩み、笑いの発作に呑み込まれそうになった。

「そりゃ、言ってますけど。師匠が言うと、本気で殺しそうでこわい」

「バカめ、本気で母親に向かわなくてどうする。おめえの人生を壊した張本人なんだろうが。いいか、おめえは手出ししなくていい。俺がおめえの代わりに、ぶちのめしてやる。おめえが抱えてるくだらないこだわりは、それですかっと消えるだろう」

「ダメですよ。傷害で逮捕されます」

「おめえ、いつもと違ってずいぶん現実的なこと言うな。いいんだ、俺は。逮捕されてやる。面白いじゃないか」

亮次とやりとりするうちに、恭介の目が光と力を帯びてきた。せわしなく瞬きをしたかと思うと、亮次の顔を探るようにぐいと睨んだ。

「なんだ、おかしな顔をして」

「いや、師匠があんまり変だから」

「変でかまわねえよ。言ってることは本気だ。俺は、恭介、おめえと組んでおかしなことをやりたいと、急に思ったんだ。どうだ、この話」

亮次も恭介の顔を睨み返した。どんなに恭介が鬱屈していても、この男に内訌している過剰な生命のエネルギーは、はけ口を求めて動き出すはずだと思った。

「師匠、本気で言ってるんですね。いつかは瑞枝をやっつけてやりたいとは、ずっと思ってます。でも、今すぐって言われて、びっくりでした」

恭介の唇が唾液で濡れ、赤みを帯びてきた。情動に火がつき、じっとしていられなくなってきたはずだ、と亮次は思った。

「いいか、思い立ったが吉日、と言うんだ。俺はこれから、お前の母親を誘惑する方法を考える。おめえは、自分が母親とご対面したときに、どうやったらとことんひどい目にあわすことができるか、ようく考えておけ」

「えええ。なんか、むずむずしてきた。瑞枝のやつをぼろかすにするんですね。まさか、師匠がこんなこと言い出すと思わなかった。でも、変だな、師匠にとって、なんかメリットがあるんですか。下手したら傷害罪で逮捕ですよ、なんでわざわざ危ないことやるんですか、俺のため？」

「別に深い理由なんてない、妄想膨らませてるうちに、こりゃおもしれえって思ったからだ。あんまりばかばかしくてよ、この役、俺がやってみてえ、笑えるぜ、ってな。こんな気分になったのは、ほんと久し振りだ。俺の気分が変わらないうちに、すぐ取りかかるぞ」

「でも、師匠、肝心の瑞枝がどこにいるか、俺、全然知らないんだ。瑞枝が見つからないことにはどうにもならないすよ」

「お前の母親の旧姓は倉田だろう。倉田瑞枝で探せば、なんとかなるだろう」

亮次は、祖母の珠子に聞けば瑞枝の居所はわかると思いながら、恭介には何も言わなかった。珠子は、瑞枝のことは何も知らないという立場を恭介に対してとり続けたいはずだ、と思ったから。

「そんな簡単に探せるかなあ。まあ、師匠の頭があれば、探し出す方法、いろいろ思いつくか」

「まあ、任せとき。恭介、おめえの母親が俺に振られて落ち込むところを楽しみに待ってろよ」

惨めな人生の元凶である瑞枝と現実に対面するかもしれない、そう思うと、恭介は腹の底にいきり立つものが蠢くのを感じた。だが、本当は会いたくない、あんなやつに会ったところで、なんになるものか、と躊躇う気持も湧いて、亮次が本当に行動に出るのかとりあえず横で見ていようと思った。

18

二〇〇六年一一月二〇日　石狩

「ねえ、遠くへ行かなくてもいいのよ。あなたとゆっくりできる場所があれば」

助手席にすわった瑞枝は運転席の亮次の左腕を取り頬を寄せた。

「いや、せっかくだから小樽まで行って夜景を見ようよ。いいスポットを知ってるんだ」

「そう。じゃ、任せるわ。あなたと初ドライブだもの、わがままは言わないでおく」

瑞枝は車のサンバイザーに取り付けられた鏡に顔を映し化粧を直した。エステの店長をしている瑞枝は、自ら店の若い子たちの実験台となり肌の手入れは欠かさなかった。年齢よりずっと若い肌をしていると言われるのが自慢だったが、亮次には四十代半ば過ぎの自分の年齢は教えていなかった。

恭介にレンタルしてもらったRV車を運転し、亮次は仕事帰りの瑞枝を大通まで迎えに来た。交通事故後、亮次は運転免許が取り消しになったままにしていた。恭介と決行日に定めた今日、無免許で運転席にすわった。

「いい車ね」

何も知らない瑞枝は、目を輝かせ乗ってきた。円山のイタリアンレストランで食事をし、夜のドライブに出た。亮次は小樽に行くと言いながら、進路を北に向け石狩湾新港を目ざした。新港で恭介が待ちかまえているはずだ。

ここまでこぎつけるのに手間はかかったが、思い通りに瑞枝が自分に好意を寄せてくるのが手に取るようにわかりいい気分だった。エステの店長をしているという情報は、祖母の珠子から聞いた。恭介兄弟を置いて家を出た後、一度再婚したが、また離婚し、今の仕事でかなり稼いでいるとのことだった。

瑞枝の店に初めて行った日、男はお断りと言われるかと思ったが、亮次は面喰らうほど歓迎された。亮次は、少し値段が高くてもぜひ店長の施術を受けたいと強く言って、瑞枝に顔の美肌コース、全身のマッサージをしてもらった。

「この店では、店長の瑞枝さんを指名しろ、これぞプロという仕事をする、ってネットに書き込みがありましたよ。それで来たんです」

亮次はマッサージ台に寝そべり、瑞枝に背中をもみほぐされながら言った。

「お客様ありがとうございます。ふだんは若い子の指導が中心で、お客様に接することが少ないんですが、そんな風に言われたら、何よりも嬉しいわ。わたし、もっとがんばっちゃおうかしら」

瑞枝は広い額に大きな目をしていた。くっきりした鼻梁と厚い唇が意志の強さを感じさせた。頬骨が少し張っているのが顔の均整を損なってはいたが、男の気持を惹きつける面立ちだった。亮次は、瑞枝の顔にどこか南洋的なものを感じた。毛穴のクレンジングをするために瑞枝の顔が迫ってくると、吐息の温かさが首筋に伝わってきた。れい子より体温の高い女性だと思った。

亮次が今回もぜひ店長をと指名して施術室に入った二回目、瑞枝は顔を大きく綻ばせて亮次を台に導いた。

「お客さん、営業の仕事ですか」

「いや、違うけど」

「ごめんなさい。私ね、男性の身だしなみについて、頼まれて、皆さまの前でお話しすることもあるんですよ。昔は、男の人が美容をするなんて言ったら変な目で見たでしょう、でも、今は逆。鼻毛が伸びていたり、髭の剃り残しがあったり、襟や袖が汚れている男性は、営業マンとしてアウト。当り前ですよね。でもそれ以上に、見た目に気を使って清潔感のある肌にしている男性は、圧倒的に評価も高くて、信用もされるんです。人は見た目が第一って言いますが、ビジネスの世界でも本当のことなのよね。こんなお話をすると、はじめはふんという感じでそっぽを向いていた方も、聞き終わったら鏡で自分の顔を見たりするのよ。面白いでしょ」

「店長、すごい活躍してるんだ」

「そんなことないわ。私、男も女も関係なく、エステできれいになって、自分に自信をつけてもらいたいのよ」

「さすが、店長、商売上手だな。俺、フリーのシステムエンジニアしてるんだけど、顧客に直接説明する機会も多いから、ちょっと営業的な要素もあるんだ」

亮次が口から出まかせを言うと、瑞枝は強い興味を示した。

「素敵な仕事してるのね。専門的な知識がいる仕事だから、けっこう収入もあるんでしょ」

「俺、組織に縛られるのが嫌で独立したんだけど、フリーでやるのは楽じゃない。こうして身だしなみ整えて、顧客に好感もたれないといけないし」

「あらあ、大丈夫よ、お客さん。お顔がとても整っていらしてよ。私がエステしたら、元がいいから最強よ。いくらでも商談が成立するわ」

亮次は、瑞枝のことばづかいがおかしくて、裸の背中を震わせて笑い出した。

「お客さん、どうしてそんなに笑うんですか」

「だって、お顔がとても整っていらしてよ、って、いったいいつの時代のことば？　昔の映画のセリフみたいだよ。俺の顔のことを言ってるのかと思ったら、おかしくて、おかしくて」

腹をよじらせながら亮次は答えを返した。

「そうかしら」

と言いながら、瑞枝も亮次につられて笑い出した。

「この仕事を始めて長いの？」

「私ねえ、人生、失敗続きだったの。結婚もしたけど、今は独身。食べていくために仕方なくこの仕事に就いたようなものなの。だから、けっこう歳をとってからこの仕事を始めたから大変だった。若い子に負けまいと、夢中で練習したのよ。手はひび割れだらけ、肩は凝る、腰は痛いでもう大変」

「苦労したんだ」

「そう、苦労したのよ」

瑞枝は、自分の営業用のことばづかいと態度が、亮次と会話するうちにたちまち崩れていくのが楽しくなった。気のおけない友人に対するように、内心に溜まっていたものが、次々とことばになって出てきた。問われるままに、仕事上の悩み、とくに店の若い子の扱いの難しさをひとしきり話した後、将来の目標まで語った。雇われ店長の瑞枝は、独立することを考えていた。経営者になることで、これまでの人並でない苦労に一区切りつけるのが念願だった。

その後も亮次が美肌コースを受けに現れるたび、瑞枝の顔は喜びに輝いた。

「山倉さん、また来てくれたのね。こんなに熱心に通ってくれたら、どんな女も振り向く男前になるわよ。ホストクラブに勤めたら、ご指名ナンバーワン間違いなし」

「何を言ってるんだろ。俺を水商売に転職させようって気？」

「冗談よ。でも、そのくらい、いい男だってこと」

ことばの端々に、瑞枝が亮次を男として意識していることが感じられた。

「へえ、そうかなあ。残念ながら、ちっとももてないんだ」

瑞枝は一瞬真顔になって目を見開き、亮次の顔に見入った。

「山倉さん、まさか、恋人いないわけじゃ」

「いないよ、どうやって女の人に声かけたらいいかもわからないいくらいだから」

亮次はうぶな男を演じながら、実際、自分は女にかけることばを考えたことはなかった、と思った。気がつくと女がそばに寄ってきて、つきあいが始まることばかりだった。高校のバスケ部にいたとき、自分に熱い視線を送って来る子にことばをかける必要はなかった。亮次の仕草一つで帰り道のデートが成立した。

過去をさ迷っていた意識が現実に戻り、亮次の頬を手入れする瑞枝の顔が目の前に現れた。亮次のことばに瑞枝がどう反応するか、小さな期待が胸を鳴らした。

「また、上手な嘘をついて。あなたはどう見ても、女がいない寂しい男には見えないわ」

「どうして?」

「女の勘よ。私と話してるときの雰囲気でわかるの。女がいない男は、顔に〝恋人募集中〟って書いてあるのよ」

「ええ、信じられない。俺、ほんと恋人いないから」

顔に顔を寄せ、皮膚の穴に汚れが残っていないか点検する瑞枝の目が少し潤み、亮次の顎から首筋に当たる吐息が温かくなった。

「こんないい男を放っておく女がいるかしら」

「瑞枝さんなら放っておかない?」

店長としか呼ばなかった亮次が自分の名前を口にしたのを聞いた瑞枝の顔が、かすかに赤みを帯びた。

「放っておくわけがないでしょう」

「嬉しいな」

と亮次が答えるのを吸い取るように、瑞枝は亮次の口に自分の唇を重ねた。亮次は瑞枝の舌が自分の唇を押し開くのに任せていた。唇が温かな唾液にまみれていくのを感じた。亮次がそっと瑞枝の肩を押すと、瑞枝は瞼を閉じたまま顔を離した。亮次は瑞枝の右手を両手で握って言った。

「瑞枝さん、今度の木曜の夜、デートしよう。俺、車で迎えに来るから」

瑞枝は、亮次から離した右手で目の端に溢れた涙を拭い、微笑んだ顔をつくった。

「あなた、ちゃんと女に声かけてるじゃないの」

瑞枝のことばに、亮次は悪戯を指摘された男の子のように、苦笑いを浮かべた。

車はまっすぐ北に向かって走り続けた。亮次は隣にすわっている瑞枝が、本当に、恭介の言うような鬼のように冷血無残な女なのだろうか、と自問自答していた。包丁を振り回し、幼い恭介を追いかけ回した狂気はまだこの女の中に潜んでいるのだろうか、と思いながら瑞枝の横顔を盗み見た。

亮次にとって、恭介と瑞枝がよく似た親子だということは間違いなかった。自分の感情に溺れ、周囲のことがよく見えないまま突進していくところは、そっくりだ。瑞枝も、話を聞く限り、過剰なエネルギーに衝き動かされて、不合理な選択を幾度もしてきたに違いなかった。だが、そんな女だからこそ、たった一ヶ月のつきあいで、この自分に熱を上げ、抱かれるときを待っているのだろう、と思った。

石狩湾新港が近づくと、窓の外に見えるのは倉庫と雑木林ばかりになった。間遠に立っている街灯の周辺だけが暗闇にほんのり明るく浮かび上がっている。

「小樽じゃないわ。どういうこと」

瑞枝は亮次の左腕を強く握り、亮次に語りかけた。

「俺、瑞枝さんに、ちょっと話したいことがあるんだ」

「べつにこんな寂しいところに来なくたっていいのに」

「俺、殺風景なとこが好きなんだ。ここは石狩の港。海の見えるとこに車を止めるつもり。いいだろ」

「あなたがそうしたいんならいいわよ。私、今夜は全部あなたに任せることにしてるから」

運転する亮次の顔を下からのぞき込み、瑞枝は微笑みかけた。亮次は東埠頭に着くと、車を海にいちばん近いところまで進めた。恭介と約束した場所だった。

「瑞枝さん、あんたの家族のこと聞いてもいい？」

「前も言ったでしょ、私はバツ二の独り者よ」

「それは知ってるけど、あんたに息子はいないのか」

「何よ藪から棒に。今夜はそんな話、したくない」

「大賀恭介って知らない？」

亮次は自分の問いかけがどんな反応をひき起こしたかをたしかめようと、ルームライトを点けて瑞枝の顔をじっと見た。瑞枝は小首をかしげ、不審な顔で亮次を見返した。

「その名前どこで知ったの。いちばん聞きたくない名前だわ」

「うん、俺の友だちの友だちみたいなもん。たまたまね、そいつが自分の母親があんただと言ってるって小耳にはさんだから、ちょっと聞いただけ」

「そうだったの。間接的な知り合いならいいけど、恭介なんかとかかわらない方がいいわ」

「どうして？」

「恭介はたしかに私の息子。でも、私にとっては疫病神。小さいときから一生懸命育てたのよ。なのに、さっぱりなついてこないの。私に逆らうことばっかりするから、神経がささくれ立って、おかしくなりそうだった。それに、蛇みたいにじっとしつこく絡んでくる目つき、あれがたまんないのよ」

「殺したいと思った？」

「なんで、そんなこと聞くの。あの子といっしょにいるのが地獄みたいになってた。耐えきれずに、感情をぶつけたこともあったわ」

「母親でもそんな気持になるんだ」

「そのときの私の立場になったら、亮次、あなたも私の気持をわかってくれるわ」

「ふうん。あんたは今、その息子のことをどう思ってるの」

「どう思うも何も、あの子のことは何もかも消してしまいたいわ。あれほど気持の通じない相手がこの世にいていいものかしら。あの子がいつも恨みがましい顔で私を睨んでいたことを、あなた想像してみて。狭い家の中でのことよ。息が詰まる。おまけに、私の大切なものを隠したり、壊したり」

瑞枝は、恭介の嫌なところをあげられるだけあげて、亮次の同情をかき立てようとした。

「おまけにね、なにか都合の悪いことがあると、祖母を頼って、私の悪口を言いふらすのよ。自分の家なのに、あの子のおかげで居場所がなくなっちゃって。あの子が消えるか、私がいなくなるか、どっちかしかなくなった」

「自分の子どものことなのに、よくそんな、どこかよその子どもの悪口言うみたいにしゃべれるもんだな」

話の腰を折るような亮次のことばに、瑞枝は不快な表情を浮かべた。

「え、何言ってるの。あなたこそ、自分の知りもしないことに口を突っ込んで、いい加減なこと言わないでほしいわ」

「瑞枝さん、なんか俺、あんたといるのがつまんなくなった。デートやめよう」

「え、亮次、私、何か気に障ること言った？　私、あなたとずっといたいのよ」

瑞枝は懸命にとりすがる表情をつくり、亮次の腕に頬を寄せようとした。

「やめてくれ、近づかないでくれ」

「どうしたのよ」

「もうあんたとはつきあいたくない。あんたのことを、滅多に出会えない、いい女だと思ったけど、あてはずれだった」

「なによ、どうして急にそんなこと言うのよ」

「いいか、俺は、あんたが恭介のおかげでひどい目にあったと言うのを聞いてぞっとしたんだ。ひどい目にあったのは恭介の方だろ。子どもは親を選ぶことはできないんだ。恭介があんたのせいで人生を台無しにしたことに気づいてないのか」

「なによ、そのわかった振りした言い方。恭介とどんな関係か知らないけど、あいつは人の心がわからないモンスターなのよ。自分中心に世界が回ってて、他人は利用するだけの存在だと思ってる。母親の私でさえ自分の思う通りに利用しようとして、うまく行かないとなると憎み出した。あいつが人生台無しにしたとしたら、私のせいじゃない。自業自得ってやつよ。あなた、全然わかってないでしょ」

「都合のいい言い訳しかしない女だね、あんた。もうちょっとあったかいところがあると思ったぜ。いい女だと思った俺がバカだった」

亮次は瑞枝の気持を痛めつけようと意図して、ことばを発し続けた。弱った相手を倒すためにここぞとばかりパンチを振るうボクサーの気分だった。

「もう、恭介の話はやめて。だいたい、たいした知り合いじゃないんでしょ。どうしてそんな男のことにこだわるの。ねえ、もっと楽しい話して気分を変えましょうよ」

「もうデートの気分じゃないって言ったろ。あんたこそ、自分中心に世界が回ってるんだ。自分がやったことで息子がどんな風になったか、知ろうともしないし、想像もしない。俺は、想像力のない女は嫌いなんだ」

「何よ、私を誘ったのはあなたの方よ。デートに誘った男は、女がいい気分で帰っていくようにする責任があるんじゃないの」

「冗談じゃない、あんたとこうやっていっしょにいるだけで不愉快だ。責任なんかあるもんか」

「わかったわよ。デートは終わりね。街まで送ってちょうだい」

「嫌だね。さっさと下りてくれ。あんたの顔を見るのも、声を聞くのも、もう耐えられない。さあ、車から下りてくれ」

「ふざけないでよ。こんなところから、どうやって帰れって言うのよ。下りないわ」

「早く下りるんだ」

亮次は瑞枝に向かって身を乗り出した。右拳を握りしめ、高く振りかざした。

「やめて」

亮次の身振りに恐れをなした瑞枝は反射的に左に逃げようとした。額が窓ガラスに激しくぶつかり、

「ぎゃあ」

と肩を震わせながら悲鳴をあげた。額に手を当てた瑞枝は、怯える目で亮次を睨んだ。亮次は浮かせた腰を運転席に戻した。

「さっさとしないから、そんなことになるんだ。さあ、早く下りなよ」

「あんた最低の男ね」

瑞枝は忌々しい気持を捨て台詞に込め、車を下りた。亮次は、車の中から埠頭のコンクリートの上を歩いていく瑞枝の後姿を見送った。突風が吹いて瑞枝のコートの裾が舞い上がるのが見えた。亮次は、さあ次は恭介の番だと思った。惨めな気持で歩いてくる瑞枝の前に恭介が現れ、これまで溜めていた恨みつらみをすべてぶつける、という段取りだった。最後は、亮次も加わって、ぐうの音も出なくなるほど瑞枝をやりこめるつもりだった。どうだ恭介、俺の上々の仕事ぶりがわかったか、亮次は大声でそう叫んでみたくなった。

亮次は車から下りた。岸壁の縁に設けられた防護柵を吹き抜けてくる風が身を切るように冷たい。瑞枝は柵に沿って車道に向かっていた。漁協や倉庫の灯りが遠くに見えるが、わずかな街灯しかない埠頭は薄闇に包まれ、すべてが朧げだった。車道の方から人影がこちらに向かって歩いてくる。街灯の下で人影は止まった。瑞枝と人影の距離が詰まっていく。人影は瑞枝に立ちはだかるように両腕を広げた。

恭介、お前は何を瑞枝に叩きつけるんだ、お前がずっと恨み続けた母親に何をすれば気が晴れるんだ。亮次は、自分が恭介だったら何を言うだろうか、と思った。先ほどまで自分が言っていたのは、頭の中でこしらえた台詞だった。台詞だから、罵ることばがすらすらと口をついて出た。本当のところ自分は瑞枝が憎いのかどうかわからない。ただ、自分がつくったシナリオを演じ始めたら、冷酷非情な女を糾弾する男であることが気分よくなってきた。演ずることが感情をかき立ててくれた。もし、自分が演ずる人間ではなく、恨みつらみに縛られた当事者だったら、あれだけ罵ることばを発することができただろうか。亮次は自問した。生々しい感情に揺さぶられているときには、ことばは出てこないのではないか、と思った。

恭介、なに黙って立ってるんだ。お前、俺に話してたみたいに、母親のことをぼろかすに言え、このクソばば死ね、と言え。亮次は強く念じた。瑞枝、いいか、ひどいことを言え、恭介を逆上させろ。恭介がそこら中にばらまいてきたヘドロみたいなことばを、お前自身の前でも吐き出させるんだ。すっからかんになるまでしゃべりつくしたら、恭介は少しはまともになれるかもしれないんだ。

恭介と瑞枝が向き合っている場所へ向かう亮次の足どりが速くなった。埠頭のコンクリートを洗っては引いていく波が、押し寄せる波とせめぎあい、海を騒がせる。人の声は聞こえない。腕を広げたままの恭介が左右に体を動かしているのは、「通せ」「通さない」の押し問答になっているからだろうと思った。

レザーの黒いコートを着た瑞枝の後姿が手に取るように見えてきた。

「恭介、この卑怯者。文句があるなら、堂々と一人で出て来な。どうせ、あんなやつ、ただのごろつきだろ。二人で私を脅してゆすりたかりをするつもりかい」

「師匠の悪口を言うな」

「師匠？　笑わせるね。お前、あんな女たらしの弟子になったのか」

「母さん、あんたほんと相変わらずだな。気に入らない相手の悪口をしゃべり散らして、ばかばかしく生きてるだけ。師匠は女たらしじゃないよ。母さんが色ぼけになって、釣られただけさ。恥ずかしくないか」

「なに、くだらないことを。恭介、やっぱりお前は、ただのチンピラになったんだ。あんな男とつるんで、何をやってるもんだか。私は、小さいときから、お前がろくなものにならないとわかってたさ」

恭介が顔を歪めて瑞枝に、にじり寄るのが見えた。まずい、恭介に手を出させてはならない、傷害の罪を負うのは俺の役割になっているんだ。亮次は息を切らして二人のいるところへ急いだ。

「俺はチンピラじゃない。母さんに何がわかる」

「その態度と、つきあってる仲間でわかるさ。そんな人間にしかなれなかったんだ」

「なにおう。このくそお」

「恭介、やめろ」

恭介が拳を握りしめて瑞枝に迫ったところに、亮次が割って入った。恭介を背中で制して瑞枝と向かいあう。瑞枝は再び現れた亮次にたじろぎ、憎しみのこもった目を向けた。

「なんだい、私一人をいたぶるために、二人で示し合わせたってわけなんだ」

「瑞枝さん、よく聞け。こいつはちゃんと生きようとしてもがいてんだよ。いいか、こいつは真面目に夜間高校に通って卒業したんだ。大したもんじゃないか」

瑞枝はなにも答えず、恭介にちらちらと目をやった。

「それにな、仕事だってしてる」

「この子にまともな仕事なんか、できるもんか。なんでも中途半端、口先ばっかりで、すぐ投げ出してしまう」

「恭介はＪＲ貨物に正社員として採用されてた」

亮次が発した「正社員」ということばに瑞枝は驚きの色を浮かべた。恭介の顔を何度か盗み見た末に口を開いた。

「今は、どうなのさ。どうせとんでもないことやって辞めさせられたんだろう、え、恭介」

恭介は答えに窮し、いらだちを抑えるために足踏みをした。

「こいつは、運転士になるのは無理だと言われて自分から辞めた。正社員として残る道はあったのにな」

「だったら、正社員やってりゃよかったじゃない。どうせそんな話は眉唾さ」

亮次は一歩前に踏み出し瑞枝に自分の顔を突きつけた。

「なんだその言い草は。どこまで息子をバカにしたら気がすむんだ。こいつは運転士になることに命を懸けてたんだ。だから運転士以外の仕事を断ったのは、こいつの意地さ。どうせあんたには、わからないよな」

鼻であしらうように顔をそむけた瑞枝に、亮次はつかみかかろうとした。今度は恭介がいきり立つ亮次の肩を後ろからつかみ、

「師匠、もういいすよ」

と耳打ちしたが、亮次はその手に逆らって腕を振り上げた。瑞枝は身をすくめ、視線を落ち着きなく周囲にさ迷わせた。

「なによ、あんた。私に手を出す気？」

「ああ、俺が恭介の代わりにあんたをぶちのめして、海に放り込んでやる」

亮次はだみ声で思い切りすごんだ。

「やめてよ」

瑞枝の声は、怯えた者の哀願となって響いた。瑞枝は、恭介に肩を押さえられた亮次の横を通り抜け、逃げようとした。

「逃げんなよ」

亮次は瑞枝の右腕をつかみ捩じりあげた。

「やめて、放して」

瑞枝は金切り声をあげ、亮次の手を振りほどこうと身をよじった。

「師匠、もういいす。こんなクソばば、どうでもいいす」

恭介はそう言いながら、亮次の背中から胸に両腕を回した。亮次の動きにつられ、もつれる足を運んだ。三人つながって埠頭を右に左に動くうち、恭介は、赤ランプを光らせたパトカーが近づいてくるのを目にした。

「やばい、マッポだ。師匠、逃げなきゃ」

亮次は瑞枝の腕をつかんだまま埠頭入口へ目を向け、赤ランプの接近に気づいた。瑞枝を放すまいと腕に力を込め、足を踏ん張った。

「来たか、警察」

「来たか、なんてのんびり言ってる場合じゃないす。早く逃げましょ」

「いいんだ、俺は逃げない。この女を痛い目にあわせなければ気がすまないんだ。恭介、おめえは早く逃げろ」

「もうこんな女どうでもいいす。それよか、師匠、捕まったらやばいすよ」

恭介は亮次の手を瑞枝から振りほどいて一緒に逃げようとしたが、亮次は頑固に逆らった。

「俺は捕まろうがどうなろうが、気にしちゃいない。この女に謝らせてみせる。地面に頭擦りつけて、恭介ごめんなさいと言わせてみせる」

「師匠、ほんとやばいす。マッポがいっぱい走ってくる」

警察官の姿を目に入れた瑞枝は、亮次につかまれたまま右腕を力いっぱい振り回した。

「たすけてえ」

瑞枝の金切り声は波のざわめきを切り裂き、埠頭の彼方まで響いた。その余韻の中、紺色の制帽とジャケットに身を固めた警官五、六人が靴音を立てて近づいてきた。

「師匠、もうだめだ」

警官たちが三人を四方から取り囲む配置になって距離を詰めてきた。サーチライトから強力な光が放たれた。警官に向かって手を振る瑞枝と、それを力づくで妨害している亮次の姿が光の中に浮かび上がった。

「君たち、女性に暴力を振るうのをやめなさい」

という声とともに警官たちが一気に押し寄せてきた。

「こらあ、お前たち、女性から離れろ」

指揮をとる警察官が亮次と恭介に怒鳴り声を発すると、二人とも背後に立った警察官に羽交い絞めにされた。

「やめろ、俺たちは何もしてない。この女と話をしてただけだ。警察のお世話になることはしてない」

亮次は指揮官に噛みつくような顔で声を吐き出した。

「何もしていない人間が、女性の腕を捩じ上げるか？　お前たちの行動は既にこちらで現認してる。

いい加減なことを言うと罪が重くなるぞ」

「だから、罪になることなんかしてないんだ。こっちから話があるのをこの女が振り切って逃げようとするから、腕をとってひき止めただけだ。嘘だと思ったら、この女に聞いてみな」

「いいか、石狩湾新港で男から暴行を受けた、今も危険にさらされているという女性からの通報を受けてきたんだ。お前たち、被害者がここにいる状況で、嘘をついてもすぐばれるぞ」

「警部さん、お騒がせしてほんとすみません。けど、俺たち、手を出してません。ちょっとこの人の手をつかんだだけで、殴ってもいないし、蹴ってもいません」

恭介は亮次よりずっと冷静だった。「警部さん」と恭介に呼ばれた指揮官は、恭介にせせら笑いを向けて答えた。

「自分に都合のいいことばかりぺらぺらとしゃべりやがって、黙ってろ。まず話を聞きたいのは、被害者の方なんだよ」

そう言って瑞枝の方を向いた。

「あなたが通報者ですね」

「はい、そうです。私が一一〇番しました。この二人の男に暴行されました」

瑞枝のことばに亮次と恭介は目を合わせた。亮次は、瑞枝が電話をするとすれば、車を下りてここに来るまでの間しかない、と思った。なんという女、と舌打ちした。

「俺も、こいつも、手出しはしてない。この女が嘘をついてるんだ」

亮次は瑞枝に向かって顎を振り、羽交い絞めされたままにじり寄った。指揮官は、亮次を両手で押し戻してから振り向き、瑞枝が何を言うか窺う顔になった。

「私はこの男たちに殴られました」

「どこを殴られましたか」

指揮官の問いに瑞枝は左の前髪をかき上げ、額を見せた。他の警官が向けたライトに瑞枝の額が照らし出された。車のガラスに自ら打ちつけた箇所が、赤く腫れあがっていた。

「ここです。拳でさっき殴られたんです」

「よし、こいつらを逮捕しろ。傷害罪だ」

亮次と恭介は抵抗する間もなく手錠をかけられ、札幌北署に連行された。

19

二〇〇六年一一月二一日　札幌
見上げると一面水色の空だった。太陽が力のない光を放っている。風はなく、亮次は頬と首にかすかなぬくもりを感じた。身を切るような突風が吹いた昨晩から、気流が入れ代わったのだろうかと思った。
昼前に北署を出された亮次は、恭介もすぐ出てくるに違いないと車道への通用口に立って待っていた。夜通し取り調べが続いたので、疲れと寝不足で体がふわふわした。十五分くらい待った。日の光に肌が暖められて、体の奥からじわじわと眠気が浸み出してきた。立ったまま気持よく眠ってしまいそうな気がした。だが、お咎めなしで警察から解放されたことがただもうおかしくて、顔が自然と綻んでくるのをどうすることもできなかった。通りがかる人はみな、亮次を見て怪訝な顔をした。
昨夜、取調室に入れられたのは深夜十一時近かった。手錠をかけられパトカーで連行される間、刑事もののドラマの人物を自分が演じているようでおかしかった。亮次がつくったシナリオでは最後に自分が逮捕されることになっていたので、思い描いていた通りになったという思いと、瑞枝を一発も殴っていないのに何の罪になるのだろう、という不審の思いが交錯した。逮捕され身柄の自由を奪われることへの恐怖心は不思議と湧いてこなかった。警察の手を借りてドラマの続きをまだやっているような気分であった。瑞枝を騙して連れ出し、車から下ろしたのは罪にはならないだろう。埠頭で、「ぶちのめしてやる、海に放り込んでやる」と脅したのは犯罪か。脅迫の罪ならどのくらいの刑罰か。恭介も同じ罪に問われるのか。亮次は冷静に考え続けていた。

瑞枝が額を殴られたと被害を訴えた内容が事実と認定され、自分も恭介も傷害の罪に問われること、無実の罪になることはありうるのかどうか、亮次は頭をめぐらした。瑞枝、恭介、自分の三人の証言がすべて食い違うだろうし、警察官が目撃しているわけではないから、犯罪として立件しえないだろうと結論し、亮次はそれ以上考えるのをやめた。

亮次を取調室に入れると、二人の警察官は瑞枝への暴行に絞って激しく攻め立てた。早く白状しろと浴びせかけられる罵りことばに、怒りで体が震え我を忘れそうになった。警察官は、亮次が交通事故を起こした前歴を突きつけ、

「てめえ、悪質な交通事故を起こした上に、今度は傷害か。まともに反省してないから、こんな犯罪を犯すんだ」

と怒鳴りつけた。現場までどうやって来たのかという訊問に、自分で運転してきたと答えたが、免許の再取得をしないままでいたので無免許に気づかれたら面倒なことになると思った。だが、亮次に傷害の実行を自白させることに夢中になっている警察官は、免許の有無を確かめることに頭がめぐらないようだった。

亮次は、瑞枝の額が腫れているのは、瑞枝自身が車の窓にぶつけたためと答えた。さらに、瑞枝は自分を非難してくる亮次の勢いに恐れをなして身を避けた結果けがをしたのであり、亮次には瑞枝を

襲う意思はなかったと、一貫して主張した。自分の言っていることは、現場に残された車のウィンドーに付着しているものを鑑定してもらえばすぐわかると述べた。

「なんだてめえ、警察に指図するのか。そんなことはてめえに言われなくても、こっちで調べる。ただ鑑定結果が出るのは、三、四日あとだ。そんな手間かけさせる前に、さっさと自白しろ。早く本当のことを言った方が情状酌量されるんだぞ」

そういきり立つ警察官に、亮次は、瑞枝がけがをしたときのことを繰り返し順序立てて説明した。訊問に対して冷静に論理的に答えるほど、警察官が興奮し罵声を発するのが亮次にはわかった。生意気で反抗的だと言われた。いくら警察に逮捕されるのが自分のシナリオ通りだとしても、威圧的な取り調べで犯罪者扱いされるのは腹に据えかねた。亮次は、

「やってもいないことをやったと答えろ、とあんたたちは言ってるんだ。それなら俺は黙秘する」

と言い、何を訊かれても無視した。警察官とのやりとりで興奮状態が続いていたが、黙秘し始めると、何がどうなろうとどうでもいいような気がしてきた。殴ったことにされても、それほどの刑罰でもないようにさえ思った。ただ、恭介だけは暴行に全くかかわりがないので、早く無罪放免になってほしいと願った。

担当の二人の警察官は、打ち合わせのためにしばらく取調室から退出した。亮次は刑事事件の逮捕とはこういうことなのかと思った。警察官もただの人間、自分の仕事が思い描いた構図通りにスムーズに進んで、早く一件落着することを望んでいるだけだ。ここにいる被疑者山倉亮次は、彼らが気分よく事件を処理するための一つのコマにすぎない。俺が彼らの言う通りに自白したら、手際よく事件を処理した彼らの功績としてファイルが一つ積み上がるだけのことだろう。くそ、と思った。「暴行犯として逮捕されてやる」と亮次が思ったとき、逮捕される者は禍々しい悪の栄光で照り映えていた。そのくらいの栄光を手に入れてこその芝居だと思った。だが、今、警察署の取調室にすわらされてい

る亮次に光の一つも差していなかった。世の中でいつものようにたくさん起きて、型通りに処理されていく事件の当事者にすぎなかった。亮次はひどくばかばかしい気分に襲われた。

取調室で朝を迎えた。最初に取り調べを担当した若い二人の警察官に代わって、中年の物腰の柔らかな警察官が訊問に来たが、同じことを答えた。瑞枝をなぜ呼び出さなければならなかったかを聞かれ、失意の恭介を励ますためだと経緯を話したが、

「それが本当なら、君はよほどの暇人ですね」

と笑われた。脅して金を奪う意図があったのではないかと執拗に訊ねられ、いい加減にしてくれと、投げやりに答えた。

壁の時計が七時を指した。空腹と疲労がいっしょにやってきた。食事をとらせてやる、卵がいいか、海苔がいいかと聞かれ、卵と答えると、ただのどんぶり飯に生卵、味噌汁が出てきた。どんぶり飯に卵をかけ醤油を差して食べると、温かい飯が胃に落ちていって、こんなにうまいものは他にないと思った。

食事の後、無性に眠くなった。はじめの若い二人の警察官が再び入ってきて、昨晩供述したことをくどいほど聞き直し、調書に記していった。瑞枝が頭をウィンドーにぶつけたところにさしかかると、警察官はただ聞き流し、何も書いていなかった。調書のための聞き取りが終わり、警察官が出て行くと、亮次はすわったまま眠りに落ちた。

肩を強く揺さぶられて目を覚ました。十分に開かない目で部屋を見回した。ブラインドの隙間から差し込んでくる光が眩しかった。早朝訊問に来た中年の警察官が目の前に腰を下ろし、亮次が姿勢を正すのを待っていた。

「山倉亮次さん、調べがすべて終わりました。これでお帰りください」

何を言われたのかわからなかった亮次は、

「はあ？」

と聞き返した。

「ですから、お帰りください」

「ちゃんと説明してください。自白するまで帰らせないと言われてたんだけど」

「まあ、取調べの過程でそういう発言があったかもしれませんが、新たな情報も含め勘案したところ、事件性はなかったという結論になりました」

「えー、いったいどういうことなんだ。わけがわからない」

「実はですね、通報した女性から先ほど、殴られたと言ったのは事実誤認であった、被害は受けていないと申し出があったんです」

「なんだって」

亮次は腰を浮かせ、警察官の方へ身を乗り出した。

「あの女が本当にそう言ったのか」

「そうです、今朝、被害者の事情聴取に入ったところ、すぐ、気が動転して間違ったことを言ってしまった、実は殴られてはいないと話しました。間違って逮捕された二人には悪いことをしたので、すぐ釈放してほしいと」

「え、なんだそれは。まったく、わけがわからない」

そう言いながら、亮次は突然笑いの発作に見舞われた。腹筋がよじれ、上体をしっかり保っていることができなくなった。まだまだ続くと思っていた訊問が唐突に打ち切られ、自由の身になる。体がふわふわして踊り出しそうだった。警察官には見せたくなかったが、顔面が緩んでにんまりした表情が浮かびそうだった。誤認逮捕した警察への怒りを表さなければこの場にふさわしくないと思いながら、笑いの衝動には勝てなかった。

「すぐに帰っていいということなんだ」

「そうです」

「大賀、大賀恭介はどうなるんだろう」

「あなたと同じです。すぐ帰ってもらいます」

庇のかかった署の出口をじっと見ていると恭介が出てきた。黒の革ジャンパーを着た恭介は地面への階段を前にして、両腕を大きく広げ、あくびをした。亮次は恭介に向かってゆっくりと歩を進めた。

「師匠」

亮次に気づいた恭介はあたり一帯に響く大きな声で叫んだ。日の光を遮るために右手を額にかざしながら階段を下りてきた恭介は、顔をくしゃくしゃに綻ばせていた。

「おい、なんともなかったか」

亮次は恭介の肩をつかんで揺さぶった。

「なんともないっすよ。師匠こそ、大丈夫でしたか」

「大丈夫もなんも、取り調べ、面白かったぜ」

「うそでしょ、俺、師匠がびびってしょんべんちびってるかと思って心配だったんすよ」

「ばかやろ、俺がびびるか。それより、おめえが警察の口車に乗せられて、わけのわかんない自白をするんじゃないかと心配してた」

二人は顔を見合わせ長い時間笑った。とめどなく笑い続けた。亮次は、恭介も自分も、ネジが何本か抜けていかれてしまったのだと思った。何もおかしいことはなかった。ただ、拘束を突然解かれたことで、二人は全身がゆるんで笑わずにはいられなかったのだ。

二人でもつれあうように警察署前の歩道を行き、一丁北の公園に入っていった。風に吹き寄せられた落ち葉を蹴散らし、よろめき歩いた。薄茶色に枯れた芝の上にどっと崩れるように腰を下ろし、たがいに向き合った。

「俺はな、留置所に入れられて一週間くらい取り調べが続くかと思ってたんだ。いきなり帰っていいって言われて、狐につままれた気分になった」

「俺、昨日の晩、瑞枝が殴られましたって、頭をマッポにみせたとき、やっべえと思いましたよ。師匠が、もう先に手を出してたんだ、どうしようってね。だから、調べでは、俺も師匠も殴ってないの一点張りで、ほか何も言わなかったす。滅茶苦茶怒鳴られたけど、とにかく師匠が有罪にならないように頑張ったんです」

「あれはなあ、おめえのおっ母が勝手に車の窓ガラスに頭をぶつけたんだ。それを俺たちが殴ってきたとは、よくまあ出まかせ言うよ」

「そうだったんだ。瑞枝は、その場でてきとうな嘘言うから」

「そんなおっ母が、今日になって、どうして殴られてないって本当のことを言ったんだ？　おめえ、わかるか」

「たぶん、詳しく調べられたら嘘がばれると思ったんじゃないすか。でも、瑞枝のことは、なんかもう、どうでもいいす」

「え、どうしたんだ。いつか必ず瑞枝をぶちのめしてやるって言ってたじゃないか。おめえ、おっ母に仕返しするどころか、一方的にバカにされてただけだろ、あれでいいのか」

亮次は芝生の上を這って進み、立膝で芝生に腰を下ろしていた恭介の上半身にむしゃぶりついた。

「師匠、やめてくださいよ」

恭介は笑いながら、亮次に押されるまま背中から芝生に倒れた。

「こら、恭介、おめえのラスボスはおっ母だろが。おっ母を倒さねえと、一生まともになれないと言ってたじゃないか。俺は、体を張ってラスボスを倒す手伝いをしたんだぞ。今になって、おっ母はどうでもいいとは、どういうことだ。俺がやったことは意味なかったのか。え、どうなんだ」

亮次は恭介の革ジャンの襟をつかみぐいと捻った。

「やめてください。師匠、瑞枝のことになると、あんまり真剣すぎて怖い。いつものクールな師匠に戻ってくださいよ」

「わかった、クールになってやる。その代わり、おっ母のことをちゃんと言え」

「俺、港で瑞枝を待ってたとき、どんだけひどいことを言ってやろうかとずっと考えてたんだ。いきなり、〝恭介だ、ぶっ殺してやる〟でもいいかと思ったし、〝このクソばば、よくもでかいツラして生きてるな〟でもいいかと思った」

「ああ、それで」

「で、師匠が来る前に一人で瑞枝の目の前に立った。瑞枝はすぐ俺だとわかった。はっという顔をした。でも、そんとき、俺はなんにも言えなかったんだ。ずっと二人で向き合ってただけ」

「なんだ、それは」

「いつも、俺の口は頭より先にどんどん回るんだけど、あんときは、全然動かなかった。やばい、どうしようと思ったら、〝母さん〟って口走ってた。ばかだね俺は」

「おめえ、いつも、瑞枝とかクソばばとか言ってるじゃないか。おかしいぜ」

恭介にのしかかっていた亮次は、革ジャンの襟から手を放し、横に寝転がった。

「おかしいですよね」

「おかしいに決まってる。なんなんだ、お前は。で、おっ母はなんか言ったのか」

「うん、瑞枝のやつもじっと俺を見て黙ってたんだけど、恭介、お前、昔より目つきがよくなったな、ってぼそっと変なこと言いやがった。何をとぼけたこと言ってんだ、おめえのおかげでどれほど俺がおかしくなったかわからないのか、これから全部ぶちまけてやると思ったら、俺を振り払って逃げようとした」

「それで、通せんぼみたいな恰好をしてたんだな」

「そう。通せ、いやダメだって言ってるうちに、師匠が来たんだ」

「じゃあ、おめえは、目つきがよくなったと言われて、恨みつらみが消えたってわけか」

「師匠はすぐ決めつけるんだから。俺はなんも、そんなこと言ってないす。ただ、あんなクソばばのことを気にしてもしょうがないってか、まあ、どうでもいい気分になっただけ」

芝生に寝そべり空を仰いでいた亮次は、恭介のことばを聞きながらひっひっひと笑い声を立てた。今なら何を聞いても笑い出すと思った。人類がそろって明日から地獄に落ちると聞いても、男がみな女の僕《しもべ》になって尽くすことになったと聞いても、アダムとイブの時代に戻ってみんな裸で暮らすことになったと聞いても、ともかく荒唐無稽のことならなんでも笑えると思った。

「それは、いい気分なのか、悪い気分なのか、どっちだ」

「わからないです。今は、ただおかしいだけ」

「そうか、俺とおんなじだ」

そう言って、亮次は恭介に覆いかぶさった。恭介は膝を立てて反動をつけ、やすやすと亮次の体をひっくり返し、抑え込もうとした。二人は絡まりあったまま、芝生の上を二転、三転した。

「師匠、俺と戦っても無駄です。柔道全道代表の俺ですよ」

「ばか、くさいくさい攻撃しか技のないおめえに負けるか」

「へへ、知ってたんですか」

「おめえ、得意になって何回も言ってたじゃないか」

「そうだったかな。それより、師匠」

亮次の下になった恭介は真顔になって話し出した。

「なんだ」

「師匠、凄んだら、めっちゃ怖いすね。瑞枝に、ぶちのめして海に放り込んでやるって言ったとき、俺、師匠本気でやるんじゃないかってびびりました。瑞枝も顔色変わってましたよ」

「そうか、俺、役者になれるかな。おっ母を怖がらせようと思ったらな、いくらでも悪態つけたんだ」

「なれますよ。パチプロやめて、悪役になったらいいす」

「へへ」

「しかし、師匠、たかが俺ごときのために、なんであんな芝居をしたんですか」

「へ、うるせえな。おめえのためじゃねえよ。ただ、やりたかっただけ。そうだ。手のつけられない悪役になるための練習だったのさ」

「また、口から出まかせか」

二人はたがいの体を離し、芝生に仰向けになった。亮次は、しばらくの間無言で、頭の中をかけめぐっていたすべてがその居所に落ち着くのを待った。無風の下、十一月のか弱い日差しでも、肌にぬくもりが生まれた。体の芯からしみ出してきた眠気で瞼が閉じようとする。どこに行くのも面倒で、このままいつまでも寝そべっていたい気がした。

「師匠、寝ちゃだめですよ、行きましょう」

「どこに？」

「俺、ばあちゃんのとこに帰ります。師匠も家に帰ってください」

「俺は、ずっとここに寝ててもいいんだ」

「駄目ですよ、ほら立って」

亮次は恭介に腕を引っ張られてふらふらと立ち上がった。昨夜からの興奮がいまだ消えやらず、胸の中でじんじんとかすかに音を立てているような気がした。その音が、崩れ落ちてしまいそうな体を叱咤し、辛うじて歩を前に進めさせた。

20

二〇〇九年一一月一八日　石垣島

海が何色にも分かれている。島の縁は海底が透けて見える無色。手にすくい取り、顔に浴びてみたくなるような透明感だ。飛行機の窓の外に次々と現れる島がどれもみな透明の帯に取り巻かれている。島の大きさを超えるほど大きく広がっている透明な帯もある。つぎに見える色は緑がかった水色。恭介はこんな色の海を見るのは初めてだった。やさしくあたたかい色で、小舟を浮かべてずっと波に揺られていたくなるような穏やかさを感じさせた。さらに現れる色は、濃い青。海底が深い沖になると、海の色は目をギラギラと射る青に変わり、水平線に続いていく。一見静かな青い海面の下では、海流や潮流がぶつかり渦をなしているような気がした。

恭介は小型ジェット機の窓際に貼り付けられたようにすわり、那覇を出てからずっと外を見ていた。掌につかめるほどの小さな島々が今にも海に呑み込まれ、消えてしまうような錯覚に襲われた。これから自分が向かう八重山の島々にどれほどの人がいるのだろう。海からやってくる大波や雨風から島を守るために人々はどれだけの力を持っているのだろう、と不安に駆られた。

恭介の錯覚を嘲笑うかのように石垣島は巨大で堂々としていた。飛行機が高度を下げ空港に向かう態勢をとると、緑と茶色の複雑な地形を縫って道路が刻まれ網目模様を描いているのが目に入った。海辺をびっしり埋め尽くした都会があり、数え切れないほどの小さなビルが空を仰いでいた。飛行機が街の中に突き刺さるように下りていく。滑走路に車輪が触れたかと思う間もなく、激しい逆噴射が始まり、端まで進んだときには十分減速していた。恭介は、パイロットの見事な腕前に驚きと嫉妬の嘆息をついた。

タラップを降りてバスで空港ビルに入る。到着口を出ると、「おーりとーり、大賀恭介君。石垣へようこそ」と、マジックペンで殴り書きをした紙を掲げた初老の男が立っていた。恭介は手をあげ男の方に歩いて行った。男は日に焼けた顔に満面の笑みを浮かべ、目印の紙を折りたたむと両手を振って恭介を迎えた。紺地に白い花が浮き出たかりゆしウェアのシャツを着た男は、風が吹けば飛んで行きそうな細さで、恭介は見るなり、日焼けした鶴だと思った。

「やあ、よく来てくれたねえ、大賀君。私がSTD石垣所長の鳥居だよ。所長と言っても一人所長だったけどね、今日からは大賀君と私の二人で事務所をやっていくことになる。よろしく頼むよ」

鳥居がニコニコ顔で差し出してきた右手を恭介は軽く握った。細い体の鳥居が握り返してくる力の強さに驚いた。

「昼、まだだろ。八重山そばを食べに行こうか」

鳥居について空港駐車場へ歩いて行った。錆と傷だらけの軽乗用車の助手席側のドアを開け、鳥居は恭介に乗るように言った。セルモーターが臨終前の一息のような音を立てるとエンジンがかかった。鳥居がアクセルを踏みこむと、車体がぶるっとひと揺れして走り出した。

「どうだい、大したもんだろう、ちゃんと走るんだ。所長で赴任して以来五年だよ、車もなかったんだ。そりゃあ、添乗が仕事だからバスに乗ってなさいって話だけども、ほら、ホテルだとか土産店だとかとの事前の打ち合わせもあるじゃない。仕方なく、自転車で島を走ってたんだよ。けど、私も六十すぎだ、もう足腰にガタが来たもんだから、去年思い切って中古車買ったさ」

「へええ、いくらしたんですか」

「十万円。石垣に来て以来いちばんの買物だった」

「所長さんでも、節約して暮らしてるんですね」

「節約ねえ」

鳥居はそう言って、首に筋を浮き立てて笑った。喉仏が勢いよく上下しているのを見て、恭介はラムネのビー玉を思い浮かべた。

「私の家は秋田にあるんだ。妻と娘に毎月仕送りしてるからねえ、使えるお金はなんぼもないよ。それにほら、あんたもそうだけど、私ら派遣社員は、添乗の数をこなさないと収入がいくらにもならない。毎月しっかり給料もらってる大手旅行社の正社員とはわけが違う。ツアーが少ない月は、どうやって暮らそうかと思うほど収入が減っちゃってさ」

「そうなんですか」

恭介は気落ちした声で相づちを打った。

「いやあ、大賀君、君は心配しなくていいさ。だって、今は離島ブームでしょ、それに、君は十一月から四月まで期間限定の添乗員、冬は大丈夫。南国の陽気を求めてツアーがわんさかやってくるから」

「ほんとですか」

「ほんと、ほんと。これからの時期、とても私一人じゃ手が足りなくて本社に要員派遣を頼んだくらいなんだから。大船に乗った気でいなさい」

鳥居はハンドルから手を離し、恭介の方を向いて身振り手振りで話した。

「所長、前向いて運転してください。ツアーの仕事あるなら、俺、安心ですから」

恭介はこの三年間、いくつもの職を転々としてきた。ＪＲ貨物を辞めてから、祖母の珠子に仕事はきちんとやる、毎月食費は渡すと約束し、段ボール工場の作業員、駐車場の管理人、カラオケボックスのフロント、ニューハーフの店のバーテンなど短期間で仕事を替えた。夜の街で、高校の仲間だったケンタやジュンジに出会うこともあった。

「おう、恭介、航空自衛隊で空飛んでるんじゃなかったのか。俺は一流にのし上がるって言ってたよな。あれはどうなったんだ。やっぱ、おまえはただのホラこきだったな」

長距離トラックの運転をして月に四十万は稼ぐと言うケンタは、恭介をせせら笑った。返すことばのない恭介は歯を食いしばって、からかいに耐えた。

恭介は、ネクタイにスーツ姿の仕事を探し求めた。街でやつらに出くわしたら、なんとか一流企業のビジネスマンとして就職できたと言って、靴やバッグを見せつけるんだと思った。だが、ここぞと狙いを定めた保険代理店、自動車販売会社、広告会社、ホテル、どこに履歴書を出しても不採用だった。

「定時制高校出身者は採らないいってことですか」

恭介は思い切って聞いたが、

「そんなことはありません。今回はたまたまご縁がなかったということで」

とうまくかわされるばかりだった。

やっと行きついたのが、STDという派遣会社だった。わずか五日間の研修を受ければツアーの添乗員として派遣します、という募集広告に魅かれて恭介は派遣登録をした。研修はパワーポイントのスライドを見て旅行業と添乗員業務の概要について説明を受けるだけで、講義中眠っていても、修了の証明をもらえた。恭介はパチンコ店員をしていたときに身に着けていたスーツ、ワイシャツ、ネクタイをひっぱり出してきた。

仕事は札幌発着のバスツアーの添乗だった。旅行社の指示書に従って予定通りにツアーが進むように、ホテル、飲食店、土産店との事前確認、現地での手続き、渋滞や事故で予定通りにバスが運行できない場合の連絡調整が主たる業務だった。ツアー客に対しては、請負元の旅行社社員を名乗るように言われていた。ツアーごとに違う旅行社の社員になりすまして添乗業務をこなした。

恭介の初めての添乗は富良野、美瑛を回る一泊ツアーだった。旅行指示書を見て、チェックすべき項目の多さに頭がくらくらした。時間を守ることと、手順よくものごとを進めることは、小さいときから大の苦手だった。バスに乗る前から、指示書通りに行かなくなったときにパニックの発作を起こさないか、不安でいっぱいだった。

だが、バスが走り始め、一つ一つの業務をこなすうちに不安は消えていった。車内での案内はバスガイドの役割なのだが、恭介は、中年女性の賑やかな一団に沿道の景色について質問されてマイクを握った。十勝岳を指されて旭岳と答え、芦別岳を指されて夕張岳と答え、バスガイドに訂正された。「どうもすいません」と拳で額を打つ仕草をすると、昔の噺家のようだと大受けした。地元の歌を歌えとはやされて『北の国から』をラララとムムムだけで歌うと、女性たちが感涙にむせび、あんたは歌手になれと拍手を浴びせてきた。ツアーの終わりに、中年女性たちとハグをかわし、また会うことを堅く約束した。一回目の成功体験で、恭介はこの仕事はやめられないと思った。仕事をしている限り、スーツ姿で外出することができる。誰に会っても正社員でバリバリ働いていると言える、と思った。

ツアーを実施する旅行社は、一流から中小まで多種多様だった。恭介は、金額の高い一流旅行社のツアーでは、宿泊先のホテルがいかにゴージャスであるかを強調した。ツアー客たちが満足顔でうなずくのが手に取るようにわかった。一方、三流ホテルに泊まる格安ツアーの客には、少しでも満足してもらおうと気を遣った。地元に展開するコンビニの駐車場にバスを無理に停めてもらい、ホテル内の割高な飲食物を買うよりも、コンビニでたくさん買い物をするよう勧めた。ツアーの最後に、気の利く添乗員だと手を握って感謝された。

恭介は、客に喜んでもらうために気を回し、臨機応変に対応することが楽しくなった。観光情報誌に事前に目を通し観光スポットでの一番人気の土産店、ソフトクリーム店、スイーツ店の案内を欠かさなかった。短い降車時間の中で、ツアー客が得をしたと思えるように、立ち寄るべきイチオシ店を声を大にしてコールした。自分が勧めたソフトクリームを買ってきて、「やっぱりここのが北海道一おいしいですね」と感動して食べている姿を見せることも忘れなかった。

小学生のツアーの添乗もたくさんこなした。ピカチュウなどポケモンのキャラクターの物まねをやってみせると大受けだった。クレヨンしんちゃん、ジャイアンにスネオ、次々とアニメの役になりきってしゃべり続けた。休憩時間に、体ごと飛びついてくる子どもをさばくので大変だった。修学旅行を終えると、「ありがとう添乗員さん」と題された作文が分厚い束になって旅行社経由で派遣会社に届けられた。恭介は、機転の利かない大手旅行社の正社員よりも、自分の方がずっと人気者だと思った。

客のために汗をかき、観光地を走り回ることに夢中になるうち、恭介は、自分はこの仕事に向いているのかもしれないという気がしてきた。派遣社員だとわかると露骨に見下す態度をとるホテルマンもいる、恭介が客を喜ばせるために突発的な予定変更をすることに腹を立てるドライバーもいる、一着きりのスーツが擦り切れているのをあざ笑うバスガイドもいる。だが、恭介は仕事をしているときには頭を下げ続け、怒りに任せて我を忘れることはなかった。

ただ、問題は収入がため息が出るほど少ないことだった。二泊三日のツアーを月に十回こなしても十五万円がいいところ、旅行社の正社員の半分にもならなかった。繁忙期はまだいい、十月、十一月になるとツアー客は一気に減り、出来高払いの派遣社員の収入は五万円を切ってしまった。恭介が会社にもっと仕事をくれと要求したところ、それなら冬の間沖縄で添乗をする気はないかと聞かれた。なんでも引き受けますと返事をすると、一昨日、阿寒湖の宿泊先に、札幌に帰着後すぐ石垣島に行くよう連絡が入った。北海道の駆け出しの添乗員が、八重山諸島のツアーを担当することになったのである。

鳥居は軽自動車を港近くの駐車場に止め、恭介を八重山そばの店に連れて行った。

「まずは、石垣島の味に慣れないとね」

八重山そば二つを注文した鳥居は、午後からの予定があるので急いで説明すると言い、店の中を見回している恭介におかまいなく、明日からの仕事の話に入った。

「離島ブームってやつかな。まあ、次々とツアーが入って忙しいんだわ。大賀君は、明日十時からのツアーの添乗を頼むよ」

「え、明日すぐからですか。俺、北海道で添乗してただけだから、こっちのことは何もわかんないですよ」

「いいの、いいの、わかんなくて。慣れたバスの運転手とガイドがいるから、任しとけばいいの。空港に迎えに行って、島一周のバス旅行してホテルに送ればいいんだから」

たちまちテーブルに出てきた八重山そばをすすりながら、鳥居は話を続けた。恭介はそばを口に含んだが、ゆっくり味わう間もなく胃に流し込まなければならなかった。気合の入っていないおやじがつくるラーメンみたいだと思った。

「まあ、心配なら、明日のツアーの指示書を渡すから見といたらいいさ。けど、大事なのはこっちの方なんだよ」

鳥居はそばを食べる手を止めて、車から持参した大きな手提げ袋をテーブルに載せた。

「いいかい、明日からの添乗グッズだからよく聞いてちょうだい。まず、これがかりゆしウェア、添乗員の制服みたいなもんだ」

と、自分が着ているのと絵柄がお揃いのシャツを示した。地が赤紫で鳥居のよりずっと派手だった。

「え、これ着るんですか。添乗員はスーツじゃないんですか」

残念そうな恭介の口ぶりに、鳥居は喉仏をころころさせて笑った。

「スーツなんか着る石垣の添乗員はいないから」

「俺、北海道から来た添乗員ですから」

「ああ、だめだよ、それ言っちゃ。大賀君、君は明日から石垣出身の添乗員なんだよ」

恭介は何を言われているかわからず、目を見開いて鳥居の顔を見返した。

「いいかい、ツアーの謳い文句に現地のベテラン添乗員が同行、と書いてあるんだな、これが。だから、明日から、大賀君はかりゆしウェアを着て、石垣出身者にならないといけないんだよ」

「えーっ。俺、できないっすよ」

「いやあ、それができるんだな。私だって秋田出身だって言ったでしょ。こっちに来てすぐ現地の人になったさ。私の言う通りやれば大丈夫なの」

「ほんとですか」

「まずね、ツアーで来るのはみんな本土の人間で、沖縄っぽい雰囲気とことばを期待してるってことなんだな。だいたい、沖縄本島と石垣ではことばも風習も違うのさえ知らない。だからね、石垣出身者といっても、沖縄っぽい感じで振る舞ってれば、全然平気」

「そうなんですか」

「そうさ。だから、テレビに出てくる沖縄人みたいにしてればいいの。しゃべるときは、最後に〝さー〟をつける、すごくって言いたいときは〝でーじ〟、何て言おうか困ってるときは〝だからよ！　なんでかね！〟と言えばいいんだ。これをところどころ入れるだけで、客は、ああ現地の人だって感動してくれるから」

「そんなもんすか」

「そんなもんなんだよ。まあ、沖縄ことばのあんちょこを一冊あげっから、それで十分。大事なのは見た目と雰囲気。いいかい、添乗員グッズの二つ目がこれだ」

鳥居はかりゆしウェアの袖から突き出た細い腕を袋の中に突っ込み、三線《さんしん》を取り出した。

「え、なんですか、三味線ですか」

三線を弾く形に構えた鳥居はひっひっひと笑った。

「大賀君は、ほんとに沖縄のことを何も知らずに来たんだね。けっこう、けっこう」

「笑わないでくださいよ。俺、添乗始める前に、いろいろ沖縄のことを研修する時間があると思ってたから」

恭介は少し口を尖らせて答えた。

「いいんだ、いいんだ、何も知らなくて大丈夫。これはね、沖縄の三味線で三線と言うんだ。蛇の皮を貼ってるから本土では蛇皮線《じゃびせん》とも言うね。明日から、これをもって添乗しなさい」

「もってるだけって意味なくないですか」

「まあ、もってるだけで、お客さん喜んでくれるけど、席から席に回してさわってもらえばなおいい。弦にさわって音を出してもいいですよ、と言ったら大喜びするよ。でも、たどたどしくてもちらっと弾いてみせることができたら、最高。大賀君、君はギターは弾けるかい」

「まあ、ちょっとは」

恭介の返事を聞いて、鳥居は満足そうに顔をくしゃくしゃにした。

「そうか、それはよかった。ギターが弾ける人はだいたい三線が弾けるんだな。これ、宿舎で練習して」

鳥居は三線の図解入り入門書とＤＶＤを袋から出して恭介の前に置いた。

「先々週まで駐在していた添乗員が私のアパートの隣りにいたんだ。その部屋に入りなさい。テレビもあるしＤＶＤのプレーヤーもある。それみたら、すぐ弾けるようになる」

「楽譜ってあるんですか」

「五線譜の楽譜はないよ。工工四《くんくんしー》って言うのが三線の楽譜。漢字で合、乙、老とかの文字で書いてあるんだな」

「いや、だめっす。俺そんな世界にぜったい入れないす」

恭介が拒絶の意思をあらわしても、鳥居はいっこうにとりあわず、くしゃくしゃの笑顔で三線の説明を続けた。

「まあ、ものは試しだ、今日ゆっくり練習してみなさい。音楽が苦手だった私でも、一年で安里屋《あさとや》ユンタが弾けるようになったから」

「なんすか、安里屋ユンタって」

「あいやー。大賀君、君は超有望新人だよねえ。ゼロからゆっくり安里屋ユンタを学んでいきなさい。弾きながら歌える頃には君はもう、島の人、しまんちゅになってるさ。ところで、君の声はでかいし、よく響く。あんたのユンタが聞きたいよ」

「所長、俺をおだててもだめっす。金欠で酒一本買えないすから」

「いいから、いいから。まあ、石垣に来たら歌の一つも歌えるようになってみなさい。で、添乗グッズの三つ目だがね、これだよ」

鳥居が取り出したのは紐で緩く結わえられた三枚の木の板だった。恭介が首をひねっていると、鳥居は板と板の間に左手の指を挟み、右手で板を打ち鳴らした。カチッカチという軽快な音が店の中に響いた。

「どうですか、いい音でしょう。これをね、三板《さんば》と言うんだ。いわば、沖縄のカスタネットだな。いいかい、弾き方によってとても気持のいい音が出る」

鳥居が親指で爪のところを押さえた他の指を勢いよくはじいて板を連打すると、三連、四連の心地よい音が出た。恭介は、鳥居が三板を繰り返し打つのを聞くうち、自然と腰が浮いた。

「すごいすね、所長。俺、気に入りました」

「そうだろ、そうだろ、大賀君、君の顔は踊りたいと言ってるよ。三板を君に十個渡しておく。鳴らし方を君も練習しておきなさい。バスの中で、ノリのよさそうな客にもたせてだね、歌に合わせて鳴らさせるといいよ、大盛り上がり間違いなし」

鳥居は三板の練習法を収めたＤＶＤも用意しており、連打の仕方を映像で学ぶように伝えた。

「よおし、業務打ち合わせ終了だ。私はこれから出かける。アパートの鍵はこれ。地図を書いておいたから、見ながら行きなさい。じゃあ、明日からよろしく頼んだよ」

勘定をすませた鳥居は、慌てて店を飛び出していった。細い体を風に吹かれ弄ばれるようにして通りを渡っていく後姿を見送りながら、恭介は石垣島の潮風を胸いっぱいに吸い込んだ。

翌朝九時半に恭介は、ツアーの旗をもったバスガイドの古波蔵《こはぐら》早織と石垣空港の到着口に立っていた。客がそろったことを確認し、バスに誘導する。石垣島を一周し夕方ホテルまで客を送るツアーである。

「添乗員さん、今日初めてでしょう」

「そうなんです。昨日北海道から来たばっかりなんです。こっちのことは全くわからないのに、所長から現地の人として添乗するように言われてるんです。どうしたらいいですか」

「きゃはは」

年の頃は三十代半ば、色浅黒く丸顔の早織は、周りに響く甲高い声をあげて笑った。

「おかしいですか」

「ニーニー、今日、三線と三板もってきた？」

「ええ、もってきましたよ」

「やっぱねえ。鳥居さん、こっちに来て、三線にすっかりはまったの。バスの中で弾いてみたら、お客さんに大受けで、それからはずっと三線持参の添乗員。石垣はいいなあ、八重山はいいなあ、一生住んでもいいなあ、って言ってるよ」

「でも、三線難しいっすよ」

「ああ、前の添乗員さん、北陸の出身って言ってたんだがねえ。所長より三線下手なのが嫌だ、コンプレックス感じるって言って、いきなりやめたんだよ。ちょっと前のことさー」

「ほんとですか、やばい話聞いちゃった」

「なにも、心配ないさー。ツアーは、私と運転手がついてるから任せなさい。三線、弾けなくたってかまわないさー」

　恭介は早織の話しぶりに気持がとても軽くなった。島の人間はみな、初対面の人間をこんなにリラックスさせるのだろうかと思った。


　昨日、恭介は鳥居と別れた後、地図を頼りに歩き続けて、二時半ころアパートに着いた。長い箱を無造作に四つに区切ったような平屋の建物で、冷蔵庫、洗濯機、テレビが置かれている他、部屋には何もなかった。恭介は板敷の床にスーツケースと三線を投げ出し、寝転んだ。外から差し込んでくる日を背中に受けながら、とうに初雪の降った北海道を思い出した。明日から「ニセ沖縄人」になると思うと、ふだんは口から出まかせで生きている恭介でも、不安でじっとしていられなかった。日に照らされ蛇皮が光っている三線の存在が鬱陶しかった。

　旅行指示書を開き、今日のうちに連絡を入れておくべきホテル、飲食店、土産店に携帯から電話をした。近くを歩いてコンビニで弁当を買った。弁当を食べてしまうと、寝るまでの間にすることがなくなった。恭介はいやいや三線を手に取り、教則本を開いた。バチで弾くときは弦をまっすぐ切るように押し下げよという教えに従って、開放弦で音を出してみた。「ドファド」の音が、部屋の中の空気を強くはじいた。まるで、三線から生き物が飛び出したようだった。恭介は、ギターに比べあまりにストレートに響き、周囲の物にぶつかるように広がっていく三線の音に、全身の神経が目覚めた。

それから、教則本とDVDをたよりに練習に没頭した。恭介には、小中学生のときから、耳で聞いた音をピアノやギターで再現する能力があった。楽譜がなくても、流行歌やCMソングのさわりを演奏できるので、大人を驚かせた。中学の音楽の時間、休憩中にピアノで次々と流行歌を弾いたところ、楽譜も読めず成績も悪い恭介が弾いていることに音楽教師は目を丸くした。

「そういうのを、無駄な能力と言うんだな」

学校の秩序を破壊するモンスターと言われた恭介が、生徒たちから称賛を浴びる数少ない機会だったのに、教師の一言でピアノの周りに集まっていた生徒たちは散っていってしまった。

DVDは、〝合乙老下老四上中尺〟などと漢字表記された「工工四」の画面に、曲の進行にしたがってポインターが動いていくものだった。ポインター通りに音を出していくと、「安里屋ユンタ」や「てぃんさぐぬ花」などが演奏できるようになっていた。恭介は音階の取り方がうろ覚えのまま、DVDを見ながら「安里屋ユンタ」を弾くことに没頭した。

気がつくと深夜になっていた。翌朝の初添乗に備え布団を敷いて横になったが、なかなか眠れない。頭の中に「工工四」が浮かんできて、赤いポインターが移っていくのが消え去らなかった。

朝、七時に起きてコンビニで買っておいたパンを食べていると、ドアをノックする音が聞こえる。開けると、昨日と同様顔いっぱいに笑いを浮かべた鳥居が立っていた。

「聞こえたよ、大賀君」

「えっ、なんですか」

「きまってるじゃないか。三線の音だよ。一晩であんなに弾けるようになるなんて信じられないよ。前に弾いたことがあるんだろ」

「いいえ、初めてです」

「ほおお、それならすごい。ほんと君は超有望新人だね」

鳥居は心底驚いたという表情をして、ことばを続けた。

「かりゆしウェアも似合うねえ。いいよ。さて、今日は空港出迎えのツアーだ。空港まで、自転車で行くといいよ。アパート前に二台あるから自由に使ってかまわない。私も軽を買う前はずっと自転車が機動力だったんだ」

恭介は鳥居に見送られ、市街の東北にある空港に向かった。


「めんそーれ沖縄。おーりとーり八重山。みなさま今回は当旅行社の島めぐりツアーに参加していただき、ありがとうございました。私は添乗員の大賀恭介でございます。こちらの生まれではありますが、添乗員としては駆け出し者ですので、なにかご要望がありましたらどうぞ遠慮なくお申し付けください」

ツアーの出発に当たり、早織からマイクを渡された恭介は挨拶をした。ツアーは東北地方で募集されたもので、高齢の夫婦と中高年の女性グループが大半だったが、若いカップルないしは夫婦がごく少数混ざっていた。

運転手は宮良《みやら》忠一と言い、五十すぎだが、日焼けした顔の肌がつやつや輝き、愛想のよい大きな目がよく動いた。早織はチューさんと呼び、石垣でいちばんいい運転手だと恭介に言った。

「北海道からよく来たねー。白い肌のいいニセーが、一ヶ月もこっちにいたら真っ黒なしまんちゅになるさー」

チューさんが、乗客に聞こえそうな声で話しかけてきたので、恭介は、出身地は言わないでと慌てて口に指を当てる仕草で応じた。

天気は晴れ、上々のツアー日和だった。バスは時計と反対回りに石垣島を走った。恭介はどこを走っても見るもの聞くものすべて初めてだが、早織のガイドを聞きながら、何度も来たことのあるおなじみの場所という顔をしていなければならなかった。玉取崎で、ハイビスカスの咲く散歩道を歩いていくと、飛行機の窓から見たのと同じ透明、薄緑、そして青の帯に分かれた海が眼前に現れた。

「どうです、よく目に焼き付けてくださいね。これが石垣の海ですよ」

恭介が、ツアーの一団にもっともらしい口調で語りかけると、誰もが「ああ」とことばにならない嘆声を洩らし、中にはハンカチで涙を拭う女性もいた。

「死んだらね、あの青い海の向こうに行くと信じても不思議でないわね」

そう言って袖をつかんでくる白いブラウスの老女に恭介はただうなずき、歩を合わせて展望台に向かった。

平久保崎は石垣島の最北端で、牛の放牧地の先に白い灯台がある。灯台周辺の淡い色の海面の先には、一面、深い青の世界が広がっている。右が太平洋、左が東シナ海ですと、早織が説明しているが、違いはなくどちらもひたすら青い。

「みなさんはほんとに幸運でしたね。今日は海の青さが目にしみてくるような晴れです。もし曇っていたら、あの青がどよんと黒っぽくなってしまうんです」

恭介が口先から出まかせを言うと、みなそうだ、そうだとうなずき、

「添乗員さん、素晴らしい旅行をありがとう」

と握手を求めてきた。

半島のつけ根の食堂で八重山そばを食べた後、バスは島の北部の海岸を西に向かった。恭介は布袋にくるんだままの三線を手に掲げ、乗客にこれは何でしょう、と問いかけた。多くの客が、

「さんしん、さんしん」

と口々に言い、恭介が袋から出して見せると、やっぱりそうだと嬉しそうな顔をした。恭介は、北海道での添乗に比べ、人は南の島に来ると何気ないことですぐ笑い、嬉しさが自然と体に現れるようになるのかと思った。

「添乗員さん、三線弾けるの？」

玉取崎で恭介の袖をつかんだ老女が、後方の席から元気な声で聞いてきた。

「えー！　どう思います？　三線もってきてるんだから、弾けるんだろって？　残念ですねえ。私は習い始めたばっかりで、初心者も初心者、チョー下手くそですが、弾いてもいいですか」

盛大な拍手を受けて、恭介は早織に頼んで、「安里屋ユンタ」のＤＶＤのカラオケ・バージョンを流し、歌ってもらうことにした。

「みなさん、だれでもちらっとは知ってる曲だと思いますよー、合いの手のサーユイユイというところと、最後のマタハーリヌ、チンダラカヌシャマヨというところは、みなさんぜひ声を出して一緒に歌ってくださいねー」

早織がそう言って、「安里屋ユンタ」のＤＶＤをかけ、マイクを握った。運転席の背に取り付けられたディスプレイに映像が流れ出した。恭介は左手で三線の弦をおさえ、右人さし指を差し込んだバチを蛇皮の胴にあてた。目を閉じると昨夜練習した工工四が頭の中に浮かび上がった。ポインターまでが現れ、出すべき音を示した。恭介は深呼吸をすると、手首に力を込めてバチを押し下げた。「中工七合七合七七五工」、優しく人に語りかけるような前奏のメロディが三線から流れ出た。カラオケの音もゆったりとしていて、恭介はたどたどしく弾く自分の音があまりずれていないのを感じた。昨

いたのだった。

夜、この前奏を弾けるまで百回、二百回と繰り返し練習しているうちに、弦を押さえる位置が身に着

サー　君は野中の茨の花か

早織の力強くつややかな声がバスいっぱいに響いた。息遣いまでが声に乗って耳に届いてくる歌い出しだった。恭介は早織の声に、「ああ、ここが八重山だ、石垣島なんだ」と思った。

サーユイユイ

乗客が自然と唱和し、早織の声をかき消すようなうねりになってバスを揺るがした。誰もが口を大きく開き、歌うことがそのまま笑いになった。恭介は、歌詞に気をとられて伴奏の箇所を見失わないよう、頭の中の工工四に気持を集中させた。

暮れて帰れば　ヤレホンニ　引き止める

歌の背後で素朴に鳴り続ける三線が曲の情緒を深める。歌詞の合間の一拍に、三線の音がぴたりとはまると気持がいい。それがわかっている恭介は、歌にずれないように三線を鳴らし続けた。

マタハーリヌ　チンダラ　カヌシャマヨ

ここでもほとんどの乗客がここぞとばかり声を張りあげた。白いブラウスの老女が胸を張り身を乗り出すようにして歌っていた。二番の歌詞が始まる前に三線の間奏が入る。前奏と同じメロディだ。恭介は出だしより落ち着いて弾くことができた。

サー　嬉し恥ずかし　浮名を立てて
サーユイユイ
主は白百合　ヤレホンニ　ままならぬ
マタハーリヌ　チンダラ　カヌシャマヨ

サー　田草取るなら　十六夜《いざよい》月夜
サーユイユイ
二人で気兼ねも　ヤレホンニ　水入らず
マタハーリヌ　チンダラ　カヌシャマヨ

二十番くらいまで歌詞をもつという「安里屋ユンタ」だが、カラオケは三番で終わった。恭介は、頭の中の工工四を辿り続けた結果なんとか終わりまで来ることができて、胸を撫でおろした。途中、リズムをはずしたところがたくさんあったのが無念で、とても人に聞かせるようなものではないと思った。

「みなさん、添乗員の大賀さんに拍手をお願いします」

早織の一言で恭介は盛大な拍手に包まれた。しばらく拍手が鳴りやまなかった。こんな経験は人生で初めてだった。

「みぃふぁいゆー。みぃふぁいゆーは、八重山のことばで、ありがとうです。みなさん、ありがとうございました」

恭介は、乗客を待つ間の早織との雑談で、沖縄ことばと八重山ことばは全く違うこと、沖縄のありがとうは〝にふぇーでーびる〟だが、石垣では〝みぃふぁいゆー〟だと教わった知識をさっそく活かした。なるほどという顔をしている乗客を目にして、恭介は早織と目を合わせて笑った。

「みなさま、安里屋ユンタの素晴らしいご唱和ありがとうございました。この歌は、もとは竹富島で生まれた田植歌ですが、今では沖縄を代表する歌としてよく知られております。話は十八世紀のことでございます。竹富島の美女クヤマに、琉球王国から派遣された役人が結婚を迫るのですが、クヤマは頑として応じません。当時は八重山の人々は王国に過酷な税を課されておりまして、役人に逆らうことは大変難しい時代でした。役人を振ってしまうクヤマに、人々は島の反骨精神を託して歌ったものでございましょう」

早織の改まった口調のガイドを聞きながら、バスは順調に海岸線を西に走った。複雑な海岸をもつ川平《かびら》湾に着いた。

「さあ、みなさま、本日のツアーのハイライト、川平湾に到着でございます。今年の二月にミシュラインガイドで最高の三つ星評価を受けた景勝の地であることは、みなさまもご存知のことでしょう」

早織のアナウンスを聞いた乗客は、期待に溢れた表情で次々とバスを降りて行った。早織に案内されてグラスボート乗り場に向かって行く。海が見えてくると乗客は口々に歓声をあげた。宝石のように白い光を放つ砂浜、緑に覆われた小さな島々、底まで透き通って見える海。底にあるサンゴ礁と深さによって、海はどの場所も微妙に色が違っていた。海に浮かんだグラスボートの影がくっきりと海底に映っているのが、不思議な浮遊感を生じさせていた。

ツアー客がグラスボートで出発したのを見送ってから、チューさんの導きで、早織と恭介は湾を見下ろす茶屋に入った。

「ニーニー、三線じょーずだったねー。一晩であんだけ弾けるのは、音楽のプロかねー」

「チューさん、お世辞じょーずだねー」

「お世辞じゃないさー。早織も言ってたよー」

「ほんとですか」

恭介は早織に聞いた。

「大賀さん、若いのにうまいねー。鳥居さんに言われて仕方なく練習したんだろうね。でも、あんだけ弾ける添乗員さん見たの初めて。才能あるよー」

恭介は、今日は奇跡のような日だと思った。仕事一日目にこんないいことが起こるなんて、奇跡の島だと思った。

「石垣島はサイコーです。もっと早く来ればよかった」

「そんないいとこかねー」

「そりゃあ、そうですよ。だいたいこんないい景色ばっかり見てたら、みんな心がきれいになりますよね。島の人は、チューさんと古波蔵さんみたいないい人ばっかりなんでしょう」

「あっがやー。ニーニーは世間知らずだなー。石垣にも腹黒いのがたくさんいる。それによ、きれーな景色見ても飽きてくる。反対によ、いやらしーもの見たくなるのが人間さー」

「え、そうですか」

「当り前だよー。俺は若いとき、こんな景色なんも意味ないと思ってさー、東京に行ってたよ。ストリップも風俗も死ぬほど経験して、気がついたらソープの従業員してたさー」

「へえ、そうなんだ。でも、島の方がいいと思って帰ってきたんでしょ」

「まあ、いろいろあってさー。俺は東京も嫌いではないさー。ただ、島はのんびりしてるのがいいんだよー。東京で五分、十分遅れたらみんな眉吊り上げて怒り出すけど、島では誰も気にしない。のーんびり、ゆーったりがいいんだねー」

川平湾の観光を終えるとバスは、御神崎《うがんざき》に向かった。断崖に突き出た灯台から水平線に落ちていく夕陽を見ることのできるポイントである。ちょうど日没に遭遇できるようにツアーの時程を組んである。晴れに恵まれた今日は、東シナ海に落ちていく夕陽が空を茜色に染めていた。西に向かって夕映えの広がる海面は朱色に燃えているようだった。紅の炎に包まれたオレンジ色の玉が海の彼方に沈んでいくのを、ツアー客たちは息をひそめて見つめていた。

「日は昇り、日は沈む、ってやつですね。なんか、地球の大きさを肌で感じました。とってもいいツアーでしたよ」

若いカップルの男の方が、そう恭介に言ってバスに乗り込んでいった。

石垣市街地の西方にあるホテルに乗客を送って恭介の添乗は終わった。バスのドアの外に立ってお辞儀をする恭介に、多くの乗客が握手を求めしばらく手を離さなかった。

「お兄さん、ありがとうね。冥途の土産になる旅だったわ。あんたも元気でやんなさい」

白いブラウスの老女が話しかけ、暗闇の中を、一人でホテルに歩いて行った。

二ヶ月が過ぎた。離島ブームが続き、添乗の仕事が切れ目なく入った。多いのは、三島めぐりというプランで、石垣島、竹富島、西表島を二泊三日で回るツアーだった。恭介は、鳥居所長の指示通り現地出身の添乗員で通し、三線の演奏も欠かさなかった。音階をとることは早いうちに身に着き、工工四も十曲程度頭に入った。難しいのは沖縄民謡独特の変拍子を自在に弾くことで、鳥居や早織に間違っているところを指摘してもらっては直していった。チューさんは、民謡には関心がなく、

「ニーニーは、ずっとにせもんのしまんちゅでいいんだよー」

と取り合ってくれなかった。

恭介は三板の練習も始めた。指を弾いて連打する演奏が面白くなり、五連打ができるようになったときは、民謡酒場に行って披露したい気持に駆られた。添乗のときには、三板をバスに持ち込み、ツアー客に打たせてみた。三線の演奏に合わせて三板が鳴るようになると、恭介の担当するツアーは客たちが歌い踊り、熱狂の歓声が渦巻くようになった。

客を嬉しがらせるのが恭介の生きがいになり、喜びの種を探してたえず頭をめぐらすようになった。地元の食材を買いたいという要望の多い団体のときには、旅行社と提携している土産店の滞在を短時間で切り上げ、石垣で人気の大型スーパーにバスを停めてもらい、買い物時間をつくった。夜、ホテルから石垣の街に出て飲みたいという客のために、恭介は暇があれば街に出て、路上で配っている居酒屋、民謡酒場のチラシとクーポン券を集めた。安心して飲めそうな店のチラシ、クーポンをバスの中で配ると大好評であった。

ある晩、恭介はツアーに添乗し、島一番のリゾートホテルのロビーで翌日の予約確認をしていた。ソファで携帯電話を片手に仕事をしている恭介を目がけて、ダーク・スーツの男が歩み寄ってきた。上等な生地のスーツ、糊のきいたワイシャツにきっちり締めたネクタイ、恭介がかつてあこがれたビジネスマンの着こなしである。

「おい。これを配ったのは君か？」

男はいきなり詰問をするように恭介の前に足を広げて立ちはだかり、居酒屋のチラシを突きつけた。

「えっ、おたくはどちらさんですか」

恭介はどぎまぎしながら聞き返した。男はスーツの胸につけた名札を指で差して、恭介に、気づかないのかという顔をした。恭介は、男が大手旅行社の社員で松山という名だとわかった。

「君ねえ、派遣だろ。余計なことをしないでくれよ。こんないかがわしいチラシ配って。ここは一流ホテルなんだよ。なぜ、添乗員が客引きの手先をやらなきゃいけないんだ」

突然の事態に、何を言われているのかはじめはわからなかった恭介だが、松山が言い終ると、応戦の罵りことばが一気に迸《ほとばし》りそうになった。怒りに震えはじめた右手を下ろし太ももをギュッとつかんだ。

「いやあ、すみません。うちのツアーのお客さんから、お勧めの店ないの、って聞かれたもんで、渡しました。自分で行って、安心、安全の店ってわかってるところしか、紹介してませんから」

「だから、さっき、俺言ったろ。添乗員は余計なことしなくていいんだ。だいたい、俺のところのツアーのお客さんには、ホテルで民謡と踊りのショーを設定してるんだから、夜の街なんか行かなくていいんだ。それが、君が配ったチラシを見たうちのお客さんから、夜の街歩きの情報提供はないのかって文句を言われたんだ。クーポン券配ってる旅行社もあるぞ、ってな。どうしてくれる」

「松山さん、ご迷惑かけました。もう少し注意して仕事します」

恭介はソファから立ちあがって一礼した。スーツの下で体が蠢《うごめ》いた。太腿から下腹部が小刻みに震え、床にじっと足を置いていることはもうできそうになかった。だが恭介は、〝これ以上言われたら俺はキレてしまう、早く立ち去ってほしい〟と念じ、もう一段頭を下げた。〝面倒を起こしたら、派遣社員には仕事が来なくなる、どんな我慢をしてもまだ島にいたい〟と思った。松山が無言でその場を立ち去る気配を感じた恭介は、腕を伸ばし拳を固く握りしめ、ゆっくりと上体を戻した。

恭介が一番気に入った観光地は竹富島だった。赤瓦の屋根の民家が連なった集落を歩くと、八重山の伝統的な暮らしがそのまま息づいているのを感じた。屋根瓦に乗ったシーサーは、家ごとにどれも豊かな表情をしていて、ツアー客たちはシーサーを見るだけで感激の声をあげた。

コンドイ浜は、恭介が見た中で最も美しい浜だった。日に照らされているときには目を開けていられないほど白く輝く砂浜。沖合はるか先まで続く薄緑色の海。海底の砂模様が手に取るようにわかる透明度。沖に突き出た一本の古い桟橋。黙って立っていると体が海の彼方に吸い取られそうだった。とても単純な景色なのに、光と風によって海の色、空の色は刻々と変化し飽きることがない。

だが、恭介がこの浜にひかれたのは、景色だけではなかった。至るところで優雅に昼寝をしている野良猫がこの浜最大の魅力だった。恭介は気に入った猫たちの昼寝姿を写真に撮って印刷した。勝手に「ジャック」「キッド」「ジョニー」「ケイティ」「ビリー」などと名前をつけておいた。手づくりの「竹富島猫ガイド」を旅行者用のパンフレットに挟み込んだ。猫好きの旅行者たちは、「猫ガイド」に載っている猫に会えたことに感激し、「キッドに会えた」「ケイティを見つけた」などと恭介に報告し、竹富島は猫の楽園だと感嘆した。

カイジ浜は星の砂が見つかる名所とされていたが、誰もが簡単に見つけられるものではなかった。星の砂を楽しみに訪れる旅行者は多いが、時間を気にして空しく立ち去る者が大半だった。恭介は、体の不自由な老夫婦がツアーの一団にいたときは、自分が売店で買った星の砂を浜にこっそり散らしておいた。「このあたりを探すと見つかりそうですよ」などと言って、老夫婦を呼び寄せ、いっしょに星の砂を探す。

「あ、見つけた」

と喜ぶ老夫婦とともに、恭介は手を取りあって感激を分かちあった。

竹富島観光は、水牛が引く車に乗り、ガイドのおじいが弾く三線を聞きながらゆったりめぐり歩くのが定番だが、短時間にたくさん観光したい元気な客はレンタサイクルを選んだ。恭介は自転車でめぐるモデルコースを考え、ツアー客といっしょに走ることにした。

関西から来た中年女性の団体はみな元気だった。ママチャリで走るのはお手の物と、民家の間の見通しの悪い路地を勢いよく突っ走るのではらはらした。赤瓦の民家を展望することのできる「なごみの塔」に案内したときは、その小ささ、狭さに、恭介がからかわれた。

「にいちゃん、こんな狭いんはよう登れんわ。もちょっと、立派な展望台はないんか」

「えらいすんまへん。ここが島で一番高い二十四メートルのとこですわ。しっかりした展望台つくるよう、島のえらいさんにいうときますんで、かんにん願います」

「にいちゃん、現地の人なのに、関西弁うまいなあ」

赤い髪を盛大にパーマしたおばちゃんに言われ、恭介は頭をかきながら大笑いした。コンドイ浜、カイジ浜を見て、島の中央部に戻ってくる。仲筋井戸《なーじーかー》を見学し、島の生活にとって水の確保がいかに重要だったかを話した後、ンブフルの丘に案内した。

「なんや、けったいな名前やなあ」

赤い髪のおばちゃんが呟くのに答えず、立木の間の小道を一登りすると小さな丘の上に出た。民家が一軒建っていて、横に屋上へのぼる階段がついている。

「ますますけったいなとこや」

階段の上り口に「入場料百円」と書いた箱があり、パンフレットが置かれている。

「みなさん、このお宅の屋上が展望台です。百円を入れてあがってください」

ここにはおばあが住んでいて、たまに観光客からじかに百円を受け取りパンフレットを手渡ししてくれることがあるらしいが、恭介はまだ一度も会ったことがない。八人のおばちゃんたちがおしゃべりをしながら屋上にたどり着いた。「なごみの塔」よりもこちらの方が安心して竹富島をぐるりと見回すことができる。サンゴ礁が隆起してできたこの小さな島に山はなく、おすすめの展望場所はここくらいしかない。

緑に埋もれるように点在する民家の屋根が眼下に見える。緑のすぐ向こうに海が広がり、他の島が見える。恭介は、ここに来るたびに展望台をぐるりと一回りして「ああ、竹富島だ」と思う。

「ぱっとせんねえ」

赤い髪のおばちゃんが呟くと、他のおばちゃんたちも不服そうな顔で恭介をちらちら見た。観光客はみな「わあ」とか「きゃあ」と感嘆の声をあげる場面を待っているのだ。この程度の見晴らしのどこが面白い、時間の無駄ではないかという視線が恭介を刺した。

恭介はとっさに、両手の人差し指を立てて頭につけ、腰を低く落とした。

「ンブフル、ンブフル」

腹に力を込め、低く太い声を発した。

「添乗員さん、どうしたん？」

恭介は訝しむ声にかまわず、頭を展望台の床にこすりつけるほど下げ、「ンブフル、ンブフル」と大声を出しながら、人差し指の角を前に押し、そして上方に突き上げた。

「きゃあ、なにするん」

また、腰を落とし、角を床に突きつけ、押し、ぐいと前に迫った。恭介の角に腰を押された黄色いワンピースのおばちゃんが笑いながら逃げ惑った。

「関西セレブの御一行様、話を聞いてくださいねー。ここは、ンブフルの丘と言います。昔、農家で飼っている牛が逃げ出して、ここにやってきました。そのときここは平らだったんですよ。牛が一晩中、ンブフル、ンブフルと言いながら、石を押し、土を盛り上げたところ、この丘ができました。人が見つけたときには、丘の上で牛がンブフル、ンブフルと鳴いていたんです。この土地のえらい人が大変喜んで、ここを見張台にしました。はい、おわり」

「いやあ、牛さん、ようがんばったな」

「ほんにねー」

恭介はとっさにやってみせた牛の動作で体が熱くなり、額から汗が流れ落ちた。

「セレブのみなさん、ンブフル、ンブフルってやってみませんか。牛になって地面をもっと高くしてみませんか。腰を低くして、ぐいっと突き上げると、ほんとに地面が盛り上がって来るような気がしますよ。ほら、ンブフル、ンブフル」

おばちゃんたちが、角をつくって牛になり、大地に角を突き立てる仕草をした。

「ンブフル、ンブフル」

みなで声を発すると、下げた腰をぐいともちあげるときになおさら力がみなぎり、体の中に熱が生まれてくるのを恭介は感じた。大きな声を出そうとすると、「ブフ」に力が入り、喉の奥から勢いよく発された息が唇を震わせた。何頭もの牛が丘の上で競って鳴きかわす音になった。

「ンブフル、ンブフル、ンブフル、ンブフル、ンブフル、ンブフル、ンブフル……」

声を出し地面に向かい、深くおろした腰をンブフルと前に突き出し、岩を押す。重い岩がごろんと転がったら、土を掘り、頭に乗せてンブフルと上に突きあげる。平らな地面がいつしか盛り上がり、島から遠くを見渡す丘になる。ンブフル、ンブフル……。

恭介もおばちゃんたちもンブフルに熱中した。汗が額を伝い、顔が紅潮した。体に力を込めると、大地が盛り上がってくることが今まさに起きている気がして、みな、楽しくて仕方がなくなった。

「ンブフル、ンブフル。もう朝ですよ」

と恭介が一声叫んで終わりになった。

おばちゃんたちはすっかりご機嫌になった。恭介の案内で八重山そばの店に入り、

「いやあ、お兄ちゃんのおかげでいい運動して、そばがうまいわ」

とたちまち平らげた。

以後、恭介が島案内するときは、ンブフルで牛の角突きをすることがお決まりになった。ンブフルの丘は平坦な島にできた小さなヘソのようなものだった。そんな丘に人を案内すると、みな我を忘れて汗をかき、腹の底から喜んでくれると思うと、恭介は気持が自然と浮き立った。南の島の添乗員を

ずっとやるのも悪くない気がしてきた。振り返ってみると、苛立ちが募って感情が爆発する症状は八重山に来てから一度も起きていなかった。神経がざわざわしてきてあっと思う間もなく暴力的な衝動に呑み込まれることもなくなった。

島のドライバーはみなやさしかった。恭介が駆け出しの添乗員とわかっても、だれも馬鹿にする素振りを見せなかった。恭介が格安ツアーであればあるほどサービスしようとすることに、同調するドライバーが多かった。

「貧乏人が必死で貯めた金で旅行に来るんだから、得したって気持で帰ってもらいたいんですよ。金持ちは旅行以外でも楽しいことといくらでもあるんだから」

恭介はそう言って、その日の天気やツアー客の雰囲気でルート変更をドライバーに頼むことが多かった。いちばん気が合ったのは添乗員初日のドライバーだったチューさんで、恭介の気持を読んでルートを随時変えてくれた。チューさんは、ツアーのあと、

「ニーニー、飲みに行くかねー」とよく誘ってくれた。

恭介は、チューさんに連れられて石垣の夜の街をときどき出歩いた。チューさんは、

「酒は八重山のしまーがいちばん、風俗は吉原がいちばん」

が決まり文句で、八重山産の泡盛を好んで飲んだ。いつもチューさんのおごりだった。

「チューさん、どうして俺ごときにおごってくれるんですか」

「なに言うか、ニーニー。沖縄のことばで、いちゃりばちょーでー、というのを知らないのー」

「知ってますよ、俺もニセ沖縄人になって二ヶ月なんだから。出会えば兄弟、でしょう」

「そうさー。出会えば兄弟なんだよー」

そう言ってチューさんは恭介の肩をたたいた。恭介は、鳥居から島のドライバーの給料が本土に比

べてはるかに低いことを聞いていたので、いつも当然のようにチューさんがおごってくれることが、身にしみてありがたかった。チューさんを見ていると、しまんちゅの心は、自分のような計算高い人間とはまるで違うのかと思わずにはいられなかった。

「チューさん、俺、石垣で仕事できてすげーよかった」

「いやー、それはよかった。なにがよかったかー」

「島の人がチューさんみたいないい人ばっかだから」

「あいやー、俺はいい人じゃないさー。スケベでずるいんだよー」

「また、そんなこと言って。俺、今まで、何の仕事やっても失敗してたんだけど、島で添乗員やって初めて、うまくいくことが多くなったんだ。けっこうお客さんに感謝されて、えー、俺、そんなに役に立ってるのかなー、って気分がいいさー」

「やったねえ、ニーニー」

「俺、この前、竹富のガイドやったんだけど、チューさん、ンブフル知ってるでしょ」

「あー、あのいかさない展望台。地元の人間は誰も行かないよー」

「そうですか。誰も行かないんですか」

「そーさー。本土の観光地見習って、どーんと立派な展望台つくって見晴らしよくしたらって、えらいさんたちが言ってるさー」

「駄目ですよ、そんなもんつくっちゃ」

「どうしたの、そんなに怒って」

眉を吊り上げ席を立たんばかりになった恭介をチューさんはあきれ顔でみつめた。

「だって、あの低くてださいところがンブフルなんだから」

チューさんはしまーを呑む手を止め、恭介の顔をまじまじと見返した。

「ださいところは観光にならないでしょー」

「いいや、チューさん聞いてよ。俺さ、ンブフルでこんなことやってんだ。見ててよ」

恭介は居酒屋のカウンターの椅子から下りて、頭に角を生やし腰をしっかり落とした。

「ンブフル、ンブフル、ンブフル」

腹の底から太い声で牛の鳴き声を発した。背中から尻の線が牛になるように意識して体を沈め、十分に力を込めて「ンブフル」と角を突き上げた。

大声に驚いた客たちが立ち上がって、恭介の様子をのぞき込んだ。

「ニーニー、それはなんの踊りかねー」

チューさんは面白くてたまらないという顔で、腰を落とし力をためている恭介に話しかけた。

「ンブフル、ンブフル、ンブフル」

恭介は、カウンター前の通路で、岩を動かし土を盛り上げ一夜で丘をつくった牛を演じた。額から流れる汗で前が見えなくなった。最後にぐいと角を上に突きあげ、一声「ンブフル」と長鳴きした。

「ニーニー、三線の次に踊りもマスターしたか」

チューさんは拍手しながら恭介に言った。

「チューさん、これはねえ、牛が丘をつくるパワー・ダンスさ。どうお、地面が盛り上がった気がしない？」

「おお、したとも、したとも。ニーニー、すごいねえ」

恭介は椅子に戻り、話を続けた。

「前に、ンブフルの丘におばちゃんたち案内したら、なにこのちんけな展望台、って顔つきになったの。すげえしらーっとした目でにらまれてさあ、焦ったんだ」

「そりゃあ、まいるよねー」

「それでさ、俺、やけくそで、ンブフル、ンブフルって怒鳴りながら、牛が丘をつくってるまねしたんだよ」

「やるねー、ニーニー。おばちゃんたち、どんな顔したかねー」

「それが、もう喜んじゃって、俺と一緒にンブフル、ンブフルって、腰を突き上げたんだよ」

「うーん、おばちゃんたち、セクシーだよねー。俺、見てみたかったよー」

恭介は、チューさんと飲みながら、ネクタイもスーツもない、地位もない、収入も少ない島の添乗員になってよかったと思った。島にいると、自分をバカしたやつらをいつか見返してやるという気分がだんだん消えてきた。腹の底にしぶとく巣食っていた恨みが恭介を駆り立てることもほとんどない。添乗のないときは、三線と三板を練習することと、ツアー客を喜ばせるアイデアを考えることでたちまちすぎていった。

21

二〇一一年九月二七日　石垣島
「尖閣諸島は我が国固有の領土です。私たち〝目覚めよ日本、総行動委員会〟は、尖閣諸島の領有を現実のものとするために、日本中からやってきました。石垣島のみなさん、我国の領土をかすめ取ろうとする中国の野望を打ち砕きましょう」
北の海岸線を、黒いスーツに日の丸の鉢巻きをした男たちを満載したトラックやワゴン車の列がバスとすれ違っていく。海の向こうの尖閣諸島に向かって男たちが拳を突き上げているのが見える。
「うわー、街宣車、島で初めて見た。チューさん、尖閣諸島は石垣から近いの」

恭介の質問にチューさんはちらっと海に目をやりながら答えた。

「よくわからないさー。石垣の漁船をチャーターして、島に押し渡るって息巻いてる議員がいるらしいねー」

「だいたい一五〇キロ。近くはないさー」

早織が言うのを聞いて恭介は水平線に目を凝らしたが、曇り空の下、どんよりした暗い海には形あるものは何一つ見えなかった。恭介はギラつくような太陽が現われて、重苦しい気分を振り払ってくれることを願った。三月に東北を襲った大きな地震と津波は、南の島にまで予想外の影響を及ぼしていた。ツアー客が月を追うごとに減り、恭介がバスに添乗できる機会も少なくなってきたのである。今日は久しぶりのツアー、青い空の下で川平湾や竹富島の景色を楽しみ、観光客とともに歌え、踊れの気分に浸りたかった。

「島の人は尖閣のことどう考えてるのかな」

恭介はチューさんに聞いた。

「俺は難しい政治のことはわからないし、なにも言えないさー。ただよー、尖閣のことが言われるようになって、急に元気になった島のえらいさんがたくさんいるさー。尖閣のことやると本土から金が落ちるのかなー」

話はそれで途切れ、早織がツアー客にガイドを始めた。頃合いを見て、恭介が三線を弾き、乗客とともに歌い三板を打つ予定だ。

石垣に来て二年近くが過ぎた。最初の年は五月から十月まで北海道に戻って添乗し、十一月に石垣に帰った。次の年は、会社に強く要望して年間通して石垣での添乗にしてもらった。三線はギターと同じくらい滑らかに弾けるようになった。民謡酒場で鳥居と弾き比べをしたら恭介の方がはるかに上達していたので、嵐が来ても笑顔を浮かべている鳥居が初めて面白くない顔をした。バスの中で、乗客の様子を見ながら音の強弱、テンポを自在に変えて場を盛り上げられるようになった。指笛もマスターし、盛り上がりの最高潮で吹き鳴らした。

晴天の日には、景色だけで旅を満喫してもらうことができるが、暗く曇った日や雨の日となると恭介のもてなしがなければ、ツアー客は落胆して島の旅を終えなければならなかっただろう。

「添乗員さんのおかげで最高の旅ができました。みぃふぁいゆー」

などと言って、バスを降りるとき握手を求めてくる客が大半だった。ツアーの発注元の旅行社を経由して、添乗員への感謝を記した手紙が恭介のもとによく届いた。

バスは午前中の岬めぐりと昼食を終えて石垣の市街地近くに戻ってきた。離島ターミナルに乗り入れてツアー客を竹富島行きの船に乗せる予定であった。だが、いつもはスムーズに通過できる国道がのろのろの行列になっている。

「おかしいな」

チューさんは怪訝な顔をした。恭介は身を乗り出して前方に目を凝らした。

「わかった、街宣車だ。ところどころで、スピードを落としてスピーカーでがなり立てている。本土と同じやり方だ」

「えー、急ぐ人のこと考えてるのかなー」

早織が顔を曇らせて前方の車の流れを見つめた。

「島の問題を訴えるのはいいけどさー、迷惑はかけないでほしいさー。でもさー、尖閣問題やってる人は、えらいさんとつながってるらしいから、下手に文句言うなって聞いたさー」

チューさんは白手袋でハンドルを軽く叩きながら言った。バスは動き出したが、離島ターミナル間近でまたゆっくりになった。

「竹富町は反日教科書を使うな。八重山協議会に従え」

街宣車のスピーカーの叫びが聞こえた。

「石垣で竹富を批判しても意味ないと思うけど、どういうこと?」

「ニーニーは、まだしまんちゅとは言えないねー。竹富の役場はほら、そこにあるさー」

早織はバスの外の動きに注意を払いながら答えた。

「えー、うそ」

「うそじゃないさー、竹富の役場は石垣にあるんだよー、だから役場の前でがなり立てているのさー」

「信じられない」

二人が話しているうちに、竹富町役場前で街宣行動をしていた車が次々と去り、ツアーが目ざす離島ターミナルと同じ方向に向かって行った。ターミナルの駐車場にバスが入ると、早織が先に下り、笛を吹いて車の誘導をした。だが、停止位置に正しく止まった後も早織が戻ってこない。二時に竹富島行きの大型船が出るのに、旗をもって乗船口まで案内する早織が来なければ乗客を降ろせない。バスは予定の時間をかなり遅れ、出発まで一〇分しかなかった。恭介は乗船予約の証明書をもって船会社の窓口に飛んでいきたいのだが、早織が戻って来なければ身動きが取れない。いつも二人で業務を手分けしてツアー客を船に乗せているのだ。恭介は時間が気になり、早織の様子を見ようとつま先立ちになってバスの外を見た。

白手袋を頬にあてがい困惑した表情の早織がバスに戻ってきた。恭介とチューさんはバスから下りて早織を迎えた。

「どうしたの」

恭介は早織の腕をつかんで聞いた。

「いやあ、困ったさー。ほら、あの団体が、俺たちを船に先に乗せろ、話は船会社の上の方につけてある。お前たちは、あとの便にしろと、めちゃくちゃ言ってるのさー」

早織は駐車場に固まっている黒スーツに鉢巻姿の一団を指さした。

「あー、さっき街宣してた団体か。でも、こっちは予約済みなんだから、譲れませんよ」

「だから、私もできませんと答えたの。私たちもお客さんに対する責任があります。あなたたちこそ、後の便にしたらどうですか、って言ったの」

「そしたら」

「そしたらね、我々はこれから竹富島で正しい教科書を使うよう住民に呼びかける使命がある。石垣空港から出る飛行機に間に合わせるために急がなければならん。我々の使命と観光客のお遊びとどっちが大事か、そんなこともわからんのか、っておそろしい顔で怒鳴ってくるさー。ニーニー、どうする」

「どうするって、竹富島の見学時間を削るわけにはいかないです」

「船会社にもう話つけたって、どういうことかなー。あいつら、けっこうえらいさんとつながってるから困るんだよねー」

チューさんの一言で、恭介も早織も次のことばが出なかった。恭介は、予定通りツアーを進められないかもしれない事態に、体の中でぶつぶつとあぶくが噴きあげ、騒ぎ始めた。ぜったいあってはならないことだ、それも自分がいちばん案内したい竹富島ではないか、どうして譲る必要があるのか。

街宣の一団を見ると、ターミナルの建物に向かって歩き始めていた。最後尾の男が長い竿に取りつけた日の丸を掲げ、風に翻らせていた。

「どうする、あの団体、乗る気で動き出したよー」

早織が眉をしかめ、恭介とチューさんの顔をのぞき込んだ。

「きーみーがーよーはー」

街宣車のスピーカーが、地を揺るがすボリュームで鳴り始めた。かつてはそれを見ると条件反射のように直立不動の姿勢をとった日の丸が、恭介の視界の中でぐんぐん大きくなり、「君が代」が耳の中で激しく渦巻いた。腹も胸も頭もすべての細胞がじんじんと騒ぎ出し、恭介はじっと立っていることができなくなった。せわしなく足踏みをし、拳を震わせた。

「ちよにーいいー、やーちよーに」

額から汗が流れ落ち、かりゆしウェアのシャツを濡らした。〝いいか、国旗掲揚、国歌斉唱においては、微動だにしてはならぬ。守れぬやつはただちに隊を去れ〟、班長の声が恭介の頭の中で鳴り響いた。早く動かなければと思う恭介を、「君が代」が地面に縛り付けた。

「さざれー、いしのー、いわおとなりてー」

やめろ、やめてくれ、俺は行かなくてはならないんだ。竹富島をお客さんとゆっくりめぐり歩くんだ。恭介は体を押さえつけてくる力に抗い、駆け出そうとした。風に舞い上がる日の丸が、恭介の行く手を遮る壁のように広がり、押し寄せてきた。苦しい。恭介は腕を振り回し、体をよじって、突き抜けようとした。

「こけーのー、むーすーうー、……」

恭介は、チューさんが右腕を強くつかんでいるのを振り払い、弾かれたように走り出した。駐車場の車の間を縫って全力で走り、ターミナルの入口に向かう一団の前に両手を広げ立ちはだかった。

「待ってください。ツアーのお客様の予約があるんです。こちらのみなさんはこの後の船に乗ってください」

恭介の太く張りのある声は駐車場一帯に響き渡った。一団の先頭にいた恰幅のよい男が恭介に面と向かい合う形になった。赤黒く盛り上がった頬を光らせ、額に日の丸の鉢巻きをした男は、愛想笑いを浮かべながら恭介の左手を取り、押し下げようとした。

「添乗員さんかね。さっき、ガイドさんに伝えたのを聞いてなかったのかな。我々は、国の大義を果たすため先を急ぐんだ。遊びで竹富に行く君たちは後にしてくれよ」

男は恭介を横に押しのけ、後ろの男たちに前に進むよう手を振った。

「だめです、ツアーのお客さんに迷惑はかけられません」

そう言って、恭介はまた腕を広げ男たちの前に立ちはだかった。

「お前なあ、俺たちをなんだと思って、そんな真似をしてるんだ」

いきなり威嚇する口調になった男は、恭介の左腕をねじりあげ、太ももを蹴りつけた。

「やめてください。お客さんが竹富島の周遊を楽しみにしてます。ですから、定刻の便に乗せなきゃならないんです」

なんとしてもここに踏みとどまるつもりの恭介は、またも両腕を広げ、嗚咽をこらえながら声を絞り出した。騒ぎを聞きつけた一般の乗船客たちが遠巻きにする人垣ができた。恭介は、その中に、旗をもった早織に先導されたツアー客の一団を見かけ、早く乗船口に進めというように手を振った。早織たちが足早に移動を始めたのを目に入れて、恭介は両ももに力を込めた。

人垣をかき分け、灰色のスーツの男が恭介の前に現れた。恭介は、額に汗を浮かべた男に見覚えがあるような気がした。きっちりネクタイを締めた喉元を見て、以前夜の街のチラシを配るなと言って文句をつけてきた松山だと思い出した。松山は、恭介のシャツの胸をつかみ、口元を歪めて言った。

「君、派遣の添乗員君。こちらの団体のみなさんは急いでるんだ。竹富島での行動をすませて、今日の飛行機で帰らなければならない。予約はしてないが、特例で船に乗ってもらうんだ。ちゃんと俺が、船会社に交渉してきた。いいか、君たちのツアーが時間を遅らせればすむことなんだ。早くどけてくれ」

「だめです。僕はここを動きません。お客さんを案内するのが僕の仕事なんです」

恭介を力ずくで押しのけようとする松山を、足を踏ん張って押し返した。

「おい、添乗員、いい加減にしろ。お前たち沖縄の人間は、自分たちの都合しか考えないのか。目先の利益がほしくて目の色変えてんだろ。何が竹富観光だ。反日教科書を使う竹富の人間の根性叩きなおすのが先決だろうが」

一団のリーダーと覚しき先ほどの男が、恭介を威圧するように目玉を剥きだし、怒鳴った。恭介は、男に額を突きつけ腹の底から声を発した。

「なんだ、この腐れ外道が。沖縄をだしに使ってえらそうにするんじゃねえ。おめえらみてえのが、でけえ顔してんのが許せないんだよ」

添乗員をしている間にすっかり忘れていた罵りことばがすらすら出てきた。お前ら、熱くなれ、熱くなれ、血迷ってバカになれ、と念じた。ぐっと腰を落とし、やるならやってみろという気持になった。

「なにおう、沖縄の土人が。てめえら税金泥棒は日本の恥さらしだ」

男が恭介の胸倉をつかみ、唾を撒き散らして吠えた。男の後から三、四人、凶悪な目つきをした仲間が現れ、恭介を前後左右からつかみ蹴りつけてきた。

「やめろ、暴力はやめろ」

もみくちゃにされた恭介は手足をばたばたさせ、思い切り叫んだ。人垣の中から、

「きゃー、やめてー」

女性の甲高い声が響いた。男たちは恭介の手足をつかんで持ち上げると、人垣を割って走り出した。

「なにするんだ、やめろ」

と力の限り叫ぶ恭介を、男たちは埠頭のはずれまで運んだ。

コンクリートの上に投げ出された恭介は背を丸めて身を守ろうとしたが、男たちは容赦なく背中を蹴り、腰を蹴った。体を仰向けにされ腹部を踵で踏みつけられたとき、恭介は胃からこみあげてくる

熱いものを感じ、気を失った。


ドアをノックする音がずっと続いている。痛みで寝返りを打つこともできない。

「はい」

と返事するが、声にならない。

「ニーニー、ニーニー、いるのかー」

と呼ぶ声が、チューさんだった。

「はい、いますよ」

少し頭を起こし腹に力をこめて返事をすると、眠っているあいだ勢いを潜めていた体中の痛みと熱がいっせいに蜂起してきた。恭介は呻き声をあげながら上半身を起こし、ドアに向かってしわがれ声を発した。

「鍵、ドアの下の箱に入ってるから、開けて」

「おーい、入るよー」

とチューさんが中に入ってくると、その後ろから早織も顔をのぞかせた。

「ニーニー、生きてたか」

「大丈夫ですよ。ほら、ぴんぴんしてる」

ことばを発するたびに痛む腹に手を当てて、恭介は答えた。

「全然、大丈夫じゃないねー。病院行って手当てしてもらったのかー」

「俺、保険入ってないし、入院しろって言われたら明日の添乗できなくなるから、病院は行かない」

「あっがやー。ニーニー、それは無茶だよー。でも、どうやってここまで帰れたのか、俺はびっくりだよ」

「所長がさあ、お宅の社員が倒れてるって知らされて、車で迎えに来てくれたんだ。帰り、警察に行って被害を訴えたんだけど、なんか迷惑そうな顔されて、加害者の人相がよくわからないんじゃあ、捜査は難しい、だって。いっつも笑ってる鳥居所長が、こんな警察なんの役に立つかと怒ってた」

「ひどい話」

恭介の脛とふくらはぎに赤黒い内出血がいくつもあるのに気づいた早織が、険しい顔で呟いた。

「チューさん、ツアー、どうなったの。俺、それが心配で、悪い夢、何回も見ちゃった。ツアーのおばちゃんたちに、このクソ旅行社、金返せってがみがみ言われてる場面ばっかり見てたんだ」

「だっからさー、それも言いたくて、ニーニーの部屋訪ねてきたんだよー」

チューさんの赤黒いつやつやした頬から笑みがこぼれ出した。

「そうさ、ニーニー。竹富ツアー、とっても評判だったさー」

早織もチューさんのことばに大きくうなずきながら言った。

「ニーニーが街宣御一同様を怒らしてくれたから、その隙にツアー客を船に乗せたさー。あいつら出て行く船に、クソこの野郎とか吠えてたさー」

「ああ、よかった」

「俺も早織もさっきの送りで仕事の明けだったから、お客さんと一緒に竹富に渡ってよー、早織が水牛車に乗るお客さん案内して、俺はレンタサイクルのお客さんと走ったさー。どうだ、いいフォロー、わかる？」

恭介は布団の横にすわったチューさんに抱きついた。

「チューさん、ほんと、みぃふぁいゆー、だよ。めちゃ痛いけど、嬉しい」

「まあ、聞け、ニーニー。なごみの塔、西桟橋、コンドイ浜、カイジ浜、仲筋井戸、ぜんぶ連れていったさー。おじいとおばあの夫婦が二組、おばちゃん五人、若夫婦が一組、全部で、えーと、十一人だ。

チューさんのガイドもじょうずだったさー。俺も添乗員やろうかなー」

「チューさん、なんか忘れてない？」

「なんかほかにある？」

チューさんは恭介の問いに空とぼけた。

「あるよ、あるに決まってる、ほら」

もどかしさをあらわにする恭介を知らぬげにチューさんはとぼけ顔を続けていたが、突然立ち上がり、台所に向かった。流しを背にして恭介と早織の方を向くと、ぐいと腰を落とした。その姿勢から両手の人差し指を額に当てて突き出し、頭の先を床に着くほど低く前に押し出した。腰に力を込めて一歩前に進み、顔を上げると、

「ンブフル」

と一声鳴いた。

「チューさん、気がふれたかー。それはなんだよー」

早織が半分笑いながら、叫んだ。恭介は、チューさんに寄っていこうとする早織の腕をつかみ、放っておけと目で訴えた。

「ンブフル、ンブフル、ンブフル」

チューさんは布団の横に来て、腰を落として人さし指の角をゆっくりと上に突き上げた。重い岩を転がすために力を十分腰にため、足を踏ん張りじわりと角をもちあげた。チューさんは「ンブフル」と一声鳴くと、得意気に首を回し、恭介と早織を見た。岩に続いて土を掘り起こし斜面を押し上げるように進んだ。

「ンブフル、ンブフル」

チューさんの額に汗の滴が浮かび、頬をつたって床に落ちた。運転手の半袖の制服から突き出た腕

に力がみなぎり、汗で輝いた。

「ンブフル、ンブフル、ンブフル」

岩を押し上げ、土を盛り上げる牛になりきったチューさんは、わき目も振らずに床に角を突き立て、腰の力で上体を押し出し続けた。恭介は、部屋の床がぐいぐい高くなり、あたりを見渡す丘になっていくのを感じた。汗だらけになったチューさんが一息ついたところに、恭介は声をかけた。

「どんなツアーガイドしたか、ちゃんと言ってよ」

「ニーニー、言ってほしいのか」

「ほしいよ」

「じゃあ、言ってあげようかねー。十一人の御一行様をンブフルの丘に案内してきたさー。なんかチンケな丘だなあって顔してるおばちゃんがいるもんだから、こう、両手を角にして、ンブフル、ンブフルと地面に突き立てたんだよー。角でこうやって岩を転がし、土を盛り上げ一晩で丘をつくったんですよー、さあみなさん、ンブフル、ンブフルと力を込めて地面を盛り上げましょー、って言ったらねー、みんな俺の真似してンブフル、ンブフル、ンブフルって、汗かくくらいがんばったさー。俺さー、頑張りすぎて腰痛めたんだよー、腰が使い物にならなくなって母ちゃんに怒られたら、ニーニーどうしてくれる」

チューさんはそう言いながら、すすりあげた。恭介も大笑いして聞いているうちに、涙が溢れ出てきて止まらなくなった。痛いのとおかしいのと感激がいっしょくたになって身の内をぐるぐる回り、恭介は布団の上をのたうち回った。

「ニーニー、ンブフルでがんばったおばちゃんが言ってたさー。あたしらの命もンブフルみたいやなあ。がんばってがんばって、地面に角立てて、地球の表面にちっこい丘をつくってるようなもんや。丘ができてもな、風に削られ、雨に削られそのうち消えていくんや、そんなもんなんやなあ命ていうのは、って言うからさー、俺も感心したさー」

ふだんふざけたことしか言わないチューさんが、真面目な顔になって話すのを聞いて、恭介は返すことばが思い浮かばなかった。痛みをこらえてチューさんと早織の顔を見ていると、傷だらけの体の中に、ンブフルの動作をすることで湧きあがってくる熱気が今、ここにあるのを感じた。その熱気は、恭介を煽り立て暴走させるものではなかった。むしろ、全身をゆっくりあたため、やわらかにもみほぐしていくような熱で、恭介の気持を自然と浮き立たせるものだった。


一月の半ば、恭介は鳥居と向かいあって八重山そばを食べていた。初めて石垣に来たときに鳥居といっしょに入った店である。二人とも箸が進まず、互いの顔を見てはため息をついた。東北の震災から十ヶ月が過ぎていた。ツアーは激減し、派遣の添乗員は待機の日が多くなった。仕事のない日、恭介は三線の練習に明け暮れ、暇があるのもいいもんですと鳥居に話していたが、いつまで待ってもツアー客はあまり戻らなかった。

島めぐりツアーはあっても、添乗のほとんどは旅行社の正社員が行い、派遣社員に回ってくる仕事はめっきり減った。恭介は、島を走るツアーバスを見かけては指をくわえて見送るしかなかった。島に暮らし、土地の様子がわかってくるほど、添乗して案内できることが増えたのだが、その機会は逆に減る一方だった。

通年で八重山の添乗員をすることを会社に認めてもらった恭介だが、やるべき仕事がいくらもなかった。ときどき入る仕事を、鳥居は恭介と分け合ってくれたのだが、二人とも暮らすのがやっとの収入しかなくなった。

「大賀君、考えてくれた? もう、やって行けないよね。会社からは、大賀君を北海道に戻せ、と言ってきてるんだ。ツアーが回復するまで待ってほしいと回答してるんだけど、客も来ないところに添乗員置いて何になるんだって、えらい剣幕さ」

鳥居の顔から笑みがすっかり消えていた。恭介は、鳥居の言いたいことがよくわかった。街宣車の事件のとき、派遣会社からも旅行社からも、添乗員が政治がらみのことで軽率な行動をするな、恭介には添乗員の資質が欠けているのではないか、と鳥居は詰問されていた。鳥居は、添乗員として恭介になんの落ち度もない、なんの根拠があって非難するのかと抗議し、あくまでも恭介をかばった。恭介は、いつもひょうきんな笑いを振りまきながら仕事をしている鳥居のどこに、これほど会社に盾突く激しさが潜んでいるのか、と思ったものだった。

その鳥居が、このところずっと心に溜めていたことを、話し出そうとしているのが恭介にわかった。

「正直な話、私か大賀君のどっちかが、ここの仕事をやめなきゃならん。私もね、大賀君にずっとここで添乗してもらいたいよ。だけど、こんな状態じゃあ、二人とも干上がってしまう、それに……」

鳥居が何を言いよどんでいるか、恭介は知っていた。

「それに、所長は奥さんや娘さんに仕送りしないといけないし」

鳥居は腕組みをし、顔をくしゃくしゃにした。

恭介はどこにもぶつけられないもやもやが募り、じっとしていられなくなった。石垣島での添乗員は、自分としては初めてうまくいった仕事だった。自分で工夫したことが客に受け、喜んでもらえる経験は恭介を有頂天にさせた。このままずっと島にいたい。稼ぎが大したことなくても、出世の道がなくても、石垣でずっと添乗員をやっていよう。離島ターミナルでの一件の後、恭介はそう心に決めたのだった。なのに、なぜなんだ。自分より気がきかない、努力もしない旅行社の社員が大きな顔をして添乗しているではないか。どうして、やっとかないかけた小さな希望が踏みつけられなければならないのだ。くそう、ばかにしやがって。俺がどれだけツアー客から感謝の握手をされたか、わかってるのか、どれだけ感謝の手紙を受け取ったかわかってるのか。くそ、誰でもいい、ぶち殺してやりたい。人を利用して楽して生きてるやつをぶち殺してやりたい。恭介は、ふつふつと湧き出てくる怒りをもう抑えられない、と思った。

鳥居は何も言わず、箸をそばにつけたり戻したりを繰り返したあげく、天井を仰いだ。恭介の膝が揺れ、テーブルにのせた腕が揺れた。


頭の中でじーじーと非常時を知らせる音が鳴っていた。テーブルをひっくり返し、鳥居につかみかかる自分が目に浮かんだ。なにもかも叩き壊さなければ、このおそろしい緊迫感から逃れられない、切迫した思いが胸に食いつき離れない。ちくしょう、やってやる、ぜんぶ叩き壊して、一緒に死んでやる。燃え尽きるまで暴れてやる。

〝くそー、この野郎、なめんじゃねえ〟、そう喚いている自分が見えた。目の前の男を殴ることを手始めに、行く手を阻むものをすべてぶち壊し、白い光になって弾け、砕けようとする男の姿である。その男の背に恭介は後ろからむしゃぶりつき、羽交い絞めにした。何をするんだ、バカはやめろ、やめるんだ、その人はお前が殴りつける相手じゃない。よく見るんだ。


恭介は震える腕をテーブルに押しつけ口を開いた。

「わかりました、所長。俺、明日、北海道に帰ります」

鳥居は頭をそばの丼に擦りつけるほど下げ、そのまま動かなくなった。いつまでも頭を上げない鳥居を目の前にして、恭介も身動きできなくなった。鳥居の地肌が透けて見える白髪交じりの後頭部を見るうちに、涙が溢れてきた。身の内で蠢いていたもやもやが、波のように引いていった。ようやく頭を起こした鳥居が立ち上がり、恭介の手の甲に自分の掌を重ねた。

「大賀君、君がいつも添乗にもっていく三線をあげるよ。あれを北海道でも弾いてくれ」

「いいんですか」

「あれは、私が石垣に来てからの最初の買い物だ。北海道でも八重山の音を響かせてほしいのさ」

「いいすね。所長、ついでに三板ももっていっていいですか」

「いいさ、好きなだけもっていきなさい」

鳥居は何度も首を振ってうなずき、恭介の手の甲をきつく鷲づかみにした。

「ありがとうございます、所長。いい土産もらったんで、でかい顔して北海道に帰ります。ツアー客がたくさん来るようになったら、俺を、ご指名で呼んでくださいよ」

「ああ、もちろんさ」

そう答えた鳥居も、今の状態が続けば、自分一人の駐在さえ難しくなるかもしれないという不安に怯えていた。安住の地と定めた島を去らないですむよう、ただ祈るばかりの気持でいることは、恭介にもわかっていたのである。

22

二〇一三年七月一四日　白滝
朝、四時にスタートした八十キロのウルトラトレイルを亮次は走り続けている。夜明け前の麦畑や牧草地帯は靄に煙っていた。朝日が昇るとともに靄がちぎれ、緑と黄金の大地が姿を現していくのを眺めながら走る序盤は気分爽快だった。森下に強引に誘われて参加したニセコのトレイルランの大会以来、自分が走ってきた積み重ねがこの爽快感をもたらしているのだ、と思うと足が前によく進んだ。
だが、気持よく走れたのはせいぜい二十五キロくらいまでだった。雲一つない空から強い日差しが降り注ぐようになると、拭っても拭っても汗が額を流れ、目が痛くて開けていられなくなった。コースは北大雪の山並みに向かってひたすら緩やかに登り続ける。多くのランナーが息を荒くし、俯いた姿勢で登りの辛さに耐えていた。三十五キロ、四十キロの表示を見ても、亮次は何の思いをめぐらすこともできなかった。ただ歯を食いしばって通り過ぎた。もっともっと苦しくなるレース後半へ生き残れるかが試されていた。

五十キロを過ぎると汗も流れなくなり、乾いた汗が塩粒になって腕に浮いた。足腰のほとんどの部分が痛みと重い疲労を訴え、もう走る余力がほとんどないことを知らせていた。どこまで行っても林道と車道が交互に現れ、同じような景色の連続に、いくら走っても少しも前に進んでいないのではないかという不安に襲われた。給水所でゆっくり休み栄養補給しても、体力は回復しなかった。

五十五キロ手前で、ランニングフォームをまともに維持することができなくなった。動かない体が前のめりに倒れそうになるのを、次の一歩が辛うじて支えるような走りになった。六十キロの関門に達したとき、制限時間ギリギリだった。暑さのために消耗した多くのランナーが、タイムアウトとなった。関門を通過できても、その場にへたり込んでリタイアしてしまう者が続出した。亮次は、やめてしまいたいという内心の声を振り払って関門を通り過ぎた。

山岳地帯への登山路に入った。亮次は、どこかで動けなくなったら、そこでレース終了、でいいと思った。草の刈り分け道が、森の中の道に変わり、少し暑さが和らいだ。だが、岩と木の根が入り組んだ急坂は、一歩登ることさえ容易ではなかった。亮次は灌木の幹、草の根元をつかんで体を引き上げ、登り続けた。喘ぐ声が森にこだまし、断末魔の呻きになって返ってきた。早くダウンして、そこらに寝転がりたい、という気持が絶えず湧き出し、「もうやめたい、やめてしまえ」と繰り返し促す。だが、亮次の体はまだ辛うじて動き、次の一歩を踏み出し続けた。

森の中の登山路を不意に抜け、雪渓の上に出た。前方の視界が一気に開かれ、亮次は、「おお」と声をあげた。だが、解け始めた雪面を踏み抜いた足が、身を鋭く切られたような冷たさを訴えた。足もとを見ると、先行するランナーが踏み抜いた穴が次から次へと待ちかまえていた。穴を通して地表を流れる雪解け水が見えた。穴を避けて雪面に足を下ろしても、ぐしゃりとザラメ雪の中に埋もれ、引き抜くのに苦労した。ソックスも靴もぐしょ濡れであった。

泥酔者の千鳥足のように右に左にもつれて走るうちに、亮次は視界が揺れ、もう体を保てない気がした。そのとき、体の右側面をさっとそよがすようにランナーが現れ、雪の上を軽くとびはねる動きで駆け去った。ピンクのウェアが雪に映えた。

「おい、来たのか。そんなに軽く走れるんなら、俺を引っぱっていってくれよ」

亮次は、とうに見えなくなったランナーにからかい口調で呟き、ぬかるむ雪渓の上を、足を引き抜き、引き抜き、進んだ。雪渓の先は、鋭角に削られた岩石が見上げる彼方まで折り重なっていた。岩に記されたペンキの矢印を頼りに、手足を使って進む。ここを登りきる体力はないと思った。途中で体力の限界に達し、岩場を転がり落ちていく自分の姿が目に浮かんだ。一つ登っては喘ぎ、また一つ登っては喘いだ。登りきってやるという気力はもうなかった。ただ足の上がる限りこの苦行を続けるのみだった。そのとき、ふっと亮次の横を、苦しい息の音もたてず、ピンクのウェアのランナーが岩の上を軽々と登っていった。

「どうした、さっき追い抜いたのに、どうして俺の後ろからまた来たんだ。お前は何をやっているのだ」

ピンクのランナーが駆け抜けた岩場では、風が吹き過ぎた後のように高山植物が軽く揺れていた。黄色い花の群生が点々とつながり、上に行く道を指し示すかのようだった。花の間を縫って登って行くうちに、徐々に傾斜が緩くなり、手を使わなくても進めるようになった。日は今も変わらず青い空に輝き、強い光線が背中に降り注いでいたが、風は急に涼しくなった。

苦行がまだ続くと思ってゆっくり歩を進めていると、不意に稜線の上に出た。細長い衣の形の残雪をまとった緑の山、恐竜の背中のような尾根の連なり、足もとに盛りあがるように咲いている黄色や白の小さな花、亮次は天上世界にいきなり放り出された気分になった。前方はるか先をゆっくり歩んでいるランナーを見て、レース規則でランニングを禁止されている区間に出たことを知った。樹木一つないなだらかな岩礫《がんれき》地帯を丈の低い草が覆い、高山植物が花盛りになっている。峰と峰を結ぶ登山道が大地に降ってきたリボンのように屈曲を描いている。亮次は、稜線上の自分の歩みが、花に集う蜂や蝶の動きと変わらぬ自然界の一こまのような気がした。

いくどもレースの続行を諦めかけた自分が、最も標高の高い区間まで来て今なおゴールを目ざしていることが不思議だった。ぼろ雑巾のようになった体でも、足はまだ前に進んだ。歩くうちに、雑念が絶えず浮かんでは消えていった。

ああ、ところで、時間は大丈夫なんだろうか。このペースで完走できるだろうか。夕方六時半までにゴールして、バスに乗って札幌に帰らなければならない。明日は八時から河川敷の草刈りだ。親方に、「トレイルランだか何だか知らんが、仕事の手を抜くな、筋肉痛で働けませんなんてのは許さんぞ」と言われた。たぶん、今晩のうちに札幌に帰れても、明日は歩くのもやっとで、使い物にならんと怒られそうだ。亮次はそんなふうに自問自答しているうちに、親方に言い訳をしている場面が目に浮かび、どんなに体がよれよれでも、明日は這いつくばって夕方まで仕事をする、と思った。

亮次は、今、造園業の見習いをしていた。去年の六月、公園でランニングを終えて芝生でごろごろしていたら、庭屋の仕事ぶりが目に入った。モミジの木の周りを掘り起こし、根をむしろでくるんで縄で巻き、クレーンでもちあげる。トラックに積んで公園の別の場所に移植する。モミジの木が運ばれるまでの、流れるような手順に亮次は引きこまれ、目が離せなくなった。次の日も公園で芝刈り、雑草刈りの仕事をしていたので、また見入っていると、声をかけられた。

「あんちゃん、庭仕事好きか？」

ニッカボッカに地下足袋、鳥打帽の小柄な親方が、芝生に腰をおろしている亮次の肩を叩いた。つられるように、

「まあ」

と答えたら、芝刈り機にちょっと乗ってみるかと言われた。作業員の昼休み中だったのかもしれなかった。桂の大木の下にバギー車のような芝刈り機が止まっていて、親方はエンジンをかけると亮次を横に乗せて走り出した。丈の伸びた芝が車の走る通りに刈られていった。地面にバリカンを当てているようで、何とも言えず愉快な気分だった。

「あんちゃん、仕事がないんだったら、うちに来ないか。若い人手がなくて困ってるのさ」

親方が冗談半分に声をかけてきた。亮次は一週間程度のアルバイトのつもりで次の日から親方の会社の作業員になった。労働時間は長く、体は汗と土で汚れる、おまけに給料は大したことない、そんな仕事なのに、亮次は、一日の終わりにはまた明日もやりたいと思った。奇妙なことに、地面を這って草取りをしたり、背丈ほどもある雑草の繁みを刈り払い機で切り開いたりなど、重労働を一日中しても亮次は飽きなかった。

亮次自身が、自分のことを不思議に思った。草と土の匂いを嗅ぎながら、泥まみれ、埃まみれになることが少しも苦にならなかった。ほんの気まぐれのつもりで始めた見習いの仕事がもう一年以上続いている。親方は亮次が安給料のまま働き続けているのを不思議な顔で見ていた。三年我慢したら、剪定や移植など庭屋らしいことを教えてやると親方に言われたが、亮次はどうでもよかった。頭をからっぽにして木や草に向かっている時間が心地よかった。

ある晩、部屋を訪ねてきた森下が、汚れ放題の作業着姿で帰宅した亮次を見て絶句した。亮次は、

呆然としている森下に、何かおかしなことでもあるのか、という顔でニヤリと笑いかけた。

「亮次、お前、どうしたんだ」

「どうもしない。見た通りだ。パチプロやめて庭屋になった」

「庭屋？　また、どうした風の吹きまわしだ」

「まあな、人間を相手にしてるより、木の世話をしたくなったのさ」

亮次のことばに少しも納得できない様子の森下は、

「お前に向いている仕事とは、とてもじゃないが思えん。自分に合わないことを無理してやる歳でもないだろう」

と言い、首を傾げながら帰っていった。

沖縄からすっかり意気消沈して帰ってきた恭介も、

「師匠、ニッカボッカに地下足袋ですか。３Ｋ労働は、クールが売り物の師匠には似合わないすよ」

と、薄笑いを浮かべて亮次をからかった。亮次は、

「おめえ、沖縄の暑さで、足りない脳みそがますますスカスカになったな」

と言い返し、スーツにネクタイでない男は下層労働者だという固定観念にいまだとらわれている恭介に執拗にからんだ。

職も生きがいも失って帰ってきた恭介はしばらくの間、亮次のところに転がり込んでいた。死ぬだの殺せだのと叫んで暴れ狂うのではないかと見ている亮次をよそに、恭介は精気を吸い取られた人間のようにただぼうっとしていた。あまりに静かな恭介に、亮次もれい子もかけることばがなくなった。

そのうち、恭介は予告もなく姿を消した。

次に来たとき、恭介は不動産屋の営業社員だった。

「なんだ、お前、しょぼくれたサラリーマンになったんだ」

亮次は、垢とフケまみれの擦り切れたスーツで現れた恭介を思い切りバカにした。

「師匠、食うためには仕方ないじゃないですか、俺、もう二十六ですよ」

真顔で言い返す恭介の肩に手を置き、亮次は大げさにあきれた表情をつくった。

「いいか、おめえ。俺をバカにしたやつらがひれ伏す地位と稼ぎを必ず手に入れる。でなきゃ、さっさと死んだ方がましなんだ、って言ってたじゃないか。あれは、どうしたんだ、あれは」

いつもなら、理屈にもならない理屈を並べて必ず亮次を言い負かそうとする恭介が、そのとき、黙ってへらへら笑いを浮かべたのが無性に腹立たしかった。そのうち、哀れで物悲しくなった。

「師匠、何が面白くて、泥にまみれて朝から晩まで働いてるんですか」

亮次の意地の悪いからかいにさすがに苛立った恭介が一矢報いようとかみついた。

「ばか、地面に向かってるときの感じは、無念無想でパチンコ台に向かってるときとおんなじなんだ」

と亮次は答え、我ながらいい答えだと思った。恭介はふてくされた顔をし、亮次のことばを真に受けなかった。

「師匠、庭仕事やりすぎて頭おかしくなったんじゃないすか」

恭介はなげやりな顔で呟き、板の間にごろりと寝そべった。亮次は、なおも、地べたを這いつくばる仕事がいいんだ、地面と草の匂いを嗅ぎながら頭を空っぽにして作業している時間がいいんだ、と重ねて言おうとしたが、少しも興味を示さない恭介の顔を見てやめた。

そのうち恭介はさっぱり来なくなった。前のようにつるんでおかしなことをやってもいいかと心が動くこともあるが、わざわざ恭介を呼び出す気にもならない。庭仕事で疲れ切り、日々を何とかやり過ごすので精一杯だった。

れい子は、亮次が造園見習いを始めたのを、はじめは面白そうな顔で見ていた。定食屋の仕事が終わってから亮次の部屋にやってきて、汗まみれ、泥まみれの作業服をすすんで洗濯した。だが、一日の仕事で疲れ切った亮次は九時を過ぎると、れい子が話しかけても、もう眠りに落ちていることが多くなった。そのたびに、れい子は自分の体を求めることの少なくなった亮次の寝顔をそっとさすって、部屋を後にした。

ある晩、れい子は、

「私、もうここに来ないよ」

と言った。

「そうか」

亮次はただ低い声で呟いた。

「どうして、って聞いてくれないの？」

「じゃあ、どうして？」

「ほんと、亮次って無関心よね」

「まあ、好きなように言え」

「私さあ、もう美容師に絶対なれないって思ってたから、何のために札幌にいるかわかんなくてさ。いっつも情けなかったのよ。それがね、この前美容師やってる友だちに頼まれて、病院に入院してるおばあちゃんの髪を切りに行ったの。すっごい、信じられないほど喜ばれてさ、こんなすっきりした気分は入院して初めてだ、って言われたの」

「へえ、それはよかった」

「そうでしょ。で、友だちがね、言うのよ。あんた店で次から次へお客さん相手にしてたから、手が肌荒れしてボロボロになっちゃったけど、病院とか老人施設、それに家で介護されてる人を回る美容師になったらどうなの、って」

「人数も少ないし、肌荒れするものをあんまり使わないですむかもな」

「でしょ、亮次」

「美容師としてはずいぶん地味な仕事じゃないか、お前、それでいいの」

「うん、いいの。私ねえ、他にもいろんな理由で美容師辞めちゃった子に声かけて、訪問を専門にやる美容室やろうかなって思い立ったの。いいでしょ。でも、まだまだ腕が未熟だから、まずは訪問をやってる美容室に雇ってもらって、経験を積もうと思ってるんだけどさ」

「いいじゃないか、やってみろよ。れい子は、俺にかまってる暇があったら、新しい美容師の道をみつけるんだな」

亮次は、れい子が自分のところで時間を過ごしたのは、彼女の人生のほんのひとときの休息だったのだ、と思った。出て行けばいいのだ、もう二度と俺のところには来ない方がいい、と己に言い聞かせた。不愛想で無関心な男でよかった、れい子を引き止める愁嘆場を演じる男でなくてよかった、と微苦笑した。

れい子はその晩を最後に亮次の部屋を訪ねてくることはなくなった。れい子が来なくなった一人の部屋はたまらなく寂しいが、日々肉体労働しながら、亮次はその寂しさを黙って噛みしめた。


ランニングをするのは、まったく自分らしくない話だ、と亮次はつくづく思う。ランニングなんて、能力のないやつが自分も精一杯練習をしましたと言い訳するためのマスターベーションみたいなもんだ、とバスケ部のときは言い、顰蹙《ひんしゅく》を買っていた。歯を食いしばって努力したところで、出番のないやつには永久に機会は回ってこないのだ。そう言って、やたら走りたがる仲間をからかっていたものだった。

それが、森下に強引に誘われてニセコのトレイルランに出たのが運の尽きだった。三十キロくらいの大会ならなんとかゴールできるだろうという気持で出て、とことん打ちのめされた。走るなどというものではなかった。急斜面を軽々と駆け上っていくランナーを見て、なんだこんなもの、と真似をしたら一発で足があがらなくなった。両手両足を使って斜面をやっと這いあがったと思ったら、反対側の斜面に転げ落ちた。苦しくて何度もやめようと思った。

アンヌプリを越えてゴールが見えたので、さあ行くぞと思ったが、ぶるぶる震える両脚が地面に貼りついたようになって一歩も進めない。おおい、助けてくれよう、と叫びたい気持で腕をぐるぐる回してずっと立っていた。でも誰も見ていないし、助けてもくれない。下りを尻滑りしたり、よろよろ歩いたりしているうちに、ゴールがちょっとずつ近づいてきた。森下とれい子が、もう少しだ頑張れと声を張りあげているのを聞きながら、這いつくばってゴールした。胃がひっくり返ったようになってたくさん吐いた。テントに運ばれて手当てを受ける破目になって、何というカッコの悪さか、と思った。

そのときから、亮次は本気で走り始めた。藻岩山や三角山を走って登り、走って帰ってきた。苦しくなければ意味がないと、山の方にばかり向かっていった。そのうちに、走るときに限って妙なことが起こるのに気づいた。苦しい、苦しい、もう限界と思いながら走っていると、ふと亮次の横を影のように追い越していくランナーがいる。色はピンク、女性ランナーのウェアだ。すうっと現れては、あっという間に前方に消えていく。トレイルランの大会でも、苦しい登りに喘いでいるときに、横をすうっと過ぎていく影のようなランナーを見た。追いかけて正体をつかまえようとするのだが、あまりに身軽なそいつを追い越すどころか追いつくこともできない。亮次はそのランナーの顔を正面から見ることがいまだにできていない。

亮次が走りに常軌を逸して夢中になったのは、幻のランナーが何者なのかはっきりさせたいという欲求に駆られたからかもしれない。自分の潜在意識が生み出した幻影なのか、とも思った。顔のわからないそいつは、潜在意識の中に隠れていたやつなのか。亮次は走った。走ってそいつの後姿でいいから鮮明な像に結ぼうとした。

藻岩のスキー場の斜面をダッシュするように駆け上がっていたときのことだ。薄の穂をかき分けながら、急な斜面に向かって行った。亮次の横をすうっと風が吹いたように通りすぎ、斜面に突き出た岩を軽い足取りでひょいひょいと登っていくランナーがいる。亮次は薄の中で歩を止め、先行していくランナーをじっと見続けた。そして、わかった。

あれは優美だ。髪を束ねてあげた後姿、肩をちょっと揺らして上体を前に進める仕草、一歩踏み出すときにえいっと腰で勢いをつけるような動作、くの字に曲げた腕を後ろにはねあげるような振り方、あれは優美なのだと亮次は思い、納得した。

どうして優美が現れるのか。精神分析医なら言うだろう、幻影はあなたが直面することを避けている対象です、優美さんの幻影はあなたが無意識のうちに最もこだわっていながら直面したくないものの現れなのです、と。え、そうか、俺はそんな立派な人間だったのか、交通事故で死なせてしまった女のことをまるでかまっちゃいないような顔をして、実はずっとこだわり続けていた誠実な男なのか。

亮次は走るのをやめ、薄の原に立ち尽くした。そして笑った。そんなはずはない。俺は、優美と俺が職場で出会い一緒に車に乗るようになったのは偶然、事故に至ったのも偶然、だから優美の死も偶然だと思っている。だとしたら、俺が優美にこだわらなければならないどのような本質的関係があるのか？　俺と優美は、互いが生きていく過程でたまたま軌跡が交差したにすぎないのだ。

俺は優美の遺族に対して畳に頭を擦りつけ謝った、保険の補償が最大限なされるよう証言もしたし、手続きもした。社会的責任と言われることは全部果たした。それで俺と優美との関係は終わりではないか。俺は優美を愛していたわけではない。愛していなかった女に俺はなんのこだわりをもっていると言うのか。ありえない。

亮次は、この事態を、呵責の念に耐えられなくなった内面の良心が目覚めたと解釈することを嫌悪した。それはうすっぺらな人間理解にもとづく解釈で、自分の首根っこを締めつけるものだと思った。都合よく解釈されてたまるか。俺は社会通念に従うふりはできるが、そんなものにはめ込まれ、飼い慣らされることはできない。良心などということばを聞くと反吐《へど》が出る。そういう反発心が亮次のこれまでの生存を辛うじて支えてきたのだった。

山道を歩く今、亮次の想念はピンクのランナーの方にばかり向かっていった。あれは優美の亡霊か。亡霊が俺を恨んで、仕返しに来ているのか。おいでおいでをするように俺を誘い、断崖絶壁に招き寄せ奈落に引き込むつもりか。それなら面白い。どこまでもついて行って、俺をどうするのかお手並みを拝見してやる。だが、そんな風に心を決めると、優美の後姿はふわっと消えてしまうのだった。どうしても、ついていくことはできない。

優美は、亮次の気力が尽きかけた苦しいときに、頬を撫でるほど間近に風のように現れ、あっという間に追い抜いていく。ひょっとしてあれは俺に何か語りかけているのか、と亮次は思う。正直に言って、優美の幻影はおそろしくなかった。むしろ、追いかけていって肩を叩き、こちらを振り向かせたいくらいだった。だが、先ほどの急な登りのとき、膝に手を当て喘いでいる亮次をひゅうっと追い越していったのに、稜線上のお花畑に来たら影も形もない。おい、優美、何か言いたいことがあるのなら、通り過ぎるな。ちゃんと止まって、俺に向かって語りかけろ。亮次は、稜線上に来てからは一度も現れない優美を求めて、何度も呟いた。

歩いて進むことを決められた区間は標高一八〇〇メートル余の頂上で終わった。亮次は走ろうとしても太ももが細かく震え、足を踏み上げることができなかった。前に行く動作を体が忘れてしまったようで、ただ腕を前に振り勢いをつけて下りの方向を覗くだけだった。倒れてもいい、けがをしてもいいというつもりで体を前に倒すとつられて足が前に出た。十歩、二十歩と進むうちに、足が少し上がるようになった。岩場の急斜面を下るために、幾度も斜面に尻をついて滑り下りた。

鞍部まで達すると、前方のピークに向かう長い尾根道が現れた。体力の尽きかけた亮次にとっては絶望的な遠さだった。もう、ここでやめよう、草の上に大の字になって寝そべりたくなった。よろける足に任せて登山路をはずれようと思った。そのとき、亮次の右腕をさっとこするくらいの近さでランナーが現れ、尾根道に向かって滑るように走り去った。

「あっ」

亮次はランナーに腕を引かれ次のピークに導かれるような感覚に襲われた。よろけた足を立て直し、登山路の前方を見つめた。ピンク色のランナーがもうピークまでの半分近くに達し、ジグザグに走り続けているのが、ハイマツの緑の中に浮き出ていた。亮次は肩を大きく揺らし、前方のピークに向かって新しい一歩を踏み出した。ランニング・フォームをつくり、少し進んでは膝に手をついて荒い呼吸を整え、また走った。

最後のピークだと思って登りきった亮次は、前方の光景に愕然とした。足もとに深く切れ込んでいる下りのルートと、前方に立ちはだかる鋭い山容。あれこそがコース最後のピーク天狗岳だと知らされた。

ともかく下らなくては。亮次は尻もちをつく、滑るを繰り返し、ただ下を目ざした。冷静に考えることが煩わしくなった。体という重力のある物を、低いところに落としていくだけ。転落してコースから外れないよう注意しながら、体を尻から下に投げ出し、手で岩をつかむ。

天狗岳への登りにさしかかったが、亮次は筋力の限界、エネルギー源の限界に達していた。辛うじて体を前に進めてはいるが、何か小さなきっかけ、たとえば転倒とか痙攣が起きたら、全身が地に崩れ落ち、動けなくなることは間違いないと思った。一歩ごとに何も起きないことが奇跡で、奇跡がずっと続いたときだけ天狗岳の山頂に達することができる、とおかしな考えが湧いてきた。

急斜面に突き出たハイマツの根を右手でつかみ足を引き上げようとしたところ、腕が何かに操られているかのように震えた。亮次の右手から力が抜けた。岩の窪みにのせた左足一つで体を支えることはできなかった。亮次は背中から斜面を転げ落ち、ハイマツの繁みに投げ出された。もがいているうちに、上半身が幹に挟まり身動きできなくなった。ハイマツの葉先がウェアを貫いて恭介の肌を刺した。両腕を上げると、幹をこすりながら上半身がずり落ちていく。リュックを背負った背中が地面に着いたのを感じた。体中の肌が悪寒で縮みあがり、胸の高鳴りが頭にじかに伝わってきた。死が頭をかすめ、ハイマツがなかったら自分はなすすべもなく奈落へ投げ出されただろうと思った。

ハイマツが塞いだ頭上には切れ切れに青空がのぞいていた。亮次は、もうレースは終わりだ、と自分に言い聞かせた。体勢を立て直し前に進んでいく余力は、とうに尽きていた。いつ倒れてもおかしくない、倒れたところでおしまいだ、とずっと決めていた。体はすでに、ぼろきれのようになって山の中をさ迷っていた。今、ハイマツの下の隙間にはまりこんだことが、レースの終わりを告げる区切りなのだ。

亮次は目を閉じた。ハイマツの匂いが鼻を衝いた。粘膜がそよぎ出すのが連鎖し、脳の中に、冷たい水が滴る感覚が生まれた。背中を動かす少しの隙間はあったが、腰から太ももが松の幹に挟まれ、無理に抜け出すと擦り傷ができそうだった。筋肉痛だらけの体を捻ると、腹でも背でも至る所で痙攣が始まりかけていた。どうしたらいいだろう。しばらくこの姿勢で耐え、体力が回復するのを待つほかないと思った。後続のランナーが通りかかったら、声をかけて助けてもらおうか。なんにしろ、今は無理に動くべきではない、亮次はそう思って再び目を閉じた。すべて放棄しようという気になったとき、体中の力が抜け意識が遠のいていった。

リュックの中の振動が背中を刺激している。ハイマツの匂いの中をたゆたっていた意識が、現実世界に戻ってきた。時計を見た。五時二十分、空はまだ青かった。亮次は肩を揺らし、腕を回してみた。痙攣が起きる心配はなさそうだった。仰向けの姿勢から少しずつ左肩を上にもちあげた。足の裏に力を入れ、幹にはまった腰を浮かしてみた。ランニングパンツとタイツを通してハイマツのこぶが肌をこすり、痛い。なおも腰を上げると、幹の間にはまっていた下半身が抜けた。右側が下になるように体を回すと、自由が少し利くようになった。亮次は肩を小さく何度もくねらせ、リュックの肩紐から腕を抜いた。

背中からはずしたリュックを胸の前にもってきた。ジッパーを開け、中に入っているスマートフォンを取り出す。稜線上なら電波が届くのか、亮次は感心しながらスマートフォンのメールを開いた。

師匠、お久しぶり。
庭師見習、まだやってますか。
俺、これから夜の便で東京行き！
でかいチャンスつかまえたんだ。
歌手デビューだよ、師匠。どんなもんだい！
ビッグになるまで帰らないからね。
じゃあ、行ってきます！

亮次は恭介のメールを読んで、はらわたがよじれるほど笑った。前に転がっても、後ろに転がっても幹にぶつかり、そのたびに身をすくめた。恭介が歌手になる、あのがさつで声が大きいだけが取柄の男が歌手になるなんて、天地がひっくり返ってもあり得ない。冗談はやめてくれ。亮次は、笑うたびに肘や腰や膝をハイマツの幹にぶつけ、立て続けに顔をしかめた。

笑うだけ笑うと、これまでに感じたことのない懐かしさ、他人の肌のあたたかさにふれるような懐かしさが立ち昇ってきて、全身がくるまれた。おかしなことだった。他人にかかわることで己れの世界をかき乱されるのを嫌悪してきた自分が、恭介が向こう見ずに走り出したのを愉快に感じているのだ。ひょっとして、自分はこれまで、生の無意味な消尽をする恭介の行動に立ち会ってきただけではないのかもしれない。無意味の岸辺にずっと佇んでいるうちに、燃え尽きようとする者の波動に全身を浸食されていたのではないのか。

「恭介、おめえ、歌手だって？　また、おかしな夢見やがって」

そう罵ってやりたくなった。運転士になると言ったときと同じだ。亮次は、自分は歌手になると自信たっぷりに語っては、音楽業界のやつらにバカにされ、いいようにあしらわれる恭介を想像した。すぐ感情を昂らせる恭介が邪魔者扱いされる場面も次々と目に浮かんだ。だが、いいではないか、バカにされようと無謀に突っ込んで行け、それが大賀恭介、お前なんだ。亮次は恭介の無謀な挑戦を歓迎し、後押しする気持が自分をも浮き立たせているのを感じた。

発達しょうがいの人間は高望みするな、高望みしても失敗して泣きを見るだけだ、亮次がそう言ったのは許せない、と恭介が怒鳴り、歯を剥きだしてつかみかかってきたのはいつだったろう。生身の人間があんなに激しく迫ってきたのは、亮次にとって後にも先にもあのときだけのことだった。人間の不合理な願望や熱狂を嫌い、嘲笑してきた亮次には、恭介のやることなすことがくだらない、見るに耐えないものであった。だが今、亮次は、自分が恭介の短いメールに驚喜し、鼓舞されているのを否定することができない。

「くそ、恭介、どこへでも行きやがれ」

亮次は右側を下にした姿勢のまま、足裏で繰り返し地面を踏みつけ、ハイマツの幹を蹴った。体が少しずつ前に押し出され、ハイマツの入りくんだ根と幹の間から抜け出ることができた。リュックを手につかみ、窪みに高山植物の生えた岩盤を四つん這いで進んだ。登山路にようやく戻った。おそるおそる上体をもちあげてみる。足もとはふらついたが立つことはできた。リュックを背負い、天狗岳の頂上方向を見上げた。もう少し行けるだろう、と亮次は自分に言い聞かせた。急斜面にとりつき、手足を使って登り出した。ひゅうと後方から風が吹き、ランナーが亮次の右横を、軽い足取りで過ぎていった。ピンクのウェアが橙色の日差しを浴び、目を射るように輝いた。

　また行ったな、優美。お前がすうっと俺の横を通り過ぎるのは、もう何回目だ？　まるで、お前はぐるぐる山の中を回り続けて、俺に後姿を追いかけさせているみたいじゃないか。俺に謎をかけているのか。何か俺にさせたいことがあるのか、あるんなら言ってくれ。亮次がピンクの背中に向かって呟いたとき、ランナーは上方にかき消えた。

　急傾斜を登りきると目の前に、最後のピーク天狗岳の山頂がくっきりと現れた。ダケカンバの曲がりくねった白い幹がからみあい網目模様をなしている山体に、岩肌をむき出しにした三角の頂稜が乗り、青黒い空を背景に突き立っていた。夕方、六時少し前だった。日が傾いていくにしたがい、山影は墨のように濃い黒になり、岩は赤く照り輝き、木々の葉は深い緑のうねりをなしていった。足もとで白、黄色、薄紫の高山植物の花が風に揺れていた。亮次は遠くの稜線に傾いていく太陽の光を体に受けながら、頂上へ向かった。

　世界には光と色があり、風に揺れる木立ちがあり、草があり、花がある。亮次は、かつて自分はずっと色のない砂漠の景色を見ていたのだと思った。無味乾燥な景色を見るのが当り前になっていた。誰もが灰色の世界に閉じ込められているのだと思った。そんなところに根拠もなく希望を見つけようとして、灰色の世界を色で塗り立てようとするやつらをみると無性に腹を立てていた。

　だが、今、自分は色に満たされた世界をたしかに歩いている。世界が自分を前へおし出し、光を浴びよ、色と光と影の変転をもっと体で感じよ、と言っている。いったいなぜなのか、なぜ俺は頬を撫でていく風が嬉しいのか、痛む足を引きずって歩き続けるのがなぜ嬉しいのか、亮次はそう問い続けて、体の内部から噴き上げてくる気流を感じた。気流は、亮次のありとあらゆる生命器官をめくり返し、峰々に吹き抜けていった。体内の至る所で凝り固まっていたものが、夕陽にさらされ、風に散らされ、稜線に消えた。

亮次は歩みを止め、左手に突き出ている小さな岩の前で跪《ひざまず》いた。拳で岩を打ち、頭を岩に打ちつけた。世界をもっと強く感じなければならない。膝を地面の砂礫に擦りつけ、肘で岩を打った。腹部から胸が熱くなり、嗚咽が洩れ出た。今ここにいる痛みと苦しみが世界を感じている証であるという単純な真理が、亮次を喜悦させた。

自分に降りかかった偶然の出来事は、自分の生存と本質的にかかわるものではない、という信念が、崩れ去っていった。自分の意図する通りに統制された世界こそ、灰色の牢獄であるのだと、なぜ気づかなかったのだろう。亮次は己れの愚かさに泣き、優美に話しかけたいと思った。

俺は優美を二度殺した。一度は交通事故で、もう一度は俺とは本質的にかかわりのない人間だとして心の中で消し去ることで。俺は、心の底で、優美との出会いという偶然のおかげで、自分がこの世界の端っこに追い出されたのだと、世界の理不尽さを恨んでいた。「同乗者を死なせてしまった人間」として、世界の欄外に吊るされているのだと思い込んでいた。「不運な男」と自分にレッテルを貼って、無味乾燥な世界に自分を閉じ込めてきた。だが、優美、今、俺はようやくわかったんだ。お前を死なせてしまったという現実こそが、俺の世界の風であり、色であり、光だということが。俺の感じている世界の中に、お前との出会いとお前の死という出来事が含まれている。その出来事が、他の誰でもない、この俺の生き方を、いつかは輝かせるかもしれないんだ。

亮次は岩を両腕で抱きかかえて泣き続けた。やがてはるか遠くの稜線が、茜色の空に黒い影になって浮かび始めた。世界がほんのわずかな時間のうちに姿を変えていくのを、亮次は岩から目をあげ、みじろぎせず見つめた。茜色に染まった西空は、昼の世界と夜の世界の間にできたわずかな隙間のように感じられた。走り続けることはその隙間をくぐり抜け、世界の変転の秘密を体得することに思われてきて、足がむずむずした。

亮次は立ち上がり、走り出した。世界が美しいのは、自分の予測を超えて偶然ふりかかってくるものに満ちているからであり、それに立ち会う人間は、おのれの存在が何によっても取り替えることが不可能なものであると感じるのだ。亮次は自分に言い聞かせた。どうせ恭介に話しても、「師匠、そんな難しいこと、俺に言っても無駄だ」と返すに違いないが、今度やってきたときには必ずこのことを言ってやろうと。

23

二〇一三年七月一五日　札幌
朝、五時半、珠子は目を覚ました。昨日に続き、気持のいい晴れである。庭のトマトと茄子をもいできた。ついでに地面に膝をついて雑草をむしった。朝食の支度をして、二階の部屋で寝ている恭介と慎司を大声で呼ぶ。二人とも寝起きが悪い。昼間はコンビニでアルバイトをし、夕方から二部の大学に通っている慎司が先に下りてきた。しかし、恭介がいくら待っても下りてこない。昨晩、珠子が寝るまでには帰ってこなかったので、よほど仕事で遅くなったのかと思う。
珠子は部屋まで恭介を呼びに行った。恭介はいなかった。シーツ、タオルケットがくしゃくしゃになったベッドを見ると、枕元に折りたたまれた紙が置かれていた。

「ばあちゃん、ごめん。俺、これから東京に行く。デモテープ送ってた事務所から、合格したって連絡あった。じっと待ってられないから、すぐ、東京に行く。会社にはやめるってちゃんと言ってあるから、心配しないで。恭介」

と鉛筆で殴り書きされていた。どうやら、昨日の夕方、こっそり帰ってきて、珠子が出かけている間に、着替えなどを持ち出したらしい。珠子は寝るまで、まだ恭介は仕事から帰っていないものと思い込み、部屋を覗いてもみなかった。

不動産屋に勤めてやっと一年、なんとか仕事が続いているので、恭介もようやく少しは落ち着いたかと思っていたのに、ぬか喜びだった。まったくあの子ときたら、根がじっとしていられないんだ。失敗して帰ってきて騒ぎを起こされるのが一番厄介だが、出て行ってしまったものは何ともしようがない。沖縄から帰ってきたときは、あわれなほど打ちひしがれていたが、前のように暴れることはなかった。恭介なりにちょっとは大人になっているのかもしれない、珠子はそう思って自分を慰めた。

慎司が寝ぼけ顔で食事を始めたとき、珠子は恭介の置き手紙を見せた。

「恭介が、こんなの残して出て行ったよ」

殴り書きを読んだ慎司は、

「やっぱ、兄貴だ。いつかやるなと思ってた」

と言って、笑った。

「慎司、お前、知ってたのかい」

「いや、東京の音楽事務所のオーディションにデモテープつくって送ってたから」

「なにさ、そのデモなんとやらって」

「デモテープだよ。自分の歌とか演奏を録音したものさ。兄貴、俺たちの軽音部の練習場所に大きな顔して現れて、歌を録音させてくれって言うのさ。機材を勝手に使って録音してったよ。テープって言うけど、ＵＳＢに書き込んで送ったんじゃないかな」

「ふーん。そんなことしてたのかい。それで、恭介は歌がうまいのかい。そんなプロの歌手を目ざすレベルなのかい」

珠子は慎司の真向かいにすわり、問いかけた。

「えーっ、難しい質問だな。うまいかどうかは別にしてインパクトはある」

「なんだよ、またわからないことばを使って」

「まあ、とりあえず聴いてる人をびっくりさせることは間違いないってこと。なにしろマイク使わなくたって鼓膜にびんびん来るくらい声がでかい。それから、ギター弾いてたと思ったら三線に持ちかえて——三線は沖縄の三味線だよ——もう走り回って弾きまくり。なんか、すげえ迫力さ。三板って、やっぱ沖縄の楽器なんだけど、うまく鳴らして踊り出す。なんか、滅茶苦茶混ぜてんだな、って兄貴に言ったら、おめえ、これが沖縄チャンプルーだ、って得意そうにしてた」

慎司は箸をもつ手を振り、体を揺すって見せた。

「そうかい、恭介はそんなことをしてるんだ。で、どうなのさ、恭介はプロの歌手になれるのかい」

「どうかな。熱くって汗臭くって、今風じゃないしね。デモテープが通ったんなら、いいと思う人がいるのかもわかんないけど、俺は無理だと思うな」

慎司の答えを聞いて、珠子は台所に立ち、片づけを始めた。恭介のために用意した茶碗や味噌椀を食器棚に戻す。

「まあ、どこでも行けばいいさ。成功するなんて、これっぽちも思わない。一人でも、二人でもお前の歌を聴いてくれる人を見つけたら大したものさ。ばあちゃんは、まだしばらく、くたばらないからね」

そう声に出して水仕事に取りかかると、二階にものを取りに行って戻ってきた慎司が、タッタカ、タカタカタと木を軽快に打ち鳴らす音を立てた。振り返った珠子に、慎司は笑って、三枚の板が紐でつながった楽器を揺らして見せた。

あれが三板なのかとうなずいた珠子は、耳に残った木の響きをなんと心地のよいものだろう、と思った。

（終）

ンブフルの丘

2019年4月24日　初版第1刷発行

著　者　澤田展人
発行者　鶴井　亨
発行所　北海道新聞社
〒060-8711　札幌市中央区大通西3丁目6
出版センター（編集）011-210-5742
（営業）011-210-5744

印　刷　中西印刷株式会社
製　本　石田製本株式会社

NexTone PB43045号
JASRAC 出 1903742-901

乱丁・落丁はお取替えいたします。

ISBN978-4-89453-945-7